沉重的母爱

HEAVY MATERNAL LOVE

党宪宗 | 著

陕西新华出版传媒集团
太白文艺出版社

图书在版编目(CIP)数据

沉重的母爱 / 党宪宗著.— 西安 : 太白文艺出版社, 2016.9
(沉重的责任系列)
ISBN 978-7-5513-1034-5

Ⅰ. ①沉… Ⅱ. ①党… Ⅲ. ①纪实文学-作品集-中国-当代 Ⅳ. ①I25

中国版本图书馆CIP数据核字(2016)第225210号

沉重的母爱
CHENZHONG DE MUAI

作　　者　党宪宗
责任编辑　史　婷
整体设计　上官鹏　牛丹丹
出版发行　陕西新华出版传媒集团
　　　　　太白文艺出版社
　　　　　(西安北大街147号　710003)
经　　销　新华书店
印　　刷　陕西金德佳印务有限公司
开　　本　889mm×1194mm　1/32
字　　数　210千字
印　　张　9
版　　次　2016年9月第1版
　　　　　2016年9月第1次印刷
书　　号　ISBN 978-7-5513-1034-5
定　　价　29.80元

《沉重的母爱》是一本关注民生的厚重之作

《沉重的母爱》一书在全国引起较大轰动，这是当今文学界少有的事，究其原因有这几个方面：

（一）选材好。此书写农民家庭供养大学生之累，供养大学生之难，不但农民在喊，有薪阶层也在喊。这个话题是千家万户关注的热门话题，话题本身就很沉重。（二）故事情节真实。报告文学求真实，作者党宪宗先生历时十年观察，三年走访，深入几百户农民家庭进行调查，书中的每一个章节、每一个故事都是从生活中来的，好多篇章几乎是采访记录。（三）语言文字朴素凝练。看得出来，作者调查深入细致，与农民对话很和谐，和农民心心相印，无话不谈，掌握了大量的第一手资料，文章中好多经典语言都出自被采访者之口。群众语言最富有生活性，最富有文学性，往往一句话感天、感地、感人。（四）情节感人。书中共38篇涉及40个家庭，尽管反映的是同一主题，但故事情节各不相同，让人读了没有重复的感觉，加之作者创作过程中紧紧抓住了一个情字，处处以情动人，篇篇有动人之处，读者无不为之震撼，无不为之落泪。

党宪宗先生是一位商界的成功人士，我们却因文学而结缘，又很快成为无话不说的朋友。他坦诚率性，很有风度，虽大半生在县城生活，胸怀和眼界却很博大。我们初次见面不见他显阔，用心关注的却是最贫困的人群，他为我们动情地朗诵关于这些劳动人群的一组组长诗，闻者无不为他的诗心、诗情所感动，我曾忍不住即兴为题许他为“人民诗人”。党先生待人仁厚，才思敏捷，正义凛然，极富忧患意识，几十年他经商的服务宗旨是忧于天下，乐于天下，所以说党宪宗先生能写出《沉重的母爱》这本关注民生的厚重之作，不是偶然的，是必然的。我敬佩党先生的行为，也感动于他的文字，更乐于将这部书推荐给广大的读者，希望全社会都来关注贫困大学生的贫困家庭。也希望通过这部书能让我们更多的文学工作者把目光放得再低一些，因为生活本身自成书，作家只有深入生活才能写出好书。

贾平凹

2008 年 4 月 12 日

前　言

因职业原因，我从1990年开始接待高考学生，至今已整整十六年了。我看着这些一身土气、满脸稚气的中学生，背负着沉重的学习和精神负担，满怀着跳出“农门”的无限希望，冒着酷暑，拼力奋战三天。高考的三天，除了陪考的老师外，更牵肠挂肚的还有学生家长，他们的爷爷奶奶，他们的爸爸妈妈，放下手中的各种活路，到考场外，问吃问喝。他们送子女进考场，接子女出考场。一对衣着破旧的农民夫妇高兴地对我说：“今年我的三女儿考大学，前面两个女儿都考上了大学，大女儿现在定居国外。每个女儿参加高考，我们都是早晨6点骑自行车从三十里外的家里赶到考场门口，看着女儿进了考场，下午又看着女儿出了考场。晚上我们回家去，第二天早晨又来……”当我回过头看到他们从一个黑不黑、白不白的旧布兜里取出冷馍啃时，我的眼泪不由得流了下来。一个七十多岁白发苍苍的老奶奶流着泪对我说：“我儿子病逝已经五年了，儿媳妇有精神病，孙女前年考上大学，今年是孙子考大学。我昨晚来到县城，借宿在亲戚家，今天早晨送孙子进了考场，现在等孙子出考场，不然我的心放不下。”尽管老奶奶说话时脸上挂着泪水，但眼睛的深处透出了强烈的希望。一个坐着轮椅、双腿残疾的母亲，手里捧着水杯等女儿出考场。

一个满身沾着泥土的老农民骑着破旧的自行车，从劳务市场过来，等着接儿子出考场。每年的高考，考场外都演绎着一个个“天下谁无怜儿意，尽把春意付儿程”的催人泪下的真情故事。

渭北这个贫穷的小县，每年有将近三千名学子录取或自费到大专院校求学，进入了大城市，而他们百分之八十都是农家子弟。这些农家子弟经过几年的大专院校学习，最后几乎全部落户在大城市，当了城里人。有的甚至漂洋过海，定居在国外。回过头来再看这些学子的农民父母们，他们大部分家庭的住房仍然是那样低矮，他们的衣着仍然是那样破旧，他们过的仍然是那样再简单不过的生活；他们仍然一年三百六十五天背负着青天、面朝着黄土，日出而作、日落而息。是什么原因造成了他们的家庭成员农村、城市生活两重天？是什么原因把亲父子、亲母女、亲兄弟、亲姊妹分成了城里人和乡里人？随着城乡差距越来越大，亲骨肉之间用血脉结在一起的情感却愈来愈淡化。十多年来，我苦苦思索着这个无法解答的问题。1980 年，我曾做出一个决定：深入到农村去调查大学生工作后对家庭的回报情况，但由于种种原因，没有付诸行动。到了 2003 年 6 月高考时，我在考场外碰到了我初中一个老同学送小儿子进考场。他将要失明的双眼，满头的白发和横竖都是皮壑的脸，让我几乎认不出来了。他对我诉说了供养三个大学生的艰难历程和当前家庭的困苦生活，我又一次落泪了。人的良知和社会责任感再一次撞击着我的心灵，不能再拖了。我购买了录像机、照相机、录音机，打点行装，从 2003 年 7 月开始了长达三个月的采访调查。

在对一百一十个农户家庭的调查中，大部分工作后的大学生，对家庭的回报不能令人满意。这些毕业了的大学生，多的每年给家庭回报一两千元，少的仅仅三五百元，有的甚至没有一分钱的回报。而这些大学生的农民父母们，没有一个人指责、怪怨自己的儿女，总是千方百计为儿女辩护开脱。黄河岸边一个五十多岁的农民妇女，供养了三个大学生。大女儿工作后给她寄了三百元，她却对女儿说：“以后不要寄钱了，寄的钱村里人不知道，你给妈过年时买一身新衣服，妈穿着新衣服，村里人就知道我娃孝顺。”一个寡妇母亲供了两个大学生，儿女工作后，要给她一点钱，她却说出让世界上任何大作家都想不到的话：“我没脸享儿女的福，别人父母给儿女留房子，留存款，我却给儿女留下了十万元的债。”一个普通的农村妇女竟然说：“为儿女干到死的母亲，才是最好的母亲。”当我问起在外工作的大学生对家庭的回报为什么这么少时，所有父母都用同样的语言说：“儿女有儿女的难处，虽然工作了，他们要结婚，要买房子，城市里费钱，我们在家里好对付，也不花钱，也不需要钱。”一个农民家庭六个月花了两元钱的零花钱，没买过一分钱的菜，母亲却为自己每月只能给上大学的儿子三百元的生活费而伤心哭泣。一个靠拉煤球为三个儿女上学挣学费的老父亲，送儿子自费上高中时，一手捂着六千元学费，一手拿着冷馍靠在墙角啃。一对靠卖豆芽供了两个大学生的夫妇，不知道干吃面是啥味道，不知道一碗羊肉泡馍多少钱。为了儿女上大学，有的父母甚至付出了生命……这些大学生的父母处处想到的是儿女，从来没有想到过自己。有些母亲哪怕一字不识，谈到儿女上学的事却是滔滔不绝。这种感天动地泣鬼神的母爱、父爱深深地打动了我的心，我再没有任何理由，也没有勇气去指责那些大学生了。

采访中，农民家庭在当今高学费的情况下，供养子女上大学，血泪交织成的一个个典型事例，牢牢地抓住了我的心。我的情感全部倾注到父母供养大学生所遭受的痛苦的诉说、辛酸的眼泪之中，我怀揣着一颗沉重的心，迈着沉重的步子，走访了这个县将近二十个乡镇，去过深山，到过黄河岸边。每个农民家庭，只要有上学的孩子，父母们都在含辛茹苦、呕心沥血为儿女们铺筑着大学之路。为了儿女们上学，家庭的付出往往是惨痛的。尤其是母亲，视儿女为精神支柱，视儿女为生命，儿女上大学是母亲终生的奋斗目标。这种母爱太沉重了！

我每到一个村庄，只要有在高中或大学上学的学生，这些家庭都在喊：“学费重如山！”而大学生的农民父母们毅然肩负着“大山”，又在沉重地喊：“学费再重，累死我们，也要供儿女上大学，让儿女走出农村去，再不要像我们受苦受累了！”

我从采访调查的一百一十个家庭真实事例中选择了有代表性的四十个家庭，每一个家庭都有着供儿女上大学的辛酸史。大学生这顶桂冠是父母的血和泪交织成的。从采访到写成这本书，我不知默默流过多少次泪，也不知道大声痛哭过多少回，这本书是我用手中的笔蘸着泪水写成的。

党宪宗

2005 年 12 月

目录

全年工资累至八月份一次领取。为了女儿上大学，他吃的苦让常人难以忍受。但他却说：让我最难受的事情是女儿上高中时吃的是红薯饸饹……

019/ 孩子在雷声中出世，准能干大事

1962年，一对年轻夫妇从河南逃荒到陕西，雷声中妻子生下了他们的儿子“天赐”。为了养活天赐，两口子卖了天赐的哥哥天顺。为了天赐上学，天赐的弟弟天宝停了学。天赐踏着村头的一百零八级石台阶，终于一步步走出了家乡，跨出了国门。而他的老父母仍然蜗居在北山下一间小瓦房里。母亲天天望着儿子的结婚照，父亲天天到教堂里，在上帝面前为儿子祈祷。

025/ 我不能把娃往火坑里推，一定让娃上大学

半年多，这个家里的零花钱只用了两元钱，一家人没有买过一分钱的菜。而母亲却为自己每月只能给上大学的儿子三百元的生活费而伤心哭泣。父亲送儿子上高中时，一手捂着腰里的六千元学费，一手拿着冷馍靠在墙角啃。为了供儿子上大学，父亲在炎炎烈日下拉着煤球车上五里长的坡，流着汗，滴着血……

031/ 为了儿子上大学，摔死也值得

一对双胞胎双双考进大学，为了供孩子上学，父母亲靠卖豆芽挣学费。他们不知道一碗羊肉泡馍卖多少钱，也不知道干吃面是啥味道；自行车坏了，舍不得花钱修理。有一次卖豆芽，下坡时车闸失灵，父亲和驮着豆芽的自行车一起滚下了坡，坡下，是那滚滚的黄河……

038/ 一个普通母亲最后十天的日记

儿子快要参加高考了，而母亲却因患肝癌，生命垂危。在生命的最后十天里，母亲口述他人记录给儿子留下的日记，字字含血、行行含泪，倾注了一个普通农民母亲对儿子的爱和希望，感天、动地、泣鬼神。

046/ 我不是一个合格的妈妈

一个被丈夫遗弃的下岗女工，她的命运比秦香莲更悲惨。靠每月二百元的生活费，既要养活八十多岁的老母亲，还要供养两个儿女上学。农历八月十五，她从外地回到家，女儿穿着棉衣热得满头大汗地告诉她：哥哥说，不穿棉衣会感冒，感冒了家里没钱看病。

052/ 黄婆婆千里讨“秀才”

她十二岁被卖做了童养媳，十五岁做母亲，十九岁又死了丈夫，三十四岁当上了奶奶，六十二岁当了老奶奶，黄婆婆一生历尽艰辛。为了向改嫁的孙媳讨回重孙子，为了让黄家出一个“秀才”，七十岁的她拄着拐杖，连续二十天步行一千多里……

059/ 母亲愿意给儿女一百次生命

大女儿考上大学，学费已压得这家人直不起腰来，而丈夫又患上了糖尿病，日子更是雪上加霜。为了这个家，二女儿辍学外出去咸阳打工，每月给姐姐寄二百元的生活费。灾难再次降临，大女儿又患了肾病，为了救活女儿，母亲给女儿献肾。母女真情感人至深，让人想不到的是，故事背后还隐藏着另一段真情……

066/ 挣死挣活供娃上学，就是为了让娃不再当农民

母亲拉着六七百斤重的架子车，往返四十里路，往县城送砖。父亲不停歇地劳作，挖一棵苹果树挣一元钱，就这样一元钱一元钱地给儿女积攒学费。开学前，两万元的学费没有着落，难坏了母亲，病倒了父亲，三个儿女不忍心，跪在父母面前争着要停学。谁上，谁停？扑通一声，母亲跪在了儿女面前……

072/ 我有什么脸去享儿女的福

为了完成丈夫的遗愿，一个寡妇供养了两个大学生，历尽了人世间的辛酸与劳苦。春节过后，大病一场的母亲送女儿上学，送到车站，女儿刚上车，母亲就瘫倒在路旁。女儿哭、母亲哭，天哭、地哭，树哭、草哭，上演着一个撼人心魄的送别场景……

079/ 不管家里有钱没钱，我娃的大学都要念

冒着大雨，一个农村妇女拉着西瓜车爬泥泞的大坡，一步一滑，她却喊起了“为了儿子，下定决心！为了儿子，不怕牺牲！为了儿子，排除万难！为了儿子，去争取胜利！”的口号。崇高的母爱，把儿子的学业成就化成了自己生命的意义。

085/ 嫂子说，无论如何也要供弟弟上大学

公公婆婆“文化大革命”中被逼身亡，做嫂

子的用自己的奶水把一岁多的弟弟奶大，并养育成人。为了让弟弟考大学，她让大儿子中途辍学。三年补习，弟弟终于考上了重点大学。这个天下少有的好嫂子，她用自己辛勤的双手抚育着婆家、娘家十三个孩子，其中有十个是弟弟妹妹。

“换亲”让一个十八岁如花似玉的女高中生嫁到一百多里外的穷山沟，一进丈夫家门，她就当起了一个六岁孩子的母亲。几年后，嫂子改嫁。婆婆死后，她又把丈夫的侄儿收养到家里。为了让两个孩子念好书，她十年不生孩子，一个研究生、一个重点大学的大学生就是在这样一位“亲娘”的呵护下，展开了他们五彩人生的翅翼。

上大学的女儿回到家里睡在炕上，月光从窗外照了进来，母亲望着熟睡的女儿，深情地说：“都是一个月亮照着，为什么我娃比人家的娃可怜？……要是你爸是……”

卖一个烧饼能赚一毛钱，儿子一年的大学费用是一万二千元，扣除各种费用一年要卖二十四万个烧饼，才够儿子一年的大学费用，卖九十六万个烧饼才能赚够儿子四年的大学费用。而这九十六万个烧饼，这位母亲要流多少血、流多少汗啊！

人的称呼

儿子考上了大学，母亲想儿子几乎想疯了，“非典”期间，村主任一句戏言，母亲吓得要到北京找儿子。为了儿子的学费，父亲光着上身，在炎炎烈日下挑土，一天能挣两元钱。父亲去世了，儿子回到家乡，跪在父亲的坟前，回忆着、诉说着……

118/ 母亲说，娃们受苦了，都是我把娃害的

一把瓦刀供出了四个大学生。这把功劳不小的瓦刀，主人还想抡十年，因为孙子还要上大学。这对吃尽了苦的农民夫妇，20世纪六七十年代为儿女吃饭去负债，八九十年代为儿女上学去负债，如今还要为儿女的安乐去负债，这债不知道要背负到何时才是尽头。

126/ 其余学费咋办，我真的不知道

一个饱受磨难的外地人，入赘进了李家，为了妻子前夫留下的大女儿上大学，他每天在焦化厂卸煤，繁重的劳作有时要连续四十八小时，而卸一吨煤只能挣到三角钱。他的神情麻木了，精神也麻木了，满是煤灰的脸上从早到晚总是堆着卑微的笑容。这笑，笑得是那样的凄苦。

133/ 母亲走进地狱，女儿却走向了天堂

一只臭水池边的天鹅，为了跳出农门，她用婚姻作代价，酿成了一生的苦果。她怨恨农民家庭，怨恨农民丈夫，她还怨恨那些看不起农民的人。为了儿女上大学，为了使儿女远离农村进入城市，她迫于无奈，挪用了企业四万元，最后走

上了被告席。

141/ 狼吃了也罢，反正苦也受够了

为了供三个女儿上学，一个深山里的壮年汉子，既当爹来又当娘。家家户户团圆的除夕夜，却是这个家里最悲痛的时候。丈夫想妻女想娘。为了女儿上学，他踏遍了大山的沟沟梁梁，在挖药材回家的路上，他遭遇了两只凶恶的狼……

149/ “老虎”在后边追赶着，他只能慌不择路了

母亲下肢瘫痪，父亲身高不足一米四，女儿却是一个亭亭玉立、气度非凡的大学生。这个家比一般的家庭眼泪更多，苦难更多。为了女儿的大学学费，母亲日夜纳鞋垫，每天仅收入两三元钱。父亲在大街上卖玉米棒，当今猛似虎的学费逼得他慌不择路……

157/ 这个家让娃娃上学的学费拖垮了

哥哥患肺癌死了，嫂嫂又患白血病死了。为了完成哥哥嫂嫂的嘱托，供侄女上大学，二娘竹花苦受尽了，难也作尽了，眼泪流干了，家也几乎被拖垮了。谁知七十多岁的奶奶身后还负担着两个“孽果”。

163/ 活，为秋阁活；死，为秋阁死

牵着一岁多的秋阁，奶奶走过她生命中的最后二十年，一路风风雨雨、坎坎坷坷。为了秋阁上学，卖掉了祖上留的院子，每天凌晨3点起床扫街道。秋阁毕业了，有了工作，奶奶却带着孙

女成功的满足和幸福，高兴地离开了人世。

170/ 该死的都死了，该活的都留下了

为了供一个大学生，母亲累死在送煤球的车旁，哥哥自杀了，嫂子也病死了，父亲劳累得只剩下一副骨头架子。这个大学生的大学之路，让整个家庭付出的代价太沉重了。

177/ 只要儿子踏进大学门，父母做牛做马也心甘

大儿子还在大学就读，二儿子高考考了全县第二名，不料却因车祸身亡。父亲哭儿哭疯了，母亲从死里走了一回。让母亲更伤心的是，小儿子不打招呼停了学，外出去打工。心力交瘁的母亲仍然有一个坚定的信念，一定让小儿子也上大学。

183/ 奉献到死的母亲，才是最好的母亲

为了让儿子通过体育考试关，母亲每天晚上陪着儿子练跳高，练长跑。儿子跳，母亲跳；儿子跑，母亲也跑……母亲病倒在床上，不吃不喝，身体虚弱。当儿子告诉母亲他考上高中重点班时，母亲忽地站了起来，泪流满面地说：我娃给我争气了……

190/ 为了儿子，父亲把一辈子的泪都流完了

为了儿子上学，父亲想尽了各种奖惩办法。为了儿子上学，父亲上当受骗，逼走了儿子。儿子外出两年杳无音信，母亲哭、父亲哭。父亲每年春节都要给儿子买一瓶红葡萄酒放在桌子上，见酒如见儿。

225/ 为了给儿子借学费，人瘦了几十斤，脸皮厚了几十层

靠打苇箔为生的一对农民夫妇，为了供一双儿女上大学，寒冬腊月，他们在零下十几度的冰水里割芦苇，芦苇划破了手，划破了脸。两个孩子四年的学费花了十万元，而这对夫妇十年没有买过一件新衣服。为了参加儿子的婚礼，他们花了六十五元钱买了两件新衣服，高兴地笑了……

232/ 要让孩子不吃苦，妈妈必须先吃苦

一对双胞胎，生日是二月二龙抬头的日子。母亲从此心里有一个坚定的信念，一定要供两个儿子上大学。为此，她吃尽了苦头。为了两个儿子上大学，母亲半夜去福山，寻找福山的田大姐，求她取走了中签和下签，签筒里全剩下了上签……

240/ 我是靠墙墙倒、靠房房塌

一个大家闺秀，受尽了人间磨难。“文革”中这个家庭的状况一落千丈，在一次工伤事故中丈夫受了伤。沉重的家庭负担压在了她柔弱的肩上，但她坚定信念，要供两个儿女上大学。每当她走投无路时，八十多岁的婆婆总是说，苦日子是熬出来的。

247/ 几乎都是为了孩子上学

2005 年 10 月 26 日，黄河岸边发生了一起车祸，一辆农用车载着二十三名农村妇女下滩拾棉花，在下坡时车翻下深沟，死了十四人，而死难

只要有妈在，你们的学就得上

一个五十多岁的普通农村妇女，十多年来，供养了三个大学生。虽然十一万元的债务压得她和老伴喘不过来气，但她却说：我有一双手，我能干，能种烤烟，能种苹果，能种玉米，能养猪，能养鸡，能养羊，还能逮蝎子卖钱。女儿毕业后，慈乌反哺，要给她钱时，她不但不要，反而说出了一段让天地听了也要落泪的话。

奔腾咆哮的黄河冲出龙门，流过芝川，来到洽川时，就停歇下了自己匆忙的脚步，伸展开被黄土高原紧裹着的腰身，变得宽广起来，东西宽距加上河心洲，已经超过了四十里。

母亲河在这里神情自若地缓缓流过。她不像壶口的黄河，水自天而落，好似神来之笔；也不像龙门的黄河，挟狂风裹黄沙，如黄龙翻腾而直冲三门；更不像风陵渡的黄河，汇聚三河，浩浩荡荡，一路东去不复回。

洽川里的黄河，就像一位饱经沧桑的母亲，哺育着儿女，同时又经历了万种磨难，身荷万钧，但她依然不屈不挠，日夜不息地行走着，走着，一直走到生命的尽头。

洽川，夏代被封为莘国。“自古莘国出美女”，传说中莘国的姑娘美丽而贤淑，这里出了大禹的母亲、商汤的妃子、周文王的母亲太妊，还有武王的母亲太姒。这些来自莘国的母亲们佐王治国，生龙养凤，演绎着一个又一个贤妻良母的故事。洽川境内有一个千年胜景——天柱山，天柱山山门口有副古人撰的对联“禹母送儿治黄水，太姒教子打江山”。可见，从古至今人们对洽川的母亲们的崇敬、溢美和赞誉之情。

在一个炎热的中午，我们来到了坐落在几百米高的黄河岸边的西申村。西申村是一个古老的村庄，她的古老已无从考究，这儿至今仍然保留着的原始部落文化“上锣鼓”，并早就誉满全国。

我们走访的这户人家户主叫雷天喜，女主人叫王秀娥。和许多庄稼人一样，五十三岁的雷天喜，也是过早地被岁月磨砺尽了壮年应有的活力和英气，显得很老相。而五十二岁的女主人，倒是身板结实，神情爽朗，说话大嗓门，连走起路来也显示出一种刚毅。

走进院子，宽大的院子里，五间快要倒塌的旧厦房显现出这户人家生活上的捉襟见肘。与破败的房屋相比，院子里却热闹了许多，到处是觅食的羊、鸡、猪等。我简单说明来意后，没等男主人开口，女主人就打开了话匣子：“我能干，也能吃苦。我能养猪，能养牛、养羊、养鸡。我能种苹果、种烤烟，晚上还能逮蝎子……”说着她就领着我钻过一个土窑洞过道到了后院。后院拴着两头牛，一头卧着，一头站着，全是膘肥体壮，滚瓜溜圆。院子到处堆放着青草，散发出浓浓的草香味。女主人望着牛，显示出了一种自豪感。我和女主人回到前院那排厦房的一间屋子坐下来。屋子东北角是一盘土炕，土炕上凌乱地放着几床被子。屋子没有顶棚，黑旧的椽和檩，说明这房子几十年也没有翻修过。男主人蹲在地上抽着旱烟，一声不吭。女主人滔滔不绝地说起了儿女的事：

“我们结婚三十多年了，生了两个女儿、一个儿子，娃们个个都上了大学。两个女儿毕业了，儿子正在西安上大学，还得一年才毕业。大女儿在蓝田工作，二女儿在汉中。大女儿是1991年考上大学的，那时学费低，农业收入还可以，我们生活还不觉得太紧。另外，我们老两口又能逮蝎子、挖药材，勉强还能供得起孩子上大学。可到了供老二、老三时就不行了。日子一下紧张得没法说，有时家里连十元钱都拿不出来。老三那年上大学，实在没有办法，就在农村‘基金会’贷了八千元，每年光利息就是一千六百元。为了娃上学，咱豁出去了，利息再高也得贷。就这，到了第二年再去贷款时，人家还不给咱贷了，说是先还了利息才能再贷款。为了还利息，我把家里的粮食卖完了，钱还是不够。那时，为了钱的事，我们老两口夜夜吵架……”

说到这儿，女主人抹起了眼泪。一直没有吭声的丈夫磕了磕烟袋也插了话：“有一夜吵得最凶，我心里烦闷，就出了门。在村巷里转了转，到最后也没有个去处，最后跑到了东埝的玉米地。我看着长势非常好的玉米，心里怎么也高兴不起来，三亩玉米的收入不够一个娃一年学费的六分之一。我和他妈都五十岁的人了，一辈子为娃娃，没吃过一顿好饭，没睡过一夜好觉，没住过一天好房。尤其是这几年娃娃上大学的费用，把脊梁骨都压断了。大学呀大学，咱农民家的娃上起来咋就这么难呢？天下多少农民家庭被大学的学费逼得不安宁，越想我越想不通，越想越难受。可难受归难受，日子还得过，娃娃的学还得上。想到这儿，我便往家里走，回家后却不见了娃他妈。我当时心里急了，赶快就到村巷里找，跑了几个来回没找见。那天正好老三也在家，我就和老三一起找，找遍了村里和地里，最后在东沟里找见了。他妈一个人在沟崖下躺着，满脸是血，人事不省。原来她和我吵完架，也心里气不过，就跑到沟里去逮蝎子，没想到一脚踩空，跌到沟崖底下，蝎子没逮着，反叫蝎子在她身上蜇了几处。老三一见他妈这样子，趴在他妈身上就哭。还说，‘妈，我不上学了……’”

这时女主人哭出了声，男人也在抹泪。忽然，女主人停止了哭泣，继续用她那高嗓门说起来了：“还是上天有眼，没要我的命，一只胳膊坏了，幸好是左胳膊，不碍大事，吃了点药，三四个月就好利索了。当时娃娃看着我那个样子，围在我身边，忍着眼泪装出笑脸说，‘妈，我们不上学了，好好伺候你。’我一听这话就火了，我说，‘不上学干啥，一辈子跟我和你爸这样过吗？谁要再说不上学的话，我就不认他！你们不要怕，妈的骨头硬着哩，只要有妈在，你们的学就得上，欠下的债妈不要你们还！’”

男主人又插话了：“这老婆也真硬！治胳膊只花了五十元钱。这五十元钱还是借下的！”女主人接过话头说：“老天总是爱穷人，他老人家知道我要管三个娃上学哩。”说着，女主人看了老汉一眼，语调放低、放慢了，言语中含着一种老夫老妻的深情，说：“你们看，我老汉才五十多，头发全白了，腰都弯了……唉！这都是累的！你想，白天做地里的活，晚上逮蝎子，家里的活晚上加班干，有时还要下黄河捞草卖钱。前年遇上发大水，险些丢了命。地里回来，饭没熟，赶紧提着笼拿着镢到沟里挖药材，挖一点是一点。唉！我毕竟是个女人家，重活还得靠人家干。”

“都是为了娃娃上学，再苦再累也值得！”男主人又插了一句。

女主人打断话头声音高起来："当然值得！我的娃们都乖，我老三在西安上学，也争气着呢，每年都能获得一千多元的奖学金。娃及时给我汇报，从来不打埋伏。"

我问男主人："你们三个娃上学，总共要花多少钱？"

男主人说了一句："这个我没底，他妈记的账。"

我笑着又问女主人："你还能记账？"

"能记个啥呀，我只念到小学三年级，因家里没劳力停了学，生产队时记过工，娃花的钱记了个数。其实，我心里记得比账还准。"

"你的记性那么好？"

"一点不好，但我娃的事，记得比谁都清。"

"那你记账是不是想让娃以后还钱？"

"我才不要我娃还钱，娃上学花钱是我们做父母的事，为什么要让娃还？娃娃虽然挣了钱，但娃娃有娃娃的事。我给你说，上初中高中不算，三个娃从 1991 年到现在，整整花了我十一万元。这几年，我和他爸拼死拼活给人还钱，只欠人家两万五千元了。这两万五千元，我再用五六年就还完了。说真话，我还要攒钱哩。我娃还要说媳妇哩，还要买房子哩。"

说到媳妇和房子的事，我发现女主人特别兴奋。男主人一直在抽烟，听着老婆说的话，低着的头也抬起来了。在男主人和女主人的谈话中，几次谈到逮蝎子，我问女主人："一晚上能逮多少蝎子？"

"不一定，看你的运气哩，一般情况每晚上逮的蝎子能卖四五元。"

说到这儿，女主人加重语气说："四五元也不少，收入四五元，给我娃能省四五元。"

这时，我只觉得一股热泪涌到眼眶，但我还是忍着，尽量不让泪流下来。过了许久，我问：“你女儿给你捎钱不？”

女主人不假思索地说：“捎过，但我不要。”

“为什么不要？”

“我这人就是这样，爱出风头。我给孩子说，妈不要你的钱，捎的钱再多没人知道。你给妈买些衣服和吃的东西，妈逢年过节把衣服穿上，把吃的东西摆到桌子上，能让村里人看！我要让村里人说我娃孝顺。你不知道，我听别人夸我娃，我一晚上高兴得都睡不着觉。”

女主人兴奋得笑出声来，男主人也跟着笑。女主人笑着笑着，笑出泪水。我望着女主人高兴的样子，问了一句：“儿子上了三年学，你到儿子那儿去过没有？”

女主人回答这个问题时，似乎有些心思：“我没去，将来娃工作分配了，我还是暂时不去。”说着，她举起那宽大的补着补丁的衣袖说：“你看我这样子，到了那儿，怕别人说我穷，没人给我娃做媳妇。”

听了这话，我心里不知是什么滋味，终于忍不住流下了眼泪。

再苦再难，娃娃的学还得上

五十九岁的奶奶到千里之外的保定打工，六十一岁的爷爷一个人在家里耕种着三十亩地，爸爸和十三岁的弟弟外出打工时都摔断了腿。为了供一个大学生，全家人四处奔波，谁也想不到这个大学生却是随母亲嫁到这家的外姓人……

女主人叫杨春花，今年四十六岁，是王庄镇李家村人。苦难的生活使这位中年农妇的头发过早地全白了。见到我们，她显得格外亲热，把我们让到她住的厦房里。

厦房内的土炕上，放着两床旧棉被，炕的对面支着一张床。杨春花不好意思地说："这是小儿子睡的床，本来和他哥睡在东边的厦房里，这几天下雨，房子漏，没钱收拾。他哥哥放暑假到外边打工去了，小儿子一个人睡在那边我不放心，好说歹说才将床搬了过来。"

正说着，一个十来岁的男孩走了进来，怯生生地望着我们几个外来人。

我问："这孩子是你的老几？"

"老小。"

“你一共几个孩子？”

“一个女儿，两个儿子。”

“孩子不少啊！”

一句话说得杨春花伤心了，她说：“你不知道，我这家是个互助组。一个女儿和这个小儿子是我丈夫的，大儿子是我带来的……”春花说到这儿停住了，擦了擦眼泪。

等了一会儿，我岔开话题问：“你有几个孩子上学？”

春花看了看小儿子说：“大女儿出外打工，大儿子在武汉上大学，这个小的上初中一年级。唉，为了大儿子上学，真把一家子难死了！特别是他爸，累得不成个样子！”

“哪个爸？”

话刚出口，我有点后悔，担心春花难为情。春花却并不在乎，只是显得有点生气说：“再不要提我娃的亲爸了！孩子的亲爸和我是一个生产队的，家在巷东头，叫胜娃。胜娃会烤烟，前几年去陕南烤烟时，领回来一个商洛女子，这下人就变了，天天打我，要和我离婚。最后法院判我离婚不离家。人说虎毒不食子，可这胜娃是个黑心狼，之后他倒是不打我了，却常常打我娃，非要把我母子赶出门不可。”春花越说声越高，越说越生气：“为了孩子，我认了，家也不要了，我领着孩子出了胜娃家门。出来后没处住，住在生产队原先的饲养室。我现在的丈夫叫民生，民生女人死了两年多，丢下两个娃没人管，经人说合，我嫁给了他。嫁过来以后，民生一家子对我对孩子都好，我也对他的两个孩子好。人常说，好心换好心嘛。”

“你孩子上大学胜娃管不管？”

“胜娃的心比狼都狠。那一年孩子考上大学，家里实在没钱，为给孩子挣学费，一家子跑到韩城去摘花椒，民生给主人家帮忙拉花椒时，腿让车碾断了。娃要上学，报名时学费、生活费就得一万多，我没钱，哭都没眼泪……”春花禁不住大声哭起来。旁边站着的小儿子走到母亲身边，拉着母亲的衣襟，轻声叫着：“妈，你不要哭了。”春花搂住小儿子，哭得更伤心了，边哭边说：“人常说，祸不单行，跛子腿上拿棍敲！民生的腿还没完全好，第二年我们一家子又去韩城摘花椒，这小儿子也跟着去了。摘了不到五天，小儿子上高凳子摘高处的花椒时，凳子翻了，人被摔在地上，小腿摔断了……”春花说着说着，又大声哭了起来，紧紧地搂着小儿子，嘴里自言自语地说：“……我娃可怜的……”孩子也紧紧地搂着母亲，陪着母亲哭。

在场的人都陪着流泪。春花接着说：“我把小儿子从韩城送回来，给他爸说，你的腿不好，在家管孩子，我和老大摘椒去。唉，不去有啥办法，孩子的学费要紧！”春花忽然想起了什么，抹了一把泪，生气地说：“你看我说到哪儿去了。大儿子考上大学的第一年，我没钱，民生腿断了。村里人劝我，让孩子找胜娃去，毕竟胜娃是孩子的亲生父亲……”

“去没去？”

“我劝孩子去，孩子不去。我骂孩子说，你不去学费咋办哩？最后孩子哭着去了。”

“要下钱没有？”

春花说话的声音又放高了，骂着说：“胜娃的良心让狗吃了！不但没给钱，还把孩子骂了一顿赶出门。”春花忽然放慢了声音，语气显得有点沉重：“大儿子有志气，有血性，回到家里，一声不吭。我问了半天，一句话也问不出来，牙咬着嘴唇，咬出了血都不说话……”

春花不说话了，若有所思地摸着小儿子的头。我心里也在骂胜娃六亲不认。春花抬起头，看了我一眼，接着说：

“唉，你说，亲的有时候还真不如不亲的！民生比胜娃好得多！去年大儿子暑假到砖厂出砖，脚被砖砸伤了，我当时正在韩城摘椒，民生在家里给娃换药、做饭，背着娃去厕所……我回来后看到这种情景，心里感动得不知说啥才好。”

这时从外边进来一个老汉，身材魁梧，大概是因为长年累月的劳动，腰却有点弯，脸上刻着农村人特有的深深的皱纹，手拿一杆旱烟袋。没等我问，春花主动给我介绍说：“这是我父亲。”

老汉坐在床上，说了一句：“难呀！”

“你今年多大年纪了？”

“六十一岁。”

“六十一岁头发全白了，不过，身体看起来还结实。

老汉说：“不结实还能行？家里的三十亩地全靠我一个人种哩。”

“老伴多大年纪了？”

“五十九岁。”

“身体还好吗？”

“好着哩，现在外边打工呢。”

“什么？”我有点吃惊地问，“在哪儿打工？”

“保定。”

“保定？”我有点不相信地问，“在保定干什么？”

“给人做饭。我老婆做得一手好饭菜。”老汉的话显得平静，我却张大了嘴巴，半晌说不出话来。

老汉继续说：“全家人都出去打工，为了给孙子挣学费。我儿子腿那年摔断了，留下了残疾，现在又挣扎着在山西打工。孙女也跟着奶奶到保定做饭，三个人一年挣的工钱除过路费，也不够大孙子一年的大学费用。儿媳妇一年四季出外摘椒、干零活，挣的只能够小孙子的学费。家里的零花钱还不知道从哪里开销呢，地里的活全靠我一个人在家干。我干庄稼是内行，侍弄果树可是外行，不干也不行呀。你们公家的人六十岁就退休了，农村的人不行，看着娃娃可怜，日子过不到人前去。一日不死，一日还要像老黄牛一样，套绳得往断的拉。”

听到这里，我再也抑制不住内心的深深同情，不由得热泪盈眶。老汉又慢慢地说：“假使这个孙子是亲生的，家里情况这么困难，我就不让他上学了。正因为不是亲的，我才挣死挣活也要供他上学。我怕世上人骂我偏心眼！孙子考上大学的第一年，媳妇不好意思给我提困难。媳妇虽然没说，但我心里明白，我召集全家人开了一个家庭会。会上，我和老伴的态度很坚决，全家人都出外打工，一定要供孩子上大学！媳妇领着孙子给我和老伴磕头，我拉起孙子，摸着孙子的头说，‘好娃哩，要好好上学，钱的事你不要操心，有爷爷在，有你爸在……’”老汉看了媳妇一眼，长长地吁了一口气，“话虽这么说，但钱毕竟是硬手货。为了孩子上大学的学费，一家子累得四落五散、六神无主！”

说到这儿，老汉转换了语气，坚定地说：“话又说回来，再苦再难，娃娃的学还得上！”

这是一个农村老汉的胸怀！我感到我面前站着的不是一个偏僻农村的农民，而是一位品德高尚的圣贤。

我想了一会儿，不知从哪儿冒出一句话问老汉：“我很想知道你现在最担心的事是啥？”

老汉想了想，叹了一口气说：“大孙子毕业了，还有小孙子。小孙子上初中一年级，到大学毕业还得十年，这咋办呢？我儿子为孩子上学，这辈子气都喘不过来。”

老汉拿着旱烟袋站起来，向我点了点头，用一种低沉的语调一字一板地说：“你们干公家事的人真幸福，我们农民不行。干吧，为了儿子，为了孙子，这心操到何年何月才能了呢？”说完，老汉头也没回地走出了门。

一辆玉兔牌自行车骑出了三个大学生

为了三个女儿的学费，他每天往返八十里做起了“通生”。一个国家干部为了给女儿积攒学费，全年工资累至八月份一次领取。为了女儿上大学，他吃的苦让常人难以忍受。但他却说：让我最难受的事情是女儿上高中时吃的是红薯饸饹……

到了离县城将近二十公里的永平村，杨志强陪着我走进王进升家。王进升五十来岁，在县城一个机关工作，是县上有名的“通生”。渭北不少县的人们，把不在学校住宿的学生称作“通生”。王进升家在乡下，每日下班往家奔，同事们戏谑他为“通生”，不想一下有了名，“通生”成了他的另一个名字。

王进升每天早晨6点多带着饭从家里骑自行车到单位，中午在办公室吃饭、休息。下午6点下班后，又骑自行车回家。春夏秋冬，天天如此。好在永平村在公路边，碰到下雪或下雨，王进升穿上雨衣，同晴天一样骑着自行车，往返在县城与永平村之间。

王进升全家正在吃午饭。饭桌边围着三个人，王进升和他妻子，还有老母亲。王进升的母亲双目失明，端着碗，用掉了牙的嘴费劲地咀嚼着饭菜。妻子是一个农村妇女，让人一看就知道是个贤惠、淑雅的女人。她不断地用筷子夹着碟子里的豆腐往婆婆碗里放。

见我们来了，王进升马上放下饭碗和我握手。我一边握手一边打量着饭桌，饭桌上有三碟菜：豆腐、韭菜、青辣子。

王进升看我注意饭桌，不好意思地笑了笑说：“日子寒酸得让你们笑话！”说完，领着我们进了另一间屋子。

屋子虽然简单，收拾得倒也干净。最引人注目的是墙上贴满了优秀学生的奖状。我看了一会儿奖状，便和王进升拉起了家常。王进升说：“我三个孩子，一个在大学读中文研究生；一个在上海一所大学读本科；一个读高三，明年考大学。三个都是女儿。”

“你看三女儿明年能不能考上？”杨志强问王进升。

“那倒没问题，她现在在高中的重点班，每次考试都是前五名。”王进升充满信心地说。

“你今天咋没去上班？”因为是星期三，我想王进升这时应该在单位办公室里吃午饭的。

王进升笑了笑说：“领导为了照顾我，去年让我在永平村蹲点。”

杨志强猛然想起了什么，问了一句：“现在你的腿好了没有？”

“没完全好。”进升说。

“腿怎么了？”我问进升。

王进升“唉”了一声，谈起了他的家世：“我家祖祖辈辈是农民，父亲去世时，我母亲才二十六岁，我姐七岁，我四岁，我弟弟两岁。我母亲靠煮野菜养活我们姐弟三个。记得有一个晚上，我姐弟三个一天都没吃饭，在家等着出去给我们寻野菜的母亲。谁知等到半夜，母亲爬着回了家，脸上满是血。原来母亲没寻到野菜，到邻村给我们偷苜蓿吃，结果让看苜蓿的人打了一顿，腿被打得走不成路。母亲回家后看着我们姐弟三个还在等着吃饭，不由得放声大哭。母亲哭，我们也哭，母子抱着哭成一团。我们姐弟几个哭着睡着了，母亲思前想后睡不着，准备寻短见。刚把绳子挂在院里的枣树上，我姐从梦里哭醒，看不见母亲，跑到院里，抱着母亲的腿大声哭起来。母亲也不忍心了，回到屋，我和弟弟也被哭声吓醒了，母子四人又是一场大哭……”

王进升忍住哭声，擦了擦眼泪。王进升的母亲好像在外边听，人没进屋却说了话：“我升娃的命也苦，不像个干公家事的人，他为娃娃比我受的苦还大！”又听到王进升的爱人说：“妈，你不要管他，你到房里休息吧。”媳妇扶着婆婆进了另外一间屋子。

王进升接着说：“我初中毕业停了几年学，后来被推荐上了大荔师范。毕业后在新村中学教学，1992 年调到县上工作。当时单位也有房子，后来房子被收了。大女儿考上大学，学费高，我的工资又低，为了给孩子攒学费，每天都回家吃饭。早晨 6 点从家里骑自行车往城里赶，赶 8 点上班；下午 6 点下班，到家已经快晚上 8 点了，就这样早出晚归，从没间断过。去年的一天下午回家的路上遇到暴雨，自行车滑了坡，我被摔到坡下，不省人事。家里等我等不见，让弟弟去找我，弟弟找见我以后，急忙雇了一辆四轮送我到县医院抢救。命救活了，腿却摔断了。在家里养了几个月，腿到现在遇到天阴下雨还有点疼。”

这时，王进升的妻子走了进来，接着王进升的话说：

“为了供孩子，进升把自己俭省得再不能了……我的身体不好。那年生二女儿时又得了肺结核，也没少花钱。地里的活全靠进升一个人做。收麦时人家用收割机，他用镰；拉麦人家用四轮，他用架子车一个人拉，全不像个干部样子。一开口就是孩子长孩子短，我有时想给他做一点好吃的，他总是说，没钱，孩子的学费是头等大事。我家几乎不买菜，菜都是自己地里种的。你们刚看到饭桌上的豆腐，那是专门给我妈买的，我妈牙不好。这人是既爱孩子又爱妈！”

王进升笑了笑说：“你说的，我妈为我吃尽了苦，我能不爱我妈？”

志强与进升妻子打趣说：“进升也关心你呀，那次你住院，进升伺候你二十天，端屎端尿，谁不夸奖进升是个模范丈夫！”

志强一句话说得进升妻子不好意思，我笑了笑问进升：“听说你平时从来不领工资，这事是真的吗？”

“是真的，我全年的工资到每年八月份一次领。因为八月底，孩子上学要拿学费，我担心平时领的工资顺手花了，所以一年攒在一起领！”

我第一次听到干部为孩子上学这样攒学费，便问：“一年的工资够不够孩子的学费？”

“只够一个孩子的。”

“其他的学费咋办？”我有些打破砂锅问到底。

“我还有三亩苹果园，再种些玉米、棉花。前几年省吃俭用给孩子攒了些钱，这几年都贴上了。总之，紧是紧，欠别人的债也不多，比农民还是要强得多。我弟弟只有一个孩子上大学，现在就欠别人外债三万多元！”

“你帮助你弟弟没有？”

“我比他孩子多，也紧，但每年侄儿上学时也给他一千元。咱毕竟是干部，比农民强。”

妻子接住话插了一句：“侄儿每年穿的衣服都是我给买的。”

“进升，你给我说，”我加重语气问进升，“你受这么大的苦供孩子上学，我想听你心里最想说的话是啥？”

进升想了一会儿慢慢地说：“供孩子上学是我做父亲的职责，我记得《父亲》的歌词里有两句话，‘父亲是儿女的上天梯，父亲是儿女的拉车牛’。为了孩子，我受的苦再大，无怨无悔！我母亲在那苦难的年月里把我们拉扯成人，守寡五十年，苦吃得少吗？我吃这点苦算啥！我现在最伤心的有两点，一是母亲跟上我没享过福；二是大女儿上高中在学校生活受了苦，给孩子经常拿的红薯饸饹，孩子吃不好。想到这，总觉得对不起孩子。”王进升这条汉子哭了，妻子也陪着掉眼泪。

我看着眼前这位五十多岁的汉子，虽然是个国家干部，却一点也不像干部的样子。身上那套中山装少说也穿了二十年，脚上穿的是妻子做的布鞋，短短的头发已经花白了，柔和的眼神里却含着宽容与仁厚。

我说：“你这个王进升，爱母亲，爱女儿，爱妻子，爱弟弟，就是不爱自己。”

我起身告辞，刚走出屋子，一个推着自行车的姑娘走进了院子。姑娘见有生人，轻轻叫了一声爸和妈。进升指着姑娘对我们说：“这是三女儿，上高三，每星期三回来取馍。孩子不爱吃灶上的馍，爱吃她妈蒸的馍。”

姑娘瞪了进升一眼，没说话，进了她奶奶屋里。

志强看着姑娘骑的自行车说：“车子旧得不像样了，你给孩子买辆新的吧。”

志强一句话勾起进升的心思，进升又说起来：“这辆玉兔牌自行车是当年我在中学任教时买的。大女儿考上高中骑了三年，上了大学后，给了老二；老二上高中又骑了三年，也考上了大学，车子现在交给了老三；老三明年考上大学后，我准备把车子珍藏起来。这辆玉兔牌自行车骑出了三个大学生。”

我刚要上车，又转过身来问进升：“你骑的自行车是什么牌子？”

进升笑了笑说：“玉兔车给了女儿后，我买了一辆飞鸽牌自行车，也十多年了，现在上下班一直骑着。”

我笑着说：“好啊，骑着玉兔上大学，骑着飞鸽当‘通生’，这两辆车子是你家的传家宝呀。”

孩子在雷声中出世，准能干大事

1962年，一对年轻夫妇从河南逃荒到陕西，雷声中妻子生下了他们的儿子"天赐"。为了养活天赐，两口子卖了天赐的哥哥天顺。为了天赐上学，天赐的弟弟天宝停了学。天赐踏着村头的一百零八级石台阶，终于一步步走出了家乡，跨出了国门。而他的老父母仍然蜗居在北山下一间小瓦房里。母亲天天望着儿子的结婚照，父亲天天到教堂里，在上帝面前为儿子祈祷。

我们怀着一种特殊的心情寻访已在国外定居的王天赐博士的老家。他的家在北山脚下，是个屋舍杂陈，家家户户依地建造显得七零八落的小山村，而王博士的家就在这个村的高埝巷。说是巷，也只有四五户人家。到高埝巷要上一道石板砌成的坡，坡上共有一百零八级石台阶。天赐从会走路起就踏着巷头这石阶上上下下，走了二十年，最后终于走出了家乡，又跨出了国门。说真话，没到博士的老家前，我想，定居美国博士的老家总该有点"洋味儿"。

没承想，到他家一看，情况真让我难以置信。院子西边是四间楼板平房，一分为二，天赐和弟弟一人一间，房子的产权是弟弟天宝。建这栋房时天赐在西安工作，为了回家有房住，天赐给了弟弟三千元。天赐到国外留学后，七八年也没回来过，房子空着，但房子里的床、写字台、大衣柜、沙发样样齐全地摆着。在渭北农村，儿子结婚时，房子里的摆设都是父母给儿子必置的家具。

院子后边靠老崖上有两孔土窑，天赐从小到考上大学前一直和弟弟在西边窑里住，父母住在东边。天赐上大学时放假回家住的仍然是这窑洞。大学毕业后天赐分到西安工作，工作的第二年就结了婚，媳妇是西安人。结婚后的第一个春节，天赐领着媳妇回老家看父母。知道媳妇过年要回来，母亲特意把土窑洞收拾了再收拾，用白灰粉了窑壁，用花纸裱了炕墙，还专门贴了几张年画。天赐的父亲又是杀鸡又是宰羊，并计划着在正月初六热热闹闹地待一回客。腊月二十五，母亲请人蒸好过年馍，还特意多蒸了一个“满家馄饨馍”，因为今年家里有了儿媳妇。

腊月三十中午，天赐领着媳妇回来了，上巷头的石台阶时，天赐扶着媳妇，一边上，一边自豪地对媳妇说：“不要小看这一百零八个石台阶，我就是踏着它们一步一步登上来的。”天赐和媳妇进了家，老两口看着儿子、儿媳妇高兴得不知说啥才好。谁知媳妇一进窑洞，便捂住鼻子，扭身就走，天赐拦也拦不住。当天晚上，天赐和媳妇住在了县城宾馆，大年初一早晨就返回了西安。

除夕之夜，老两口看着包的饺子没人吃，老脸对老脸相对而泣，一直哭到天明。

从那以后，天赐父亲开始计划建房。想建房却没钱，天赐上大学欠的债还没还清。好在弟弟天宝贩苹果挣了些钱，小伙子也要娶媳妇，因此建起了现在的四间平房。父亲和小儿子商量了几次，经过村支书说合立下字据，天赐给了弟弟三千元，房子产权属弟弟，天赐回家有房住就行了。实际上，天赐的媳妇从那以后再也没有回来过，天赐在西安工作时，也只回来了两次。

前年雨多，村上好多土窑都塌了，政府动员住在土窑的农民全部搬出来。天赐的父母在院子东边用山棍棚了一间小瓦房，房子有十几平方米大，老两口从此住在小瓦房里。房子的里边是炕，靠炕是炉灶，墙上贴得花花绿绿，广告、年画、报纸什么都有，唯一显眼的是这些花花绿绿中间挂着儿子和媳妇在纽约的合影。天赐母亲看着儿子的照片说："这是前年捎回来的，娃六七年没回来了，不是娃不想俺，是娃忙得回不来，娃干的是大事。"

我听着这位老母亲浓重的河南口音便问：

"你老家在河南？"

"河南兰考县。"

"哪一年上来的？"

"1962 年大逃荒上来的。"

我想起了 1962 年冬天，我有事到开封，适逢大逃荒。尤其是兰考、民权、商丘一带的农民，拖儿带女，啼饥号寒，成批成批坐火车到陕西讨饭。当时我才十九岁，虽然岁月流逝，已经过去四十多年了，但我至今也难以忘记那凄惨的情景。

"你们几口人逃上来？"

天赐母亲没有回答，很显然我的问话勾起了老人辛酸的回忆。等了一会儿，老人才慢慢地诉说起来：

"天赐爹是孤儿，比我大十岁。我十八岁和天赐爹结了婚。天赐有个哥哥叫天顺，比天赐大四岁，1962 年逃荒讨饭时，我已经怀了天赐。我们在陕西渭南下了火车，一直往北走，准备到黄龙山去。听人说黄龙山地多人少，能开荒。我们一路上讨饭，白天走路，晚上睡在破庙里。碰到好人，就借宿在饲养室。那时饭不好要，人们都没吃的，要的饭不是面汤就是菜疙瘩。有一次讨饭，主人把狗放开，天赐爹的腿被狗咬了，至今还留着伤疤。我怀着天赐，走路慢，走了六七天，才到北山底下这个村子。我们住在村头的土地庙里，那天晚上天下大雨，一声炸雷，吓得我直哆嗦。天赐就是在这时落地的。天赐爹说，娃在雷声中出世，将来准能干大事，就取名叫天赐。”

“这也是你们挣死挣活供天赐上大学的原因吧？”我问天赐母亲。

“有那么一点意思。天赐出生后日子更没办法过了。我生娃的第五天就出门讨饭，和天赐爹分两路讨。他爹和天顺一路，我抱着天赐讨。大概上天保佑我母子，我每次讨的饭都比天赐爹讨得多……”天赐妈说到这儿，转过头看了看天赐的照片。

天赐母亲继续说：“有一天，天赐爹讨饭回来时，只有他一个人，我问天顺到哪儿去了，天赐爹不说话，只流泪。我急了，冲出门要去寻天顺，天赐爹忙拉住我说，他把天顺卖了……”天赐母亲说到这里大声哭了。稍停一会儿，顺手擦了一把眼泪，边哭边说：“我不信，寻死寻活地和天赐爹闹。过了一会儿，来了两个人，背了一个粮袋，给天赐爹说，这是六十斤玉米，你在卖娃文契上签个字。我当时哭得已经起不来了。天赐爹哭着签了字，来人劝我说，娃卖给一个好人家了，比跟着你们强。事后我大病一场，天赐爹劝我说，靠讨饭两个孩子养不过啊，要保天赐的命，就得卖天顺，天赐将来能当大官。”

这一对苦难深重的老夫妇时时刻刻想着儿子当大官，不知道儿子在那繁华的国外，想到过父母没有。我问天赐母亲：“听说天赐的媳妇回来不在家里住，住在县城的宾馆，大年初一返回了西安？”

老人为儿媳妇辩解说：“这不能怪媳妇。你想，媳妇是城里人，住不惯土窑。”

我没说话，示意录像的小王和我一块到天赐当年住的窑洞看看。土窑顶已经裂了很大的缝，窑很深，窑后边还摆着当年放粮的竹笆囤。窑的窗下有盘大土炕，是在国外定居的博士当年卧栖了二十年的地方。我想，也可能这位博士站在国外的高楼前高声朗诵着：永别了，我的土窑；永别了，我的故乡。但请千万不要朗诵：永别了，我的亲爹亲娘。

我又回到了那间小瓦房，老人呆呆地坐着，不知在想什么。我沉默了一会儿，又问老人：“当年你是怎样供天赐上大学的？”

“有二亩苹果，再没别的。天赐上高中时，他爹每天到深山里打柴，一挑子担一百八十斤柴到三十里以外的镇上去卖，有时送给纤维板厂。为了供天赐上学，他爹让老三天宝也停了学，说要保证家庭的重点，因为天赐能当大官。

“天赐考大学考了四年，终于考上了。天赐上了大学，家里的日子更苦了，我和他爹还有小儿子天宝，为了给天赐省学费，一家子全年只花了五元盐钱。为了省钱攒学费，我主动寻村上电工，停了我家的电。”

“现在还欠外债没有？”我插问了一句。

“大概还欠几千元。”

“几时能给人家还完？”

“谁知道。不过天赐他爹给人家说，你们那几个钱算不了什么，等我娃荣华富贵、衣锦还乡时，你们巴结都来不及呢！”

我笑了笑说："天赐爹还挺能说的。天赐现在每年给你们捎多少钱？"

"八百元。"

"是美元吧？"

"不是的，是咱用的那钱。每年过年前，由天赐的岳父从西安给我寄来。"

"看起来天赐还没忘了你。"

"忘不了！八百元我给别人还几百元的账，几百元我和天赐爹一年花不完。不过我的身体不好，经常有病，前几年住了几次院还花了几千元。"

"你住院，天赐回来看你没有？"

"路那么远，回来又要花孩子的钱，孩子的钱挣得也不容易。去年冬天我有病，恐怕见不到儿子，想用电话叫儿子回来。天赐爹说，儿子在外干大事，尽忠不能尽孝，不要误了儿子的前程。"老人说完，深情地看着天赐的照片。

我的眼睛有点潮湿，望着眼前这位弯着腰的老妇人，不由得又问了一句："你的病是怎样好的？"

老人转过头来，脸上掠过一丝苦笑说："吃了几元钱的药，硬是扛过来了。天赐爹说，这是儿子的洪福保佑着我。"

"天赐爹上哪儿去了？"

"到镇上的教堂去了。"

"他还信教啊？"

"信，他爹天天都在念经，求神保佑天赐能当大官。"

录像的小王提醒我，天阴得很，马上就要下暴雨了。我们急匆匆告别了天赐妈，刚走出大门，天空响了一声炸雷。我看着阴沉沉的天，心里说，这声炸雷是保佑，还是惩罚，让在国外的天赐自己挑选吧！

我不能把娃往火坑里推，一定让娃上大学

半年多，这个家里的零花钱只用了两元钱，一家人没有买过一分钱的菜。而母亲却为自己每月只能给上大学的儿子三百元的生活费而伤心哭泣。父亲送儿子上高中时，一手捂着腰里的六千元学费，一手拿着冷馍靠在墙角啃。为了供儿子上大学，父亲在炎炎烈日下拉着煤球车上五里长的坡，流着汗，滴着血……

南池村紧靠金水沟，离煤矿近，村上开了六七家煤球厂，几乎家家都靠送煤球挣得一些运费。

因为要供三个孩子念书上学，马喜运从早到晚拉个架子车送煤球。喜运的妻子在城里工地上打工，早晨拿着冷馍，骑自行车7点到城里，晚上8点骑自行车回家。六年了，年年如此，天天如此。

夏秋两季，两口子晚上还要到沟里捉蝎子。虽说捉蝎子一年只能挣三四百元，但总是一点收入吧！何况这三四百元，在像他们这样的家庭里一年生活零用还花不完。

我是在采访中听马喜运的本村人跟我说，喜运的儿子在上大学后，给父亲写了一封信，信写得很感人。于是，

我几次到喜运家，但都是铁将军把门。这天我下了决心，从下午6点一直等到晚上8点，终于见到了这家的主人。

可一见面，马喜运就挺不客气地说："娃上学的事，有什么好问的？农民都想让娃离开这穷地方，过上好日子，不上大学就没出路。我这村子，凡是有上高中、上大学的，谁家没有一本难念的经？"

马喜运的妻子说她一天忙得团团转。明天星期六，上初中的女儿回家取馍，晚上不去捉蝎子了，要给娃蒸馍。我嘴里不说，心里暗喜，今晚上终于有时间了。

我刚要开口，马喜运却说："穷都穷不安宁，今天来人采访，明天来人调研，再要来你们把钱拿上，我娃等学费哩。"

一句话噎得我无话可说了。他妻子见状，忙给我倒了一杯水说："喜运刚在煤球厂和厂长吵了架，心里没好气，到现在还没吃饭呢，你不要见怪。"

"没事，不要紧。"我附和着说。

马喜运的妻子出去了。马喜运还是不说话，我寻思着该怎样打破这僵局，想了一会儿说："劳累了一天，看把人挣的，孩子的学费也把人压得难以喘气，厂长不讲理，让谁也会生气。"

马喜运看了我一眼，脸色有点缓和，但还是没有说话。

过了一会儿，马喜运主动和我说起话来："三个娃娃，一个上大学，一个上高三，一个上初三，这不是要人的命吗？"

借此机会，我故意说起反话来了："怪你，你不会不让孩子念书，和你一起拉煤球，还能挣钱。"

"拉煤球这是人干的活吗？除非是农民干，有本事的农民都不干，没本事的人才干这差事呢！我能把娃往火坑里推？考不上那也没办法，能考上大学，死活都要上。说真话，娃考不上大学，苦了娃；娃考上大学，苦了爸。”

没想到马喜运还有一套理论。我正要说话，马喜运的妻子走进来，手里拿了一张报纸对我说：“你不要听喜运胡说。我要蒸馍，忙得顾不上和你谈。这是我儿子给我和他爸写的一封信，在大学报纸上发表了。看了信，你就知道我和他爸是怎样供娃的。”

我接过报纸一看，这是一家大学的学报。女主人指着报纸第二版右上角说：“这是我儿子写的。”文章的题目是《给爸爸妈妈的一封信》，我没说什么，坐在凳子上，借着昏暗的灯光读起来。

亲爱的爸爸妈妈：

你们好！

昨天晚上到了西安，一夜没有睡觉，白天吃饭也没味，眼前总浮现出我爸那精疲力竭的身影和在村前坡头拉煤球时的情景。那天天气炎热，爸爸顶着火辣辣的太阳，汗如雨下。他的身体几乎是爬着往前拉，一步步地向前挪着。看到爸爸吃力的样子，当时我不知哪来那么大的力气，用肩膀从后边把煤球车抬了起来，结果却让爸爸摔倒在地上。

爸爸爬起来，鼻子被擦破了，流着血。他看着我笑了笑，继续往上拉。到了坡上，我到爸爸跟前，看着他沾满土的脸和流血的鼻子，我抱着爸爸的腿哭了起来。

我心里想说：爸，我不上学了，但话到嘴边又没有说出来。爸爸抚摸着我的头笑了，我看得出来，爸爸笑时眼睛里含满了泪花。

我回过头，望着爸爸跌倒的地方，仔细数着爸爸滴在地上的血点，共十八点。这十八滴血犹如十八把刀子插在了我的心上。

爸爸妈妈，我知道你们日夜劳累，都是为了我们兄妹三个。我上大学才两年，两个妹妹还在中学，家里已经负债累累了。你们每天的所思所想，甚至晚上睡觉时做的梦，都是我们的学费。一天将近十七个钟头的劳作，都在为我们的学费付出。

妈妈，当我知道咱全家半年来没买过一分钱的菜，零花费用只花了两元钱时，我哭了，我惭愧得无地自容！我一个月在学校的生活费是三百元，三百元和两元钱相比，简直是天壤之别！

妈妈却哭着为我辩护说：“家里只要有面有馍就行了，孩子在外必须吃好。”妈妈，你不应该哭，也不应该为儿子辩护，你的泪，你的话，是在给儿加罪呀！儿每想起这两元钱时，就心里不安。

妈妈，儿有一件事，一直感到内疚。从小学到高中，儿一直穿着你做的布鞋，儿穿着布鞋觉得舒适、踏实。儿算了一下，二十年最少穿了一百双你做的布鞋。这一百双布鞋，纳鞋用的线，可以拉几百里长。可是，上了大学以后，你做的布鞋，儿总不愿意穿。儿没给你说儿买了两双皮鞋，学校里还放着你做的四双布鞋。儿写信前，把布鞋拿了出来，看着布鞋哭了。这四双布鞋一针针一线线凝聚着母亲的心血啊！

我想起了小学学过的《游子吟》：“慈母手中线，游子身上衣。临行密密缝，意恐迟迟归。谁言寸草心，报得三春晖。”妈妈，我脱了皮鞋，重新穿上你做的布鞋，不知怎的，我忽然觉得脚底有一股暖流冲了上来，冲到我全身，冲到我头顶。这暖流是母亲的爱，这爱将会伴随我终生，这爱将会永远激励着我。

爸爸，你记得我自费上高中那一年报名的事吧。那件事这几年一直像一只虫儿在咬噬着我的心。自费上高中的费用六千元，你东借西挪好不容易才凑齐。报名那天，你和我一起去。到了学校，我见你穿的衣服有点破旧，心里不高兴，就让你在校门外等着，我到学校看有关报名的规定。我出校门时，见你靠在墙角，一只手捂着腰，一只手拿着冷馍啃。我知道你腰里装着六千元钱，当时有个记者模样的人正在给你拍照。我看到这情况脸唰的红了，拉着你就走，并没好气地埋怨："在街上吃馍，也不怕人笑话！你不看那位记者正在给你拍照，你的形象多不好！"你当时像犯了错的孩子，任我拉着摆布，任我埋怨，一句话也不说，甚至还朝我笑。事过以后，我觉得自己太过分了，时间越长，我越受到良心的谴责！

爸爸，你和我妈六年来，中午饭几乎没有一顿在家里吃，都是一边劳动一边吃冷馍，喝自来水。这到底为了什么，还不是为了供我们兄妹几个上学啊！我不知道那个摄影的记者在哪里，假使我能找见他的话，一定要回那张照片把它放大，永远带在身边。

爸爸妈妈，儿子对不起你们！请你们原谅！我给两个妹妹也写了信，希望她们好好学习，省吃俭用，要知道父母的钱来之不易。

希望你们当心身体，不要过于劳累，不要过于为儿女操心。我一定记住爸爸妈妈的话，好好学习。

爸爸妈妈，儿子离不开你们，永远离不开你们！祝健康快乐！

儿子

8月19日于西安

我边看边掉眼泪，看完信，我抬起头来，不知什么时候，马喜运已经站在屋子里昏暗的灯光下。我发现马喜运也在流泪。已经够了，也没必要再问什么了。

我拿着信说："信暂时借给我，明天给你们送来。"

马喜运看着我有点歉意地说："刚才有点对不起。"

"没什么，不打不成交嘛。"

说着，我伸出手和马喜运告别，马喜运把手伸出来又缩回去，说："手上全是煤。"

"有煤我也要握。"我抓住喜运的手紧紧地握着。

为了儿子上大学，摔死也值得

一对双胞胎双双考进大学，为了供孩子上学，父母亲靠卖豆芽挣学费。他们不知道一碗羊肉泡馍卖多少钱，也不知道干吃面是啥味道；自行车坏了，舍不得花钱修理。有一次卖豆芽，下坡时车闸失灵，父亲和驮着豆芽的自行车一起滚下了坡，坡下，是那滚滚的黄河……

我们来到古渡村采访，适逢这天是农历六月十五日。六月十五是古渡村传统的放河灯节，因此我特意把采访安排在下午，以便晚上顺便观看放河灯。

古渡村的渡口据说已有两千多年了，明末清初时，这儿发展成了一个有三四千口人的大镇子，渡口街面上，店铺酒店鳞次栉比，富商大贾，八方云集。

但到了20世纪初，由于连年战乱，加之几次大饥荒，古渡村逐渐败落，失去了昔日的繁华。人们搬迁的搬迁、逃亡的逃亡，后来剩下不到两千口人了。尤其是20世纪后期，交通事业迅猛发展，到古渡过河的人更是寥寥无几。大都是本村人撑着船到河心洲割草或种植，两岸村子的人有时到对岸去办事，图路近，只两元的船票就行了。摆渡的船全是用柴油机带动的旧铁船。

到了古渡村，村子很大，可到处是断墙残壁，一片败落景象，不过从那不少高大古老的砖墙上仍然可以辨析出当年的繁华。今晚村子里放河灯，家家的亲戚来了不少，巷道里的人来来往往。村东头一座古戏楼上乐人班子正在唱戏，戏台下围满了人，大都是些老汉和老婆们。

我们绕过戏楼，穿过了三个巷才到卖豆芽的王发贵家。

王发贵家的院子和全县农村许多供养大学生家庭的院子景象一样，破旧、贫穷。不同的是王发贵的五间厦房显得高大，一看就知道过去是个殷实之家。

院子台阶上坐着一个二十多岁的姑娘，人长得很端庄，大眼睛直直地盯着我，不说话。还没等我反应过来，姑娘“嘿”的一笑，这一笑，让我愣了一下，心想，这姑娘是不是傻子？

王发贵的妻子桂花见我们大热天老远赶来，忙放下手中正在糊的河灯，领我们进屋。

我见屋里坐着几个客人，又退了出来说：“院里凉快，我们坐在院子里谈。”我顺势便坐在院子的葫芦架下。

桂花忙给我们倒水，水递上来后，桂花一边糊河灯一边说：“今天是六月十五，是我们古渡村的放河灯节。家家都要做河灯，晚上8时多在黄河放河灯，不知道你们看过没有？”

我还没来得及回答，王发贵推着自行车回来了，车子后面挎着两个大笼，是装豆芽用的。桂花忙给我介绍说：“这是我孩子他爸。”

王发贵放下车子，问桂花：“给客人倒水没有？”

我忙说：“倒下了，不客气。”

王发贵接着说：“平常一天卖一趟，在邻村转转中午就回来，下午还要到地里干农活。今天村里放河灯，家家有客人，没出村，就卖了两趟。”王发贵顺手端了一碗凉水，咕咚咕咚地喝下去。听说我是来了解供孩子上学的事，顺手抹了抹嘴巴，便说起他家的辛酸往事：“我老爷爷是清朝的举人，但没有当官。母亲生下我们兄弟姊妹七个，父亲不到四十岁就去世了。母亲把我们七个拉扯大，真是不容易。因为家里穷，没钱上学，我只上了三年小学。我老婆娘家兄弟姊妹八个，在河口村，她母亲也死得早，人家念书念到小学毕业，比我文化程度高，我们两个是苦瓜一对。我们有四个孩子，大的初中毕业，供不起，不上了。大前年大儿子结了婚，两口子出外打工，把孩子给他妈放在了家里。你不知道，他妈替他们管孩子，还落不下好。大儿子说这是我给他的补偿，理由是没供他上大学。为这事他经常跟我和他妈吵闹，说我们没本事，埋怨我们到世上没干一件正经事。”

桂花哭丧着脸，叹了一口气接话说：“也难怪大儿子，我和他爸是农民，识字不多，亲戚也全是农民，没有社会关系。你看村东头大虎家，大虎爸是县里一个局的局长。大虎上学比我儿子差得远，不是逃学，就是打架，初中没上完，就被学校开除了。大虎爸自费送大虎到西安上了三年学，现在分配到县上一个红火部门工作。回来开的小车，威风得很呢。

“上次大虎拉我儿子到城里逛了一天。儿子回来后就和我闹，和他爸闹。我有时想，大儿子也闹得对，谁让咱是农民，没本事！”桂花说到这儿，进屋子取来一张照片让我看。

照片上是两个充满朝气的青年，浓眉大眼，令我感到惊讶的是两个青年长得一模一样。没等我问，桂花用自豪的口气说：“这是老二和老三，双胞胎。”

我看了看发贵和桂花，羡慕地说：“你们有两个这么好的孩子，他们在哪儿上大学？”

桂花拿着照片，给我指着说：“这是老二，这是老三，两个儿子同时考上大学。老二在河南上大学，毕业后分到广西。老三考到咸阳轻工业学院，准备考研究生，现在在山东工作。老三平时学习比老二好，高考时没考好，不能怪娃，原因是我那几天有病，老三的心全在我身上。通知书下来后老三不想去，我说，咱们补习不起，补习一年得用六七千元。你爸卖豆芽供你们上学，供不起。两个孩子都懂事，假期回来帮忙犁地、摘绿豆、拉粪。有一次，老二推着豆芽和他爸一块到村里卖，他还学着吆喝哩。”

我心里有些激动，顺手从女主人手里拿过照片看，眼前好像浮现出一个英姿勃勃的大学生推着豆芽车，父亲在后面跟着，行走在泥泞的土路上。多么动人的一幅父子情深的画面。

发贵有点难过地说：“我儿子帮我卖豆芽，我又高兴又心疼，爸不行，儿子也跟上受累。你看人家大虎，今天村里放河灯，家门口停了十几辆小车，多气派。我整天卖豆芽，我在外边卖，老婆在家里泡，老婆比我下的苦还大，一天七八次换水。两个人忙上一天，也只能挣十元钱。”

十元钱！我心里算了一下账，一年三百六十五天不停地卖豆芽，才能挣三千六百元。

桂花望了望发贵说：“孩子上学时，两个孩子的学费一年就得两万多，四年花了八九上十万，至今家里还欠人家七万元。孩子他爸一分钱都舍不得花。有一次卖豆芽，路过一个朋友家喝水，看人家孩子吃干吃面，当时他心里想，啥时候也能尝尝干吃面的滋味。人家到城里吃羊肉泡，他连一碗羊肉泡多少钱都不知道。”

一包干吃面，一碗羊肉泡馍，这要求低得不能再低了，我眼前这对农村夫妇，却连这也不敢奢想。但他们却拿出十万元供出两个大学生。我不知道这对双胞胎将来会怎样报答他们的农民父母。

桂花又给我讲了一件事：

“这卖豆芽的自行车已经骑了快二十年了，我娃他爸总舍不得换，也没钱换。自行车出了毛病，总是自己修修。有一次，他骑着自行车到南村卖豆芽，车子闸断了，人和自行车一下滚了坡。幸好豆芽笼碰到路边的树上，才把他救了，不然人和车子肯定都滚到黄河里去了。幸好那次没有摔出大伤，只是腿上和脸上擦破了皮。第二天，他跛着腿，推着自行车，又卖豆芽去了。你说要是有个三长两短，孩子的学咋上哩？！”

发贵接着桂花的话说：“摔倒的当天晚上，我躺在炕上想，要是我真的摔死了，也是为了供两个儿子上学摔死的，值了。两个儿子挣钱以后，在我摔死的地方立个碑，世上的人也知道我王发贵不枉活一世，供了两个上大学的儿子。”又是一段让人心碎的谈话，我流泪了。

这时，坐在院子台阶上的那个姑娘，忽然粗粗地叫了一声：“妈，我要喝哩。”

桂花赶忙倒了一杯水，给姑娘送去，姑娘端起杯子就喝，桂花说了一句：“慢点，水烫的。”

桂花转过身来，对我说：“这是我女儿，比双胞胎大。女儿考高中没考上，我劝她自费上高中，女儿看家里穷，还有两个弟弟上学，执意不上。后来看见同班的同学都上了大学，思想有点想不通，慢慢地患了精神病。农村女娃最担心有这种病，我带着她到处求医看病，看不好。但不管怎样，孩子大了，还得想法给孩子找婆家。女儿二十一岁那年，和邻村一个残疾人结了婚，结婚两个月被人家打回来了。去年又嫁到韩城，过了几个月又不行，又被送了回来。今年都二十七了，一天傻里傻气的，幸好她总是待在家里，还不乱跑。我有时看到这个烂家，看到我可怜的女儿，真想死了算了，一了百了。但想起争气的老二和老三，我的心劲又来了。

“前几天，老三在山东给家里写了一封信，说他发工资了，我和他爸高兴得一夜都没睡。我哭着说，我儿子十年寒窗，为的就是今天，今天终于来了！我儿子脱了苦海了。儿子的信上还说，让我们二老不要过于劳累，能做多少做多少，豆芽最好不要卖了。他姐的病不要我们过于操心，他和哥哥想办法给姐姐治。”桂花越说越兴奋，兴奋得都哭了。

发贵插话说：“上大学的和不上大学的人到底不一样，老二、老三的认识还是高。”

桂花瞪了发贵一眼说：“不能只怪老大，老大的学习也不差，谁让咱家穷，供不起娃上学。”

说到这儿，桂花缓了口气说：“话又说回来，豆芽还要卖，不卖外债咋还呢？两个儿子也负担不起，儿子还有儿子的事呢。”

天渐渐暗下来，发贵站起来对我说：“我先走了，一会儿还要放河灯。”说着从屋里拿出几个糊好的河灯，并接过桂花手里的河灯出了门。

这时从门外跑进来一个大约两岁的小孩，拉着桂花的手说：“奶奶，我要看放河灯。”桂花对我说：“这是大儿子的娃，咱们一块看放河灯去。”

桂花进了屋子，提了一个袱子，不知装着什么。一手拉着孙子，一手拉着傻女子，和我们一起走向黄河边。黄河岸边站满了人，十分热闹。男人们挽起裤管，赤着上身，蹚着河水，走上了河心的大船。河心有十只大船，船上挤满了人。人们把点着了蜡烛的河灯放在黄河里，一排排的，好似长龙一样，顺水而下。河岸上的妇女们，在沙滩上摆着供果，点着香烛，跪在地上，嘴里念着、祈祷着。

据说，过去人们放河灯时祈祷天神、地神、河神，求三神保佑船夫的平安，祈祷死在黄河里的灵魂早早升天。现在船夫少了，人们便祈祷在外打工的游子，祈祷在外求学的学子，祈祷村上所有在外的人都平平安安。

我站在桂花身后，只见桂花跪在地上，女儿和孙子各跪在一边，低声祈祷着："求神保佑大儿子平平安安，早些回来；保佑二儿子、三儿子平平安安，工作顺利。求神保佑女儿病情好转。"

一声号角，放河灯的指挥大喊："起风了，水下来了！"只见河心的船迅速划回来，人们从船上跳下来，蹚水回到岸上。

风越来越大，白茫茫的水头，铺天盖地而来，黄河在咆哮！

一个普通母亲最后十天的日记

儿子快要参加高考了，而母亲却因患肝癌，生命垂危。在生命的最后十天里，母亲口述他人记录给儿子留下的日记，字字含血、行行含泪，倾注了一个普通农民母亲对儿子的爱和希望，感天、动地、泣鬼神。

王大龙是县某机关的一名干部，知道我近来采访农民家庭供养孩子上大学的事例，找到我给我讲述了他二姨家的故事，并拿来了二姨临死前十天记的日记。

大龙说：“我二姨是去年死的，死时才四十岁。高中毕业后，二姨一直在农村。她爱好文艺创作，写过一些故事、诗歌。外爷没男孩，给二姨招了个河南人做上门女婿。婚后第二年二姨生了个男孩，全家人高兴得不得了，给孩子起名叫阳阳。河南人因和外爷处不到一块，在阳阳两岁时回河南去了，从此再没见过人。不久，外婆患脑溢血死了。过了三四年，二姨招了一个山东人上门。从此，外爷的脾气越来越古怪，除过吃饭就是在地里干活，七十多岁的人了，除了阳阳和谁都不说话，老拉着个脸。山东人会烧窑、做砖，在煤矿上挖过煤，开始和二姨的关系还挺好，可自从生了女儿丹丹后，就常常为你的孩子他的孩子吵嘴了。这山东人爱喝酒，经常喝得大醉。人常说祸不单行，山东人又得了肺气肿，干不成重活了，只能在家种地、放羊，做些轻活。

“二姨年轻时很漂亮，又有才华，但遇事总是不顺，村里人和她的同学经常惋惜地说二姨是红颜薄命。在这种贫穷的日子和一件接着一件烦心事的致命打击下，二姨患了肝癌。因没钱医治，很快恶化，生命垂危。

“二姨有个雷打不动的习惯，从上初中起，每天坚持写日记，临去世时还在坚持写。我很爱二姨，也很尊敬二姨。她那孜孜不倦的求学精神一直激励着我。她临死前的十几天，我一直在她身边服侍她。最后十天的日记，实际上是二姨口述，我整理出来的。”

大龙不说话了，取下他的眼镜擦泪。我赶忙打开日记看起来。

6月28日　　星期五　　晴

今天是农历五月初七，是阳阳19岁的生日。记得那年阳阳落地时，恰逢早晨9点，太阳从窗外射进，照在阳阳身上。接生婆说，这是吉兆，后来我给孩子取名阳阳。从此，我的一切希望都寄托在阳阳身上。

去年的今天，我给阳阳煮了鸡蛋，赶9点时送到学校，我亲自给阳阳剥了鸡蛋皮，看到阳阳吃鸡蛋时的馋相，我乐了。真的，热血充满我的全身。阳阳是我生命接力赛的下一棒，他一定跑得比我好，比我快！今年阳阳的生日，我却躺在床上，不能亲自给阳阳送鸡蛋，只好让大龙去送。阳阳看到鸡蛋不见我人，是否会有别的想法？阳阳，别为妈妈操心，妈妈很好，专心复习功课。

离高考还剩下九天了。

6 月 29 日　　　　星期六　　　中雨

大龙昨天送鸡蛋回来说，阳阳问起了我的病，大龙说没事，几天就好了。其实我知道我的病不行了，尽管周围的人都在哄我，包括我的亲人和医生。同学说，我红颜薄命，有时我认这个命，但看到阳阳就不认命了。阳阳是我生命的延续，阳阳的前程充满了阳光，阳阳的未来就是我的未来，阳阳的发达就是我的发达。

今天的雨下得好，久旱不雨了，地里的庄稼和苹果都等着雨。这老天爷下的不是雨，是给我阳阳送来了学费，感谢老天爷的恩赐。

今天离高考只有八天了。

6 月 30 日　　　　星期日　　　小雨

昨天晚上做了个梦，梦见阳阳考上了北大中文系，我高兴得流下泪。尽管我的肝部剧烈疼痛，但想到梦中之事，疼痛就缓和了不少，比吃止痛药还灵。

阳阳从小爱语文，作文写得好，妈妈也爱文学，但没取得什么成绩。阳阳立志要当作家，当作家到底有什么好处，我也说不清。阳阳要当作家，我就支持。

今天是星期天，我让大龙给阳阳送去换洗衣服，已经两个多月没给阳阳送衣服了。今天下雨，丹丹没有回家取馍，她爸给丹丹送馍去了。虽说丹丹今年才上初一，但离考大学也只有五年了。

离紧张的高考只有七天了。

7月1日　　　　星期一　　　　晴

早晨疼得我昏迷过去，中午好些了，强打精神坐起来写日记。

村里的医生给我开了处方，我问多少钱，他说十五元左右。医生走后，我将处方撕碎，咽在肚里。幸好大龙没在身边，不然又要花十五元钱。这钱虽然是大龙出，但大龙工资也不高。我的病反正是治不好了，省点钱给阳阳上学用。我从内心真的很感激大龙，我死后希望他也能照顾好阳阳。

离高考只剩六天了。

7月2日　　　　星期二　　　　晴

昨天晚上疼得我睡不着觉，鸡叫时才迷迷糊糊睡着。一入睡就做梦，梦见阳阳的亲爸爸和我吵架，说我没有照顾好阳阳，我气哭了。阳阳两岁时你就扔下孩子走了，至今活不见人、死不见尸，你还有脸来问我！我越哭越伤心，声音越来越大。当我醒来时，天已大亮，阳阳的继父坐在我身边，握着我的手也在哭。我看到这个山东汉子被我拖累成现在这副凄惨模样，我又掉泪了。真不容易，这两个月来，他既下地，又做饭，尽管有时为阳阳和我闹矛盾，这也怪我太护阳阳了，我真是感到对不起他。我无力的手，还是鼓了很大的劲，把他的手握住说："不要过于伤心，等丹丹上大学时，有阳阳管。阳阳爱吃韭菜拌粉条馅的包子，今天中午你蒸些，让大龙给阳阳送去。"他点了点头，悄悄地走了出去。

离高考剩下五天了，阳阳，你准备得怎么样了？妈妈想你！

7月3日　　星期三　　阴

一夜折磨，疼得我爬不起来，前半天昏死过几次。下午清醒过来，大家扶我坐下，大龙坐在我的身边，拿着笔，听我口述日记。今天我没拒绝给我输液体，我怕等不到高考那一天。大龙建议叫阳阳回来看一下，开始我同意了，但又怕阳阳见了我难受，高考分心，坚决不让叫。

阳阳，不是妈妈狠心，不想见你，天下哪有快要死的母亲不想见儿子一面的？我多么想听你再叫一声妈妈！

丹丹回来取馍，抱住我哭得不行。大家都说丹丹长得像我。我把丹丹搂住说，听你爸爸的话，要好好学习。我心里想，丹丹千万别像妈妈，红颜多薄命呀！

离高考还有四天了。

7月4日　　星期四　　小雨

看起来我的生命真的不多了。父亲在我身边坐了将近两个小时。父亲终生劳苦，受的打击太多了，他自幼丧父，中年丧妻，老年又要丧女！父亲本就话少，自我有病后，更没话了。我看着父亲苍老消瘦的样子，心里实在内疚。

我一生给父亲只带来过一次欢乐，就是生下阳阳。父亲没吃过一顿好饭，没穿过一件好衣服，没过过一天好日子。现在，白发人又要送黑发人。我眼里涌出了热泪，抓住父亲的手说："爸爸！我对不住你！"父亲泣不成声，摸着我的头说不出话来，只说了一句："都怪爸爸……"

我强忍住泪水，让父亲再靠近我些。我突然想到我五六岁时，父亲常把我架在脖子上看戏的事，想着想着我笑了。父亲以为我想阳阳，问我："是不是想阳阳，不然把阳阳叫回来。”我摇了摇头。

离阳阳参加高考只有三天了！

7月5日　　星期五　　晴

今天早晨身体感到轻松了，可能是回光返照吧。大龙昨天晚上陪在我的身边。今天早晨，他说回城向单位请个假，我叮咛他给阳阳二十元钱，让阳阳吃好，还让他给阳阳拿几个煮熟的鸡蛋。

大龙刚走出门，我又把他叫回来说：“厨房瓦罐里有些红枣，给阳阳也带上。红枣补身子，一定叫阳阳当心身体。”又叮咛说，“告诉阳阳，记住，答题不要慌，作文一定要审好题，别走了题。我最担心阳阳的数学。”大龙走后，我突然想起死了十六年的母亲，于是叫阳阳的继父从箱子里取出一个花布袱子，从袱子里取出母亲生前亲手给阳阳缝的小红布肚兜。我拿着布兜，看了好久，阳阳小时既淘气又惹人疼的情景和母亲慈祥的面容，一幕幕在我眼前交替相映。我把红布肚兜贴在胸前，心里默默地祈祷：“妈妈，保佑你的阳阳吧！”

离高考只有两天了！

7月6日　　星期六　　暴雨

今天身体又不行了，连说话的力气都没有。丹丹中午冒雨回来，坐在我身边，只是哭。我示意丹丹拿来阳阳毕业时照的照片，递到我手上。有阳阳、丹丹在身边，我一定能坚持几天。停了一会儿，我睁开眼，给大龙说：“记住，让你姨夫明天早晨做一碗喜馄饨，赶阳阳进考场前送去，图个吉利。”我记得一个诗人写的《考场外有感》，其中有这样两句诗：“天下谁无怜儿意，尽把春意付儿程。”阳阳，妈妈只能送你到这儿了。假使妈妈来世变成一匹马，一定会驮着你，伴你终生。天空一声闷雷，雨下得更大了。

明天就要高考了。

7月7日　　星期日　　小雨

9点多，二姨慢慢睁开眼，嘴里断断续续地说：“阳阳……进、进……考场了……”说完就闭上眼，再没有睁开，怀里仍然紧紧抱着阳阳的毕业照。

我读完日记，抬起头，双手撑着下巴，任眼泪往下淌。大龙说：“7月7日的日记是我补的，那句话是二姨生命到了最后时刻从嘴里迸出来的！”

大龙又对我说：“二姨咽气时，阳阳正在考场上。三天高考没让阳阳知道母亲去世的消息。天气炎热，我二姨的遗体8日下午就得赶紧送到墓地寄埋。9日下午，我在考场外等阳阳，阳阳下了考场见我催着他回家，知道妈的病情不好，一路心急火燎。进了村看到门前的丧棚，阳阳大声哭着叫妈妈，直冲进家里。

“当阳阳知道母亲的遗体已送到墓地，转身往妈妈墓地跑去，我拦也没拦住，忙拿着纸钱跟着阳阳跑到二姨的墓地。阳阳不由分说，跳进墓穴里，摇着母亲的遗体，使劲敲着棺板，大声叫着：妈妈，你的阳阳回来了，你怎么不等阳阳就走了？！阳阳哭得死去活来，赶来的人，拉也拉不起他。最后，几个人把阳阳从墓穴里抬上来。我跪在地上代阳阳给二姨烧纸，突然阳阳发疯似的跑回去，眨眼

工夫又跑来，抱着他平时考试的卷子和高中课本，跪在妈妈墓前烧起来，边烧边哭，在场的人都哭了。”

大龙说到这儿，取出他二姨的遗书，遗书是复印的。他说：“二姨死后，箱子底下有个红包，包着五千元钱和一封遗书。”大龙念起遗书：

各位父老和亲朋们，我已知道我患了不治之症。这五千元是我多年省吃俭用的积蓄，为了给阳阳上大学用。前多年开始存钱时，我想五千元足够阳阳上大学用。谁知，这几年学费在猛涨，这五千元还不够半年的大学费用。阳阳是个好孩子，一定能考上大学，希望亲朋们能给阳阳些资助，我在九泉之下也会感激你们的大恩大德。阳阳一定要好好学习，照顾好你爷爷、父亲和妹妹，牢记乡邻之谊，月是故乡明。

5 月 10 日

大龙说：“阳阳现在北京一所大学上学。学费是靠亲朋资助和借贷。”

我不是一个合格的妈妈

一个被丈夫遗弃的下岗女工，她的命运比秦香莲更悲惨。靠每月二百元的生活费，既要养活八十多岁的老母亲，还要供养两个儿女上学。农历八月十五，她从外地回到家，女儿穿着棉衣热得满头大汗地告诉她：哥哥说，不穿棉衣会感冒，感冒了家里没钱看病。

李兰英原单位是县某单位一家所属企业，已内退多年，单位每月只发给她二百元生活费。

李兰英的前夫在一个单位管后勤，不知什么原因，和李兰英总是处不到一块，感情不和，于是就和兰英离了婚。

李兰英有两个孩子，离婚时男孩子小明十三岁，女孩子小英才六岁，全部由李兰英带。李兰英还有一个八十二岁的老母亲，全家四口人的开销，靠她低微的二百元生活费维持着。单位的人都骂李兰英的前夫是陈世美。

李兰英虽非秦香莲，但比秦香莲更苦、更惨。秦香莲还有包拯“赠你纹银三百两，拿回家去度饥寒……送儿南学把书念，只读书来莫当官”，那时候三百两纹银供孩子，就是苦读书，考上状元也根本花不完。而李兰英虽说也常常得到单位领导和朋友的一些资助，但这些资助对于当今比山还重的学费来说，的确是杯水车薪。

李兰英租了一间简陋的小平房，和女儿一起住。儿子现在西安上大学，假期回来，加个小木板床。屋子里一贫如洗，最显眼的家具就是一张学习桌和一把旧木椅。学习桌上摆的花花绿绿全是书。

将近五十岁的李兰英，现在穿的还是十多年前单位上发的工作服，裤子早洗得发白，摞上了补丁。这身装束使我想起“文化大革命”中下放到农村改造的城里人。

我是晚上到李兰英家采访的。小明在西安一所艺术大学读书，适逢暑假刚办完补课班回到家里。小明说：“这个暑假给人补课纯收入有两千元，很不错，这两千元对于我母亲来说，是一年的收入了。”小明从去年开始在暑假办补课班，儿子挣钱了，母亲高兴得不得了。去年寒假，李兰英让两个孩子回老家江西去看八十多岁的姥姥。

离婚后，李兰英的前夫从不认儿子和女儿。小明上初中时，李兰英碰上老母亲有病，要回江西侍奉母亲，在老家待了四个月。小明和小英的生活费花完了，两个孩子去找爸爸，爸爸不但不给钱，反而拿着棍子将一对儿女打出了门。还追着要打女儿，小英跪在地上，拉着爸爸的衣角求饶说：“爸爸，我们再不来了，你不要打了。”村里的人看不过，都骂李兰英的前夫是陈世美，心比毒蛇还狠。

小明考上大学后，李兰英实在拿不出学费来。无奈，小明又去找爸爸。爸爸照旧骂了小明一顿，赶他出门时说：“你的生活费、抚养费我一次付清了，你现在已满十八岁，生活能自理，以后不要找我了！”小明从此再也没有去找过爸爸。

去年，李兰英回江西，小英正上初二，放学回家还要一个人做饭，兰英走时给了小英两个月的生活费一百元。谁知李兰英母亲的病又是一时不见好转，兰英只能迟回来一个月。小英没办法，又去找爸爸，小英爸爸还是不给钱，连个好话都没有。最后，小英跑到妈妈原单位的刘局长家借了五十元。

我问小明："爸爸这么坏，你记恨他吗？"

小明说："开始恨得要命，甚至咒过爸爸死。现在我上了大学，随着时间的推移，不那么恨了。爸爸也有他的难处，他毕竟是我的爸爸，小时候也曾经疼爱过我。"

李兰英说："他的工资也不高，每月七百多元，和现在的妻子又有了孩子，上面还有七十多岁的老父亲，生活确实也不宽裕。"

听到这话我心想，这个陈世美，不给钱也罢，不应该打孩子呀，而前妻和你的孩子却能这样宽容你，你知道后能不惭愧吗？

小明现在在西安一所艺术大学上大三，小英上初三，每年两个孩子的学费、生活费至少也要一万五千元。儿子上高中时，李兰英没钱供给，没办法，把仅有的一点家当——八十平方米的单元楼房卖了三万多元。再没钱时，就是卖家里的东西，一件一件地卖。大衣柜、电风扇、皮箱、桌子，家里只要能卖钱的东西都卖了。

小明说："看到家中坐吃山空的样子，我当时真不想上学了。但母亲不干，她说儿女的任务是学习，她的任务是供养。母亲又举了好多例子劝我上学，说她是个下岗工人，没钱没权，只有上大学，才是我们的出路。听了这话以后，我和妹妹学习都很努力，我终于考上了大学。"

李兰英从来不在两个孩子面前哭穷。暑假快结束了，李兰英愁得睡不着觉，进门想着孩子的学费，出门也想着孩子的学费，到处借债，已经欠下人家三万多元了。单位的领导每年过春节都到李兰英家慰问，拿上三百元，还有粮油之类的。去年又给李兰英和她女儿每人每月加了四十五元生活费。李兰英说：“不管多少，说明国家还是关心我们下岗工人呢。我们穷人，别人对我们有一点好处，我们都记在心里。”

李兰英已够苦的了，但她说：“孩子比我更苦，每年正月初一到十五，我和两个孩子都在北街电影院门口摆小摊，卖儿童小玩具和瓜子，一天能收入三十到五十元。早晨七八点去，晚上10点多才回来。”小明打断母亲的话说：“我妈妈比我们更苦。有一年大年初一，天下着鹅毛大雪。人们都在家里围着炉子，团聚在一起过年。可我们娘儿仨在电影院门口，不停地叫卖。到下午4点多，才卖了两元钱。我给妈妈说，回家吧，雪下得这么大，没人看电影。但妈妈却坚持继续叫卖，她让我和妹妹先回家，自己再卖一会儿。到了晚上8点多，还不见妈妈回来。我和妹妹赶到电影院门口，大街上空空荡荡，没有一个人，只见妈妈还站在雪地里，身子瑟瑟发抖，口里不停地叫卖，我的眼泪一下子冒了出来……”

李兰英看了看哭着的儿子，接着儿子的话头说：“大人的苦算不了什么，儿女的苦大人总是受不了。过年，人家的孩子穿着新衣服，兜兜装着钱买这买那过年哩。我儿子和女儿却穿着旧衣服在街上叫卖。八年了，孩子没过过一次年，没放过一个炮，没点过一个礼花，没提过一次灯笼。我女儿九岁那年，放了暑假，一个人背着半袋玉米棒，一天还卖过三十元钱呢。有一天，一袋子玉米棒她很快就卖完了，女儿回家后高兴地催我再煮一锅玉米棒，还要到街上卖。我说，今天算了，放你半天假，到街上玩去。女儿不高兴地说，你不是说咱家没钱，哥哥上高中的学费还没着落吗？我听着女儿小嘴巴里说出的话，心里难过得不知说啥才好。这真是，穷人的孩子早当家。

“有一年夏季，我回江西。两个孩子一个上初中，一个上小学，放学回家两个孩子自己做饭，生不生、熟不熟的。记得八月十五我回到家里，女儿放学回家，穿着棉衣，头发又脏又乱，热得满头大汗。女儿说，哥哥说要穿棉衣，不能感冒，感冒了没钱看病。我抱着女儿大哭，我觉得我实在对不起儿女，我不是个合格的妈妈！

“我儿子在大学里，每天生活费只花六元钱，一天只吃两顿饭。女儿十六岁了，穿的裤子补丁摞补丁。有一天女儿从学校回来，说她们初三分班了，班主任是新调来的老师，不知为了什么，老师总看她的裤子，而且对她很关心。我听到这话，心里一阵酸楚，学校里再没有比我娃穿得更破的孩子了！”

李兰英说有件事，至今让她感到内疚：“有一次我跑了半天借学费没借下，心里很烦。晚上 9 点回到家里，儿子还没回来，我到巷头看了六七次不见人。儿子 10 点多才回来，我批评儿子，儿子顶了我一句。我正在擀面，顺手用擀面杖打到儿子的胳膊上，儿子疼得直打滚。我赶忙叫来医生，医生说胳膊腕脱臼了，不要紧。虽然没有什么大事，但我哭了两个晚上。

“当时，我老母亲还在这儿，我又不敢哭出声，泪水流湿了枕巾，流湿了床单。我想，孩子失去了父爱，又得不到母爱，我算什么母亲！从此以后，我再也不打孩子了。”

李兰英还有件牵心事，就是她八十二岁的老母亲：“本来说老家没人了，母亲就该随我生活，但母亲执意要回江西。一是怕我负担重；二是担心她死到这里没地方埋，人老了

总得落叶归根。我儿子考上高中第一年学费高，我没钱，顺口说了一句，没钱不上了。儿子当时没说话，第二天早晨出了门到天黑没回来，急得我团团转。女儿忽然发现桌子上压着张字条，才知道儿子赌气回江西了。第二天早晨老母亲又不见了。

“等了三天，老家打来电话说，母亲的腿摔伤了。我赶忙回到老家，原来母亲担心我儿子到老家没人管，也独自一人回江西去了。由于心急，进村时摔了一跤。

“我赶忙回到江西，进门抱着母亲和儿子就哭。母亲批评我说，你的负担再重，也不能把气往孩子身上出，孩子小，教管他们要有耐心。背过我又批评孩子说，你母亲命苦，负担重，要听你母亲的话，要给你母亲分忧。”

李兰英哭着说：“管得了孩子管不了老母亲，管得了老母亲管不了孩子，当女儿、当母亲都难呀！”

说到最后，李兰英不无自信地说：“我的孩子就是我的动力。”当我谈起儿女将来对她的回报时，李兰英说：“因为我是母亲，母亲对儿女是不能提要求、图回报的。唯一的心愿就是希望儿女好好读书，成为国家的栋梁之材！”

黄婆婆千里讨“秀才”

她十二岁被卖做了童养媳，十五岁做母亲，十九岁又死了丈夫，三十四岁当上了奶奶，六十二岁当了老奶奶，黄婆婆一生历尽艰辛。为了向改嫁的孙媳讨回重孙子，为了让黄家出一个“秀才”，七十岁的她拄着拐杖，连续二十天步行一千多里……

黄婆婆的身世可以写一部长篇小说。

黄婆婆老家在西府，父亲在兰州做水烟生意。黄婆婆随母亲在老家，母亲照料打理着这个殷实的家。

当时，交通不便，父亲多年不回家，在兰州娶了二房，生了一个男孩。黄婆婆十一岁那年，母亲因病去世，父亲回到老家料理完丧事，又续娶了一个农家女在老家照料家务。婚期没过十天，父亲去了兰州。第二年，黄婆婆的继母生了一个女孩。

继母生性凶狠，嫌弃黄婆婆，把她偷偷卖给人贩子，人贩子又把黄婆婆卖到渭北一户农家做了童养媳，当时黄婆婆只有十二岁。黄婆婆十五岁上生了一个男孩，十九岁时男人又过早死去，她守了寡。母子俩相依为命，历尽人间艰辛。

黄婆婆送儿子上了几年学，儿子学习不行，便停了学。儿子到了十八岁，黄婆婆硬挣着给他娶了个河南逃难来的媳妇，第二年生了个男孩。不料媳妇产后大出血，死了。刚出世三天的孩子就撂给了黄婆婆。为了养活孙子，黄婆婆买了一只奶羊，给孙子喂羊奶，喝稀饭。

那时农村已进入了人民公社时期，人们经常看到三十多岁的黄婆婆背着孙子放羊。生产队的干部也可怜黄婆婆，把离家近的、比较轻的农活派给她。黄婆婆下地做活，背上总是背着孙子。

黄婆婆的儿子因为有个男娃，家里又穷，一时说不下媳妇。

有一天，儿子对黄婆婆说："妈，咱家穷，人家又嫌我有娃，没人给我做媳妇，反正我已经给黄家留下了种，我到沟东上门去了。"说完，给黄婆婆磕了一个头就走了，从此这个家只剩下黄婆婆和孙子。

孙子长到八岁时，黄婆婆送他到学校，对老师说："我娃比他爸聪明，婆婆带下的孩子，你要管严，不对你就打。"说着流下了泪，要给老师磕头，老师赶忙把黄婆婆扶起。

这个孩子真的聪明，从小学到初中，考试总是全班第一。上初中二年级，学校放暑假了，黄婆婆的孙子给生产队割草，不小心滚到沟里去了，头部受了伤。从此，孩子的学习明显退步，见人话也少了。黄婆婆为此得了一场大病，人一下子瘦了一圈，黄婆婆对黄家失去了信心。

但活人还要吃饭，孙子毕竟是黄家的后代，黄婆婆硬是挺了过来。孙子长到二十岁，黄婆婆又开始给孙子瞅媳妇，瞅的倒不少，谁知人家和小伙一谈话就不愿意了，说孙子老实是老实，就是有点太老实了。

一直到二十六岁，这个孙子才娶了个从洛南过来的姑娘，叫英英。幸好那几年开始实行责任制，烤烟收益又不错，黄婆婆为孙子的婚事，还大操大办了一番。

结婚前黄婆婆找人算了个卦，算卦的说：“娶英英是吉祥的，到你家准能早生贵子，你家也会兴旺起来。”黄婆婆那阵子高兴得不得了，走路快似风，说话总是面带笑容。

穷人家娶媳妇不容易。黄婆婆对英英也特别好，她认为英英是个福相。结婚第二年，第一个娃出世了，是男孩。第四年第二个娃又出世了，还是个男孩。黄婆婆真喜得合不拢嘴，逢人就夸，见人就讲。

村里人也说，黄婆婆有眼光，给孙子娶了个好媳妇。第二个重孙子一出世，第一个重孙每天就跟黄婆婆睡。谁知好景不长，苹果成了当地农民的重要经济收入后，黄婆婆家的苹果却一直不行。原因是黄婆婆老了，黄婆婆孙子的智力又差，不会管理苹果。看着四邻的旧房都换成了新房，黄婆婆家仍然是两孔旧砖窑。有点姿色的英英看到别人家的日子一天好似一天，觉得自己常年守着一个笨男人，过穷日子，有点不安分起来，最终还是闹着和丈夫离了婚，嫁到邻县去了。法院判大娃归女方，二娃归男方。

大娃离门那天，八岁的孩子一只手被妈妈拉着往门外拽，一只手被黄婆婆拽着往家里拉。黄婆婆哭，妈妈哭，孩子也哭。孩子一会儿叫老婆婆，一会儿叫妈妈，小弟弟也抱住哥哥的腿不让走，那天孩子最终没走成。

过了几天，法院就来人硬把孩子领走了。黄婆婆不顾死活，挡在警车前面昏死过去。黄婆婆病了，为了重孙子又在死里走了一回。

苦命人心强，一个月后，黄婆婆又站在门前，而且对村里人发誓，一定把大重孙子要回来。

村里人说："算了，娃他爸只会卖力气，挣不下钱。你七十岁的人了，自己都管不过自己，还能管两个重孙子？"

黄婆婆说："不行，我看大重孙子将来是个念书的料，准能当秀才。"黄婆婆说到做到，第二天拄着拐杖步行到邻县去要重孙子了。

英英改嫁的家离黄婆婆家有三十里路，隔一道沟，还有一条小河。黄婆婆一是走路快，二是要重孙子心切，不到四个小时就到了目的地。进了村，黄婆婆一边走一边问英英家的门。可到了门口，黄婆婆不进门，在门外叫着重孙子的名字。英英听到黄婆婆的声音，知道她是要孩子来了，赶紧出来把黄婆婆往家里让。黄婆婆硬是不进去，说孩子是黄家的后代，必须跟她一块回黄家。英英说她是孩子的母亲，对孩子有监护权。黄婆婆不服气地说："我是黄家的一家之主，对黄家所有的人有管理权。"你说你有理、她说她有理，村里人也是向东的向东、向西的向西，吵吵闹闹一直到下午 4 时。黄婆婆看吵不出个结果，拄着拐杖气呼呼地回家去了。

到了家里，已经是晚上 8 点多。第二天早晨，黄婆婆 6 时又出门了。走在路上，黄婆婆心里盘算着，你有你的小算盘、我有我的老主意。路过一个小商店，她给重孙子买了二斤油麻花。

黄婆婆到了村里，没有直接去英英家，而是到了学校。

学校刚下课，黄婆婆一眼就看见了重孙子。重孙子见了老婆婆，一下子放声大哭。黄婆婆也伤心地哭了，一边给孩子擦眼泪，一边给孩子吃油麻花，嘴里骂道："这贼婆娘是不是打我娃了，是不是不让我娃吃饱饭。"黄婆婆的眼睛四面瞅着，准备趁人不注意拉着重孙子偷偷溜走。

黄婆婆还没顾得上走，英英听巷里人说黄婆婆到学校去了，马上放下手中的活路赶到了学校。两个女人见面先是吵，接着是骂，最后又是拉着孩子在拔河。黄婆婆哭，媳妇哭，孩子哭，学校的学生和老师也都陪着哭，连课都上不成了。

这一趟孩子还是没有偷回来，下午 4 时，黄婆婆拄着拐杖回家了。

第三天，黄婆婆早晨准时 6 时出发，脚步比以前更快。到了村里，黄婆婆没去学校，也没去家，在路上等重孙子。谁知放学时，英英抢先一步把孩子接回家。黄婆婆气得跳脚大骂：“这媳妇比我还精！”她一屁股坐在英英家大门口，诉说着、哭着，惹来了一大群人和孩子围观。

英英见黄婆婆每天几十里来要重孙子，心里也感动，态度再不那么凶了，她给黄婆婆送饭送水，可黄婆婆不吃也不喝，就是只念叨着要重孙子。

这次孩子还是没要走。

回到家，黄婆婆的孙子说：“婆，算了，你老人家再不要去了。”村里人也劝黄婆婆不要白费力，还举了好多例子说：“儿女都靠不住，你还想靠重孙子？没门！”但黄婆婆态度坚决，说这孩子有出息，能当秀才。“我不能让黄家的秀才落到人家的门户里，那样的话，我死后没脸见黄家祖先。”

第四天早晨，黄婆婆 6 时上路，晚上 8 时回家，还是落了个失败。

第五天早晨，黄婆婆 6 时上路，晚上 8 时回家，又是黄婆婆一个人回来。

这样一去一回，一直不间断地持续了十九天，都没有结果。

黄婆婆一次次跑几十里来讨回重孙子的事，感动了英英村里所有的人，人们都说英英自私，孩子是黄婆婆管大的，应归黄婆婆。英英的男人也很是烦恼，家门口每天像有热闹看似的围满了人，耽误得啥事都干不成，为这事他和英英吵了几次。迫于无奈，英英同意黄婆婆领走孩子。

第二十天 10 点左右，黄婆婆又准时来到英英家门口。这次英英态度比往常好多了，把黄婆婆让到家里，同意孩子回黄家。条件是孩子假期要到这儿住几天，同时，也要准许她到黄家看孩子。黄婆婆说："孩子到这儿住可以，但你不能进黄家的门，出门的媳妇好似泼到地上的水。"

英英给孩子拿了几件衣服和一些食品，和黄婆婆拉着孩子一块走出门。走到沟口，英英坚持送到桥边，黄婆婆执意不让。英英抱住孩子哭了一阵，下了狠心，才转过身回家去了。

黄婆婆领着重孙子回到家里，家门口挤满了人，大家像迎接胜利归来的佘太君，有人还放了炮表示庆贺。黄婆婆不无自豪地说："黄家的秀才回来了。"

黄婆婆二十天步行一千多里讨回重孙子的故事，在十里八乡传开了。

黄婆婆的孙子在附近一家面粉厂干搬运工，黄婆婆喂着羊、鸡、猪，农忙时还要到地里干活。七十多岁的人了从不叫苦，她心里一直想着，我黄家一定要出个秀才。

我问黄老婆婆吃这么大的苦是为什么，为什么要供养重孙子当秀才。黄婆婆倒也说不出个子丑寅卯来，只是说秀才就不种地了。小重孙子没有考上高中，去年到外地打工去了，说挣钱供哥哥上大学。大重孙子上了三年高中，把黄婆婆已经累得不知道什么叫黑夜、什么叫白天。但她从早到晚，从黑到明，心里有一个坚定的信念：黄家要出秀才了。

功夫不负苦心人，大重孙子今年考进西安一所重点大学。当我问起重孙子的学费时，黄婆婆说："孩子他妈前天送来两千元，要看娃，我让见了。儿子是娘身上的一块肉，我也是当娘的。小重孙子打来电话，说他给哥哥一千五百元。我孙子在面粉厂装卸面粉，一年工钱都没领了，厂长说，虽然厂里效益不好，但是赶孩子走时一定给两千元。"

我说："这才五千五百元，还差一半，另外一半咋办？"

黄婆婆打开炕对面木柜上的锁，翻了好一会儿，取出一个小红包袱，又在红包袱里摸来摸去，取出一个马蹄金戒指说："这是我母亲死时留给我的，我藏在我的小肚兜里，没让继母看见。七十多年了，我一直藏着它，现在我想把它卖了，给重孙子添学费，不知够不够？"

我望着黄婆婆手里那枚金光灿灿的戒指，心里想，是呀，这戒指，伴随了黄婆婆的一生；黄婆婆这颗饱经沧桑的心，也像这金戒指一样，金光灿灿！

母亲愿意给儿女一百次生命

大女儿考上大学，学费已压得这家人直不起腰来，而丈夫又患上了糖尿病，日子更是雪上加霜。为了这个家，二女儿辍学外出去咸阳打工，每月给姐姐寄二百元的生活费。灾难再次降临，大女儿又患了肾病，为了救活女儿，母亲给女儿移植肾。母女真情感人至深，让人想不到的是，故事背后还隐藏着另一段真情……

我走进这个干净的农家小院，女主人康洁正在院子的葫芦架下择韭菜，她准备给女儿包一顿韭菜馅饺子。女儿娜娜也拿了一把韭菜，一边择着，一边和母亲说着话。

这母女俩的故事报纸上曾经报道过，那是一家报纸的记者在医院里采访的。康洁的谈话，其实没有对记者说出所有真正的内情。

康洁四十多岁，手术过后身体还很虚弱、消瘦，但枯黄的脸上还是显示出了安详和刚毅。女儿娜娜比母亲恢复得要快些，脸上已泛出红色，一双美丽的眼睛长得很像母亲。

平时，康洁不愿意和别人谈及女儿的事，尽管村里的大人都知道娜娜不是康洁亲生的，但从来没人敢对娜娜说。

康洁还有个亲生女儿叫婷婷，比娜娜小三岁。小时候，有一次两个女儿吵架，康洁没问原因，上前去狠狠地批评小女儿。小女儿委屈地哭了，说母亲偏心眼，偏姐姐，姐姐是亲生的，她不是亲生的。康洁气呼呼地随便说了一句："你是路上捡的！"好几年小女儿为这句话一直转不过来，总以为自己不是娘的亲生，大女儿娜娜从此再也不和妹妹吵架了，凡事总让着小妹妹，护着小妹妹。

娜娜在镇上高中上学，娜娜的亲娘也在镇上。亲娘有一次买了好多东西去看娜娜，娜娜感到莫名其妙，根本不见这个亲娘，亲娘只是哭。

娜娜星期六回到家，将这事告诉了母亲康洁。康洁心里想，看起来纸里包不住火，这段隐情必须让孩子知道。当天下午，康洁没让娜娜去学校，晚上将小女儿婷婷也叫到跟前，将事情原原本本告诉了两个女儿。

康洁二十一岁时怀了第一胎，在镇上医院生产。由于早产，孩子刚出世就死了。适逢镇上有个人第三胎想生个男孩，结果又生了个女孩，不想养这个女婴，经人介绍，把孩子给了康洁。康洁将仅三天的孩子抱回家，这孩子就是娜娜。康洁说这段话时没落泪，说话前心情很沉重，说完心里反而感到轻松了。

娜娜哭了，哭时把母亲抱得紧紧的，担心会失去这位慈祥的母亲。婷婷也哭了，对母亲更加敬佩，她抱住姐姐，害怕失去这个疼爱她的姐姐。

以后，娜娜的亲娘又到学校两次，娜娜还是不认。康洁怕影响女儿的学习，把娜娜转到了县城里的高中上学。

康洁的父亲是个民办教师，一生酷爱古典诗词，尤爱李商隐的《无题》。床头几十年都悬着自己书写的"春蚕到死丝方尽，蜡炬成灰泪始干"。

康洁的父亲有四个孩子，老大是女儿，因受“读书无用论”影响，初中毕业就辍学了。老二、老三相继考上大学。民办教师当时的待遇是工分加补贴，补贴一直很少，有时根本领不到手。老二、老三的学费压得康洁父母腰都直不起来，上高中一年级的康洁，看到父母劳累的样子，主动停了学。康洁的母亲不久也病逝了。

康洁说：“父亲一生最怕‘民’字。当年公办教师和民办教师在经济和待遇上的悬殊，让父亲‘民’怕了。他说，自古以来，以民为本，为什么现在谁身上有个‘民’字，地位就一落千丈？尤其是‘民’字前再加个‘农’字！所有农村的‘民’，都不如姓公的‘民’！父亲一生最大的希望就是让他的后代都归属‘公’，都去干公家的事。

“父亲苦尽甜来，刚转为公办教师没几年就退休了。因为工龄长，每月退休金能拿一千多元。他高兴地说，我晚年要享共产党的福了。还准备每月拿出几百元给大外孙女娜娜上学补贴。谁知父亲命运多舛，时运不济。退休还不到两年，骑着自行车出去通知老同学聚会时，在大路口被大荔县一辆农用车给轧死了。因为是农用车，自然是农民驾驶，交警大队多次调解，仅仅只赔了八千元的安葬费。想不到当了几十年民办教师的父亲，最后又死在了农民的农用车车轮之下。”

康洁年轻时和丈夫王庚申辛勤劳动，又适逢改革开放，农村经济好转，一家四口的日子过得还算顺当。康洁继承父亲的遗愿，一定要供两个女儿上大学，让她们跳出农门，永远不当农民。康洁到了晚上，一边给女儿纳鞋，一边给女儿辅导作业。经常用“四海无闲田，农夫犹饿死”“遍身罗绮者，不是养蚕人”这些诗句教育儿女要惜农、悯农，并鼓励她们立志学习，不当农民。

娜娜考上高中后，家里经济开始紧张，不幸的是庚申又患了糖尿病，这真是雪上加霜。娜娜的学费、丈夫的药费，康洁已经难以支撑。三年多了，康洁没给自己买过一件衣服，除有时给丈夫做一点好吃的外，自己春夏秋冬不吃一分钱的菜，村里的人都说康洁老了许多。

娜娜考上大学后，学费全靠着外援和借贷。康洁为了娜娜上大学的学费，多次跑到徐水河边哭。流水潺潺的徐水河，伴随着康洁呜呜咽咽的哭声，沟里的草草木木也被感动得流泪。更让康洁伤心的是，上高二的小女儿婷婷没和母亲商量就停学了，跑到咸阳打工，她要每月给姐姐寄二百元生活费。

婷婷到了咸阳，给爸爸、妈妈写了一封信——

爸爸、妈妈：

您的婷婷没有给你们打招呼就停学了。尽管你们很难受，但我想你们从道义上还是会支持我的。咱们家太穷了！为什么这么穷？都是我和姐姐的学费给拖穷的。爸爸又患了糖尿病，家里所有的负担都落在妈妈一个人肩上。看着日益消瘦的爸爸，又看着一天一天衰老的妈妈，我和姐姐不知道背后哭过多少次。我想，我们做儿女的为什么这么自私，为了自己的前途，为了自己的幸福，要拿父母的生命作代价。姐姐一个人的大学学费就像一座山，已压得妈妈趴在地上，我为什么又要在妈妈身上再压上一座大山呢？咱们家离不开爸爸，更离不开妈妈。你们小时候受苦受难，那是时代给你们造成的，而现在不堪负荷的痛苦却是儿女们给你们造成的。为了拯救咱们这个家，为了治好爸爸的病，为了减轻妈妈的负担，我们姊妹两个必须有一个人停学。姐姐已经上了大学，不管从良心上、道义上，

还是现实情况上，我都不可能提出让姐姐停学。更何况妈妈平时对我的教育，使我深深懂得先人后己的做人准则。妈妈，你做人的高尚情操和一个慈母的宽阔胸怀，永远是我学习的榜样。

爸爸、妈妈，我出去打工了，从下个月起，我每月给姐姐寄二百元生活费。妈妈，您一定要注意身体，不要为我们做儿女的过多操心。爸爸要经常吃药，注意饮食，等姐姐大学毕业后，我们姊妹两个共同给爸爸治病。告诉姐姐，不要为妹妹停学伤心。

你们的婷婷

3月18日

康洁看了婷婷的信后，哭得就像泪人儿。

谁知不久，天大的祸事又降在康洁的头上，学校打来电话说娜娜得了肾病。康洁急忙赶到西安，医生告诉康洁，这是要命的病，必须移植肾脏，手术费高达十几万元！真是一个晴天霹雳，康洁几乎昏了过去。十几万元对于一个贫穷的农民家庭来说，简直是天文数字！康洁面对灾难不知如何是好。当天婷婷也从咸阳赶到了西安医院。

娜娜想自杀，哭着对母亲说："妈！我的亲妈妈！你含辛茹苦把女儿抚养大，负债供女儿上学；妹妹忍痛停学，供我上学。父亲为了供我上学也累成了糖尿病。咱家的希望都寄托在我身上，谁料我又患了绝症，给家里带来这么大的灾难。我不能再拖累这个家了！"娜娜又对婷婷说，"妹妹，你为了我上学，自己停学打工，姐姐总感觉到有一种负罪感，死了心里也不得安宁。现在我又患了绝症，我再不能拖累爸爸、妈妈和你了。姐姐死后，你一定要回到学校去，继续上学，考上大学，为父母争光，为咱家争光。爸爸妈妈为咱们吃的苦太多了，尤其是妈妈，她是世界上最好的妈妈，你工作后一定要照顾好他们。”娜娜一边哭一边说着。稍停一会儿，娜娜抓住婷婷的手又说：“婷婷，姐姐再一次求你了，一定要回学校上学。记住，考上大学后，到姐姐坟前烧几张纸钱，告诉姐姐，你考上大学了……”娜娜哭得再也说不下去了。

婷婷紧紧握着姐姐的手，望着可怜的姐姐，眼泪像泉水一样往下淌。她咬着嘴唇，尽量不让自己哭出声来。婷婷不知道对姐姐说什么才好，只是不停地摇着头，点着头。康洁看着从刚出生三天抚养到二十三岁的女儿，虽非亲生，胜似亲生！她的一切心血和希望都用在这个女儿身上。说实在话，停学的是婷婷，假使是娜娜，她一定会赶到咸阳把娜娜叫回来继续上学。现在女儿得了要命的病，她望着将要走向死亡的女儿，心如刀绞，痛不欲生！她不能让活生生的女儿就这样离去！她不能让死神把女儿夺走！康洁含着眼泪，强装着笑容对女儿说：“不要怕，天塌下来有妈撑着，只要妈在我娃身边，再大的困难也能克服，再恶的病魔也能战胜！只要有妈，没有渡不过的难关。”

康洁在女儿面前没掉一滴泪，背过女儿却哭得死去活来。娜娜的病引起了学校师生的关注，大家纷纷给她提供爱心资助，同时康洁的两个哥哥和亲邻们也纷纷帮忙，虽钱数还差七八万，但这让这家人还是看到了希望和光明。为了尽快手术，康洁和医生商量，决定自己给女儿移植肾！康洁的决定，首先遭到婷婷的反对。婷婷说：“妈，您已经给了女儿一次生命了，还是让我给姐姐移植肾吧！”康洁把婷婷拉在自己的怀里，抚摸着女儿的头，无限深情地说：“婷婷，不要傻了，妈记得上高中时有一个诗人说，母亲

是儿女生命的源泉。为了儿女，母亲给儿女一百次生命也不多呀。”

幸运的是，经过化验，康洁和娜娜血型配伍正合适，于是，医生最后决定移植康洁的肾。快要给康洁动手术了，康洁的丈夫从乡下赶来了，康洁的两个哥哥也从千里之外赶到西安。

那天，大家望着这位刚毅的母亲，她穿了一身新衣服，显得更加从容。大家心里想着往事，觉得眼前这个母亲是世界上最优秀的母亲，人人都默默地为这对母女祈祷着。

娜娜躺在病床上，一句话不说，只是哭。

母亲躺在手术车上离开病房时，看着娜娜，又看了看婷婷，眼神里流露出对女儿的鼓励。

康洁被推进手术室时，娜娜哭瘫在了病床上。

几天后，康洁睁开了眼睛，先看相邻病床上的娜娜，看见女儿安静地躺在病床上，康洁笑了，笑得是那样的从容……

几个月后，娜娜回校上学了。康洁回到家，只剩下一个肾脏的母亲，又在给女儿筹措下学年的学费。

我望着这对情深似海的母女，不由得口里默默地朗诵着《母亲》中的几句歌词：

你躺在那病床上，有人滴着眼泪；你露出那笑容时，有人乐开花。啊！这个人就是娘，啊！这个人就是妈！这个人给了我生命，给了我一个家……

挣死挣活供娃上学，就是为了让娃不再当农民

母亲拉着六七百斤重的架子车，往返四十里路，往县城送砖。父亲不停歇地劳作，挖一棵苹果树挣一元钱，就这样一元钱一元钱地给儿女积攒学费。开学前，两万元的学费没有着落，难坏了母亲，病倒了父亲，三个儿女不忍心，跪在父母面前争着要停学。谁上，谁停？扑通一声，母亲跪在了儿女面前……

当了半辈子支部书记的杨永乾是我的老朋友，他领我到了张永年的家里。

这一家共有六口人，张永年、张永年的妻子曹会贤和上大学的两个女儿、一个儿子，还有张永年六十多岁的父亲张老汉。我们进门时先见到了张老汉。张老汉个儿不高，走起路来腿稍有点跛。长年累月的苦力劳动，加之营养的失调，张老汉的眼睛几乎失明了。

张老汉住在门房，路过他的房门口时，有一股异味扑鼻而来。我往屋里一看，屋子里全是堆放着的塑料纸、玻璃瓶、硬纸片，只要能卖钱的垃圾，可以说是应有尽有。

唯一没放垃圾的地方是老人的炕，陈旧的棉被已无法

辨认出颜色。一个竹皮热水瓶说黑不黑、说黄不黄，看起来起码是 20 世纪 70 年代初购置的。张老汉站在门口，没让我们进去。即使进去，那间屋里，也实在没有下脚的地方。

曹会贤领我们到了另一间厦房，厦房虽然不大，却很干净。女主人知道了我们的来意后，漠然地说："这有什么好谈的，说得再多，谁也不给钱！"

冷不防碰了个钉子，我有些不知所措。仔细打量曹会贤，她看起来像是五十来岁，中等身材，人已瘦得不像个女人了，头上明显有了白发，脸上皮肤枯黄且黝黑。从她走路的样子和说话的声音，我想她实际年龄应该在四十五岁左右吧。和我一块来的杨永乾对会贤说："他是县政协的，下乡做调查，准备给上面反映问题，说不定还可以给你解决一部分……"我瞪了杨永乾一眼，相隔三十多年，还是当年当大队支部书记时的语气，总想给群众灌"洋米汤"。我赶紧打断他的话说："我个人想写个调查报告，了解一下农民供养大学生所受的苦，没有别的，咱们拉拉家常……"

女主人好像默许了，但还是不开口。为了打破沉默，我问曹会贤：

"你一共几个孩子？"

"三个。"回答似乎很平淡。

"大孩子是男娃还是女娃？"

"女娃。"

"在哪儿上学？"

"宝鸡文理学院。"

"上几年级？"

"下学期上大四。"她回答得很干脆，脸部一点表情也没有。

"暑假回来了没有？"

曹会贤看了我一眼，表情有点伤心，说话的声音似乎带点哭声说："唉！爸妈没本事，是农民，没钱供娃上学。娃两年没回家了，一是趁放假在外边打些工，二也为省点路费。"

"你想娃不想？"

一句话问得曹会贤哭出了声，哭得连话都说不出来了。哭了好一阵才说："当农民倒了八辈子霉！我和他爸挣死挣活供娃们上学，就是为了不让娃当农民了！三个娃都争气，从小学到高中学习都好，现在一个在宝鸡上大学，一个在西安上大学，一个在河南郑州上大学。我和他爸拉砖、出窑、建筑工地供匠人，啥活都干。现在粮食也不值钱，地里的苹果又没收入，实在是没办法。好在国家还给贷了一点款。"

"贷了多少？"我插问了一句。

"贷了五千元，到第二个娃上学就不给贷了，信用社说我家还钱没指望。村里有些人还嫉妒地说，谁让你娃都上大学呢！"

"你怎么回答的？"

"我没给他好听的。我说，这又不是走后门，我娃能行，考上大学谁也挡不住！几句话把那些人顶回去了。"

"他爸干啥去了？"

"给别人挖苹果树去了。这几年苹果效益不好，今年苹果又大部分没挂果，许多人都把树挖了。"

"挖一棵苹果树能给多少钱？"

"一块钱。"

"一块钱？"我有点不相信。

曹会贤似乎看出我的心思，冷笑了一下说："一块钱你们看不上，我们农民不嫌少。只要天天有一块钱挣，就是天官赐福了。”

我忙对曹会贤解释说：“你误会我的意思了。我觉得挖一棵树才挣一块钱，太少了，要挣够一个孩子一年的学费、生活费，得挖一万两千棵苹果树啊。”

“学校只管收学费，谁管你挖一万棵还是三万棵哩。”曹会贤又是不紧不慢地回了我一句。

我有点坐不住了，但还是问曹会贤：“一天能挖多少棵树？”

“人不停歇地挖，能挖十几棵树。”

“天气这么热，他也不回来休息？”

“还顾得上休息？下午我俩还要往城里送砖，娃的学费就像阎王债，逼得你不停地转还嫌慢呢，哪还敢想着休息。”会贤说到“阎王债”三个字时，好像在咬牙。

我看了会贤一眼，有点反击地说：“既然大学费用高，你就不要让孩子上大学了。”

“不上，不上就得当农民。你看我这个家，哪像过日子的，家当一个公鸡就能驮起。农民实在苦得没办法！屁股后边欠下别人一大堆债。”

“为孩子上学你欠人家多少债？”

“六万多了。去年开学时，我和他爸打了一年工，挣了不到四千元，再借人家两千多元，准备了六千元。可是三个娃上学，最少要拿两万元，还差一万四千元。他爸急出了病，在炕上躺着起不来，又给医院送了一千多元！回到家里，他爸躺在炕上，我坐在炕沿上不说话，只是流泪。三个娃大概商量过，进了门都跪在我们面前……”

曹会贤说到这儿，已是泣不成声，我也陪着落泪。过了好一会儿，会贤止住哭声说：“三个娃跪在我面前说，妈！我们不上学了，你们太辛苦了！我想不到三个娃会这样子，当时心都疼烂了。我叫三个娃起来，娃不起来，我跪到地上给三个娃忙磕头，娃娃哭着把我扶起来。我抱着三个娃大声哭了好一阵子。哭罢，我说，好娃哩，不准胡想，你爸的病好多了，妈就是挣死一百回，也要供我娃上学！他爸从炕上爬起来哭着说，都是爸不好，你们安心上学，爸身体好了就出窑拉砖去，给你们挣学费！大女儿哭着对我说，妈，我不上了，让弟弟和妹妹上。妹妹哭着给姐说，姐，你已经上了三年了，我才上了一年，还是你和弟弟上学，我停了。儿子说，我才考上，我不去报名了，让两个姐姐上！当时那情景让谁见了谁都哭。四邻听见哭声都赶来了，屋里哭，院里哭，哭成了一片……”

我屏住气听着，默默地流着眼泪，仿佛已置身于那动人的一幕中。会贤停了好一会儿说：“天无绝人之路，我妹夫在山西煤矿工作，收入高些，当天下午赶到家里，送来了一万元，说让娃先上学去，这才救了一家子的命。”

会贤说话的语气有点缓和，我绷紧的心也松了下来。不知什么时候，会贤的父亲张老汉已站在屋里，老泪纵横。张老汉用手擦了一把鼻涕，用他那低浊的声音对我说：“我这媳妇为供三个娃上学吃尽了苦，三个娃上初中高中时为了省钱，他妈每天中午做一大盆面条，两个手端着面条，步行送到学校，一来回二十多里地，春夏秋冬，天天如此，从不间断。有一年冬天，天下大雪，刚出门，便滑了一跤，他妈忍着疼爬起来和我一起又给孩子做面条，做好面条，冒着大雪，一路小跑给孩子送去。”会贤看着我笑了笑，接着父亲的话说：“苦总算没白下，三个孩子都考上了大学。”说到这儿，会贤话头一转，突然问了我一句：“你的孩子干啥？”

我说：“大学毕业后在西安工作。”

“千万不要让娃当农民，当农民实在没出息。”会贤斩钉截铁地对我说。

我没有正面回答曹会贤的话，只是随便说了一句：“农民也得有人当呀！”谁知曹会贤毫不退让地又回了我一句：“你为什么不让你娃当农民？”我真没什么话可以回答曹会贤，只是苦笑了一下。

时间不早了，本来我想等张永年回来，但始终没见上。我想，大概在挖树，多挖一棵树，就能给孩子多挣一元钱学费。

我向曹会贤告辞，走到张老汉门口，张老汉从屋子里出来，送我们出了大门。路上，杨永乾给我讲了张老汉的故事。老汉叫张新成，原名李新成，原籍是本县王家庄。永年父亲死时，永年三岁，永年妹子才一岁，新成招赘到张家。新成进了张家门一年多，永年妈又病死了。永年妈死的时候对新成说：“看在一年多的夫妻分上，你把娃要拉扯大。”永年妈死后，村里人都劝新成扔下娃，一走算了。新成说他不能走，他答应了永年妈临死前的叮咛，人要讲信用。当时正是“低标准、瓜菜代”的时候，一个男人拖着两个娃，日子实在难过。新成在金水沟给人拉坡，背着一个娃，牵着一个娃，终于把娃娃拉扯大了。张老汉一辈子再没有娶媳妇，现在天天靠捡垃圾卖钱，一年能卖一千多元，全部给了孙子上学。永年的三个娃能考上大学，人都说，这是新成老汉积的德！

我还想继续听关于新成老汉的事，但我们已经走进了另一家。不过我还是自言自语地说了一句话：“新成积的德，这个‘德’就是我们中华民族的美德。”

我有什么脸去享儿女的福

为了完成丈夫的遗愿，一个寡妇供养了两个大学生，历尽了人世间的辛酸与劳苦。春节过后，大病一场的母亲送女儿上学，送到车站，女儿刚上车，母亲就瘫倒在路旁。女儿哭、母亲哭，天哭、地哭，树哭、草哭，上演着一个撼人心魄的送别场景……

门虚掩着，我们推开门，院子里静悄悄的。院子后面是两孔砖砌的窑洞，几串红红的辣子穿挂在窑面上，窑前一架葡萄树，树上挂满了葡萄，院子西边有一棵不大的石榴树，树上的石榴已经把树枝压弯了。

邓芝英不在家，陪同我来的王庄镇商会会长王先生让我稍等，他转身到巷里找人去了。站在石榴树下，看着弯下的石榴树枝，我无意中数起了树上的石榴。因为结的石榴过多，数着数着就数不清了……

渭北农家人，大都喜欢在院子里栽石榴、葡萄、枣树，这寓意着多子多福，不知道这家主人栽树时是不是也抱着这种美好的愿望。

来的路上，王先生说邓芝英的丈夫已经故去三年。

儿子今年大学毕业，女儿上大三，两年这个家考上了两个大学生。据说，为供给孩子们念大学，家里欠人外债将近十万元。

邓芝英回来了，看模样她人不到五十岁，很精干，上身穿着洗得发白了的花格子衬衣，一看就知道是女儿退下来的衣服。邓芝英见了我们显得不冷不热，领我们进了窑洞。

窑洞里收拾得干干净净，炕上铺的粗布单子平平展展。桌子上摆着茶壶、镜子之类的日常用品。我望着窑洞里的摆设，问："现在家里只你一个人？"

"是呀，娃娃都上学去了。"

"听说你大儿子今年毕业，分配了吗？"

"分到了云南。"

"这么远？"

"本来儿子不想去，他考上了研究生。可是家里没钱，我让儿子先工作，上研究生的事以后再说。"

"女儿在哪儿上学？"

"在山东上大学。"

"孩子假期没回来？"

"儿子回来只住了几天就走了，到工作单位报到上班去了。女儿一是回家没路费，二是借假期打工挣几个钱。其实也挣不下多少钱，挣几个，家里少借几个。"邓芝英叹了一口气，接着又说了一句，"可能是我前辈子造孽了。"

我岔开话题，把话扯到别的地方："你们这儿的苹果好吃，在全县都很有名啊！"

邓芝英缓缓地说："那是七八年前的事了，现在苹果卖都卖不出去！"

"前几年苹果好的时候总能存些钱吧？"

"存是存了一点，可都给他爸看病了。到娃上学时，钱早花完了。”

“你丈夫得的什么病？”

“肝癌。”

窑洞里一片沉静。停了一会儿，我极不愿意又不得不问：“你丈夫是哪一年去世的？”

邓芝英刚说了一句“大前年……”眼泪就涌了出来，接着边哭边诉说着：“我丈夫的单位是西安一家建筑公司。单位效益不好，早不上班了。他身体一直有病，婆婆也病了好几年，在我丈夫病逝的前一年去世了。儿子就是那一年考上大学的，几件事遇到一块，一下就欠了别人一万多元外债。到了年前，我丈夫病倒在炕上。第二年大女儿又要考大学，我丈夫心理压力很大，病越来越重了，可又舍不得花钱看病……”说到这儿，邓芝英止住了哭声，抹了一下眼泪，“也没钱看病！他的病是肝癌，他哄我，我哄他。一天晚上，我坐在他身边哭，他装着笑脸说，我死不了，孩子要上学，还要靠我哩。说完这话的第三天人就咽气了……”芝英又哭起来。

“我丈夫临死前对我说，我对不住你和咱两个孩子。我死了，你先不要嫁人，等孩子上完大学再嫁，我下辈子变牛变马也要报答你……”屋子里没有任何人说话，只听到不同的抽泣声。过了一会儿，芝英从口袋里取出小手帕一边擦眼泪一边说，“说也巧，我丈夫刚闭上眼，屋里都哭乱了。这时外边却响起了鞭炮声，女儿的录取通知书到了。送通知书的人看到这情况，丢下通知书，跑腿钱没要就走了。女儿拿着通知书，摇着她爸的遗体大声哭喊着，爸！你睁开眼睛看一看啊，女儿考上大学了。女儿能考上大学，是你用生命换来的。爸，我问心有愧，我没脸上大学了。说着就要撕通知书。我赶忙夺过通知书，搂住女儿哭着说，好娃哩，你爸是为你兄妹几个上学累死的，你不上学，咋对得起你爸呀。孩子哭、我哭，在场的人都哭。我儿子赶父亲出丧前一晚上回到家，一进门扑在灵前捶着他爸的棺材哭喊着，爸爸，这是谁造的孽呀，你和我妈为什么累死累活都要供我们上大学？爸爸，是我们兄妹几个的学费把你累死的呀！女儿跪在灵前陪着她哥哥哭，哭了整整一夜。”

世上再没有比这更伤心的事了！我为了缓和气氛，岔开话题：“你的身体看起来还好。”

“还好？今年正月初三阎王爷险些要了我的命！”

“这是咋回事？”

邓芝英的脸更阴沉了，但没有哭，说话的神态显得更加凄凉：“今年正月初三下午，我突然晕倒了，心里清楚，但说不出话。当时儿子没在，女儿摇着我哭着叫妈。我想说话，嘴张不开，看着孩子，我的眼泪不停地流，却哭不出声。我紧紧抓住孩子的手，只是摇头。”

“当时你心里怎么想的？”我问邓芝英。

“我当时想，这下可完了，丢下孩子咋办？又一想，我死了也好，国家社会会照顾我的孩子。我当妈的又没本事，靠借钱供孩子上学，他爸能扔下娃走了，我也能扔下走。”

“后来呢？”

“女儿看我不会说话，赶忙叫来邻家人，送我到镇医院。不知道打的啥针，到了晚上12时，我慢慢能说话了。第二天早晨，听说药费算了二百多元，我死活都不住院了，让娃她姨夫送我回家。然后在邻村医疗站看，至今欠的药费还没给人家清呢。”

“有病这几天多亏你的女儿。”我有意这样说。

邓芝英听了我这句话，阴沉的脸有点好转，说话的语气也显得轻松了许多："女儿很乖，一会儿睡到我左边，一会儿睡到我右边，一会儿揉腿，一会儿揉胳膊，喂饭喂水，不停地叫妈妈。"

"你真能干，养活了两个好娃。"我由衷的赞叹着这位母亲。谁知这句话又勾引起芝英一件伤心事，她说："我这当妈的是个无用的妈。前几天治安主任到我家收'特产税'，我说苹果瞎完了，又有两个孩子上学，你让我孤儿寡母咋办，能不能少交一点？治安主任指着我的鼻子说，你还是没本事，街上×××，男人死了，养活两个娃上学，日子过得很好，你不会也……唉，做寡妇的真难呀！"

芝英再没往下说，我也没往下问。我深表同情地说："孩子收假时你的病好了没有？"

"基本上能下炕。女儿本来正月初九要走，看我病的样子，又不放心，打算给学校请几天假，等我的病好了再走。我不同意，我说，妈不要紧，自己会照顾自己，不能耽误你们的学习。"

芝英忽然想起什么，转过头，指着墙上的一个镜框说："这是我儿子前几天在昆明照的相。我病时，巷里人劝我给儿子打个电话，我不同意。儿子再半年就毕业了，不能让儿子知道，免得娃分心！"

我望着镜框里的英俊小伙子，小伙子站在昆明的大观楼前，脸带微笑，风度翩翩。我回头看了看芝英，芝英尽管看着儿子在笑，但愁云满面，心事重重。我想，千里以外的小伙子呀，你知道不知道你的微笑、你的幸福，饱含着你母亲多少眼泪和辛酸。

我回过头来问芝英："女儿是几时走的？"

"初九！平时孩子到学校去，我只送到大门口，孩子头也不回就走了……"

“为什么？”

“唉，穷人就是眼泪多。”芝英又哭了，“我每次给孩子拿学费都拿不够，我在家作难，孩子在学校作难；我为孩子伤心，孩子为我落泪。这次因我有病，女儿搀扶着我，让我多送她一程。前几天下了一场雪，大地上白茫茫一片，虽然快到中午了，天气还有点冷。女儿取下她脖子上的红围巾，围在我的脖子上，又给我戴上她的手套。也不知从什么地方来的力量，我脚步越走越快，越走越轻松了。女儿说，妈，你多送女儿一程。村口离汽车站有二里地，孩子提着东西，扶着我慢慢向车站走去，我这病好像也好了。到了车站，车还没有来，女儿扶着我依偎在我身边，我的心里暖烘烘的。当我想到女儿的学费没有拿够时，心里又难过了，不知道孩子到学校又是怎么作难呢，想着想着眼泪又要掉下来。看着可爱的女儿，我强忍住难过，没让眼泪掉下来。

“车来了，女儿泪眼望着我上了车，车刚要走，女儿“哇”的一声哭了，我忽然觉得天旋地转，瘫倒在路旁。女儿忙跳下车，哭着扶我回到家。这天孩子没有走成，到了正月十一才走。”

我们谁也不说话，陪着芝英流泪。停了一会儿，邓芝英又说：“平时孩子打来电话，我在电话中总是笑着说话。心里再难受，不能让孩子在学校为我操心。孩子要钱，即使我向别人借，也不说没钱。当父母的就是这样，再难再苦都让自己受，不能让孩子跟着受委屈！”

听完了这位母亲的述说，我的心情久久难以平静。最后我说了一句安慰的话：“你再过两三年就可以享福了，你这位母亲的功劳非常大！”

邓芝英的回答让我目瞪口呆，她说：“我这做母亲的，有什么脸享孩子的福？别人当母亲的，给孩子留房子，留存款，我给孩子留下的是十万元的外债。”

不管家里有钱没钱，我娃的大学都要念

冒着大雨，一个农村妇女拉着西瓜车爬泥泞的大坡，一步一滑，她却喊起了“为了儿子，下定决心！为了儿子，不怕牺牲！为了儿子，排除万难！为了儿子，去争取胜利！”的口号。崇高的母爱，把儿子的学业成就化成了自己生命的意义。

我们进门，寒暄之后，刚一说明采访的主题，女主人翠翠就连珠炮似的数说开了：“如今这世道是比前多年好多了，邓小平让农民起码能吃饱。可现在不知从哪冒出一股这政策，一个娃上大学就得四五万元，你没看农民掏得起掏不起？大学毕了业还找不到工作，找到工作还不给发工资，你说这世道讲道理不讲道理？”翠翠越说越气，她的丈夫罗杰山瞅了她一眼说：“你少说几句，现在都是这样，天底下又不是你娃一个上大学！”翠翠毫不退让：“人家娃我不管，有他爸他妈哩。我看到我娃那可怜相，就不由得来气！”罗杰山摇摇头，笑着对我说：“你不要笑话，这个人就是这样，爱娃爱得没边。”我说：“可怜天下父母心，谁都爱他孩子，我也一样。”听到这话，发了一通牢骚的翠翠回过头来向我们歉意地笑了笑。

翠翠给我端来凳子，让我坐下。又从屋子里抱出一个西瓜，顺手从墙角取来一块木板，把西瓜放在木板上。杰山已经把切瓜刀拿到跟前，递给翠翠。翠翠非常熟练地切开西瓜。我惊讶地看着翠翠切瓜的技术，翠翠又说话了："不怕你笑话，家里穷得连个小桌都没有，娃娃的学费把家都拖穷了。这西瓜是我家种的，今年天旱，西瓜不好，原指望三亩瓜能卖个三千多元，给娃凑够一年的生活费。谁知才卖了不到两千元。除过投资才能赚一千多元，人倒霉了老天爷也跟着推下坡碌碡。我每天赶集卖瓜，剩下这小西瓜没人要，瓜虽小，味道却甜。天气这么热，你们老远赶来，快吃些。"

说实在话，我的确有点热，有点渴。人常说，雪中送炭，暑天送瓜，我没推辞接住西瓜吃了起来。我非常感激女主人的热诚，一边吃瓜，一边和翠翠拉起了家常。

翠翠说："当年幸亏我响应计划生育号召，只生了两个娃，要是生上三四个娃那才没人活的路呢。两个娃都是男娃，大的去年从渭南师院毕业，虽说分配了，但学校不接收，我一气之下寻到县长家，谈了我家的情况。县长还是好，写了一张条子，虽然说娃上班了，但是学校说，一年不发工资。没工资就没工资，馍在篮篮里放着，他总有给的时候，先把娃安顿到正经地方再说。"

"老二在哪上学？"

"在兰州铁道学院，娃说暑假要回来，我没让回来，在外边打工还能挣几个钱嘛。"

"那你就不想见娃吗？"

"我娃我不想见？我总不是傻瓜，天天都想。前几天晚上还梦见我娃，梦见我娃一进门就说，妈，我饿了！"

翠翠抹起泪来，“梦见我娃在学校没钱买饭，一天只吃一顿饭，我马上给我娃烙油饼，一边烙，一边哭，哭声惊醒了我老汉。他叫醒了我，问我为啥哭，我把梦中的情况给老汉说了一遍，结果我哭，老汉哭，一夜没睡觉。天刚亮，我到巷头小卖部给儿子打电话。电话没人接，我心里慌，心越慌越想打电话，共打了十几次电话。到了12点娃下了课才接上电话。听到娃说话，我连话都不会说了，结结巴巴的。娃问我，妈，你今天有什么事，这么急？我把昨晚上做梦的事告诉了娃。娃听了以后在电话中哭了，说，妈！你不要操心我，你和我爸要当心自己的身体。听到娃哭，我在电话中哭得更伤心了。但我心里又高兴，我娃知道关心我和他爸的身体，你看我娃乖不乖。”

罗杰山接住话头：“我老婆为娃心劲就是大。今年6月13号，我和她到路井赶集卖西瓜，天下了雨，瓜没卖成就往回赶。到了村头坡上滑得上不来，老婆硬拉着架子车上坡，一边拉，一边喊着号子——为了我娃，下定决心！为了我娃，不怕牺牲！为了我娃，排除万难！为了我娃，去争取胜利！这事让人听了去，现在，三村五村的人都知道。”

翠翠不好意思地笑了，我也笑了，笑出了泪花。没等我问，翠翠又说开了：“现在大学真费钱，不知道学校收的钱都干啥了？我才两个娃上大学，整得人鬼吹火。前巷侯家四个娃上大学，你没见，日子更是苦得再不能苦了。”杰山又瞪了翠翠一眼说：“你娃的事你都管不好，有什么心思管人家呢！”

翠翠笑了笑说：“这叫同病相怜嘛。”我被翠翠的“同病相怜”四个字逗笑了。翠翠看了我一眼说：“小儿子大学还没毕业，已经欠人外债四万多，其中有八千元贷款。

唉，为借钱，我把脸当成尻子。大娃考上大学的第二年，年成不好，苹果、西瓜都没收入，临开学前两天，家里只有三百元。没法子，到我舅家借钱。还没见我舅说话，我妗子回来了。她进了门知道我来借钱，二话没说，鞋一脱，往炕上一坐，又脱了袜子，往地上一扔，拉下脸指桑骂槐地净说些牢骚话。当时我心里想，不是为我娃上学，谁看你的脸。”翠翠停止了说话，有点气呼呼的。

“借下没有？”

“没有。”翠翠稍微喘了口气，又说，“天黑了，我舅要送我，我说不要送！为了娃让狼吃了值得！回家的路上，路过‘老虎弯’，那是一大片坟地，前后离村子远，坟地里有几条野狗在乱窜，树上的猫头鹰一会儿叫几声，吓得我浑身打战。看着坟地里的一座座新坟，我是既怕又伤心。我想，要是死了有多好，睡在地下不操心。但想到我娃，我的劲又来了，也不怕了，路也走得快了。”

“你娃第二天要上学，学费从哪儿借来的？”

“说也巧，”女主人有点内疚地说，“第二天早上到我姨家，我姨正好给别人说媒，男方给女方五千元彩礼钱她还没有送，顺便借给了我。说救个紧，让我三四天凑齐还给人家。可至今我还没还上，为这事我姨骂了我好几次。”说到这儿，翠翠又不好意思了，声音放慢地说，“我在亲邻中都没威信了，欠人太多，实际上欠人五万多元，给人只说两万多。担心人家说我欠得太多，没人再敢借给我……”

今天的天气特别闷热，我一边擦着汗，一边继续问：“你贷的款还了没有？”

罗杰山刚说了一句“没还”，话又让翠翠抢过去了：“还，哪有钱还，地里一年的农业收入能把利息还了就算不错了。

今年6月，信用社来人催我还贷款，我说没钱。来人把我从厨房拉到巷里，骂我不要脸，并说你没钱就不要让你娃上大学。我说，我没钱就不要脸？我再穷，你也不能骂我不要脸！我娃争气，能考上大学。不管家里有钱没钱，娃的大学也要念完，说不定还要念硕士、博士！”

罗杰山顺便说了一句：“大学都念不起，还想上硕士、博士？”

翠翠话越说越快：“有钱人才不行呢，巷西头有个退休老师，一家子挣钱，他的退休工资每月一千多元。去年娃上学时，我提前给他打招呼，说借两千元。他嘴上答应得好好的，可到娃走的时候，却说没钱，说得比我还可怜。穷人可不一样，有多少给多少。”

罗杰山看了翠翠一眼，深有感触地说：“两个娃上学，的确苦了老婆。娃上学第一年地里种了三亩棉花，还有三亩绿豆，老婆天天干，一天三晌干。拾完棉花又摘绿豆，还要锄地，落了个颈椎病，疲劳过度，有一次昏倒在地里。”

翠翠截住杰山的话说：“我病不要紧，只要想起娃上大学，啥病都没了。”

眼前这位中年妇女是这样的爽直、憨厚。儿子是她生命的意义，是她的精神支柱。只要谈到儿子，她是眉飞色舞、滔滔不绝，从来不知道什么是痛苦、什么是劳累。我要告辞了，一边走一边又说了一句：“你的情况会好转的，孩子挣了钱，就会给你寄钱的。”翠翠接住我的话说：“大儿子明年才能拿工资，今年已经二十四了，又该说媳妇了。二儿子毕业后，分到城市里，还要娶媳妇，还要买房子，我不花娃的钱。我和老汉还能动弹，爬呀、挪呀，慢慢往前干。只要娃不要钱，以后就好了。”

走到门口，我回过头又看了一下这位母亲，尽管她脸上显得苍老和疲倦，但疲倦中仍显示出对明天美好生活憧憬的兴奋和信心！

嫂子说，无论如何也要供弟弟上大学

公公婆婆“文化大革命”中被逼身亡，做嫂子的用自己的奶水把一岁多的弟弟奶大，并养育成人。为了让弟弟考大学，她让大儿子中途辍学。三年补习，弟弟终于考上了重点大学。这个天下少有的好嫂子，她用自己辛勤的双手抚育着婆家、娘家十三个孩子，其中有十个是弟弟妹妹。

我们步行下了沟，来到大峪河。

大峪河发源于黄龙山，从红石崖出山，河边的第一个村子叫王家河。这个村子世世代代受大峪河的恩泽，水地较多，人们除种庄稼以外，还种蔬菜。计划经济时，河边的村子不缺粮吃，有粮吃的地方就是好地方，塬上的姑娘抢着往河川里嫁。改革开放后，塬上的经济发展起来，河边却显得落后了。王家河也一样，小伙子不但娶不到媳妇，连村里的姑娘们也寻思着往塬上嫁。有些经济稍宽裕的农家便陆陆续续向塬上搬迁。

王家河前巷北头的冯王锁，家里出了两个大学生，经济明显偏紧张，因而也无钱搬迁上塬，只能守在祖上留下的六分大的院子和两孔旧砖窑里过日子。当我们走进院子时，冯王锁正在用荆条编笼，他的老伴仵莲莲在忙着挑拣苹果。我们说明来意后，为了不耽误他们干活，我主动拉了一个小凳子坐在院子里和他们拉话。

我看着院子北边一排五间厦房说：“这房子是几时建的？”

王锁说：“有八年了。娃娃都大了，还有我弟弟，虽然说人在外边，但逢年过节都要回来，拖家带口的，没房住实在不行。那几年多亏苹果卖得好，才盖了这五间房。”

王锁说话时我注意到“弟弟”两个字，我问：“你和弟弟没分家？”

王锁说：“分什么家，弟弟一家子在外边工作，每年过年都回来，家里热闹得很。”

“弟弟在哪儿工作？”

“在汉中教学。他是西北大学毕业的。”

“你弟弟多大了？”

“比我小二十五岁。”

二十五岁，弟兄俩年龄相差这么大？我心里这么想，却没有问。另外问了一句话：“你弟弟上大学是你供的？”

王锁一边编着笼一边说：“这事要让他嫂子说，他嫂子对这家的贡献比我大。”

我转过头望了望正在挑苹果的仵莲莲，她手底下的那股麻利劲和她的年龄真有点不符，当听到丈夫让她谈弟弟上学的事时，她脸上露出了笑容。

我还没来得及问，仵莲莲放下手中的苹果，一字一板地说：“我公公和婆婆是一年死的，我家成分不好，‘文化大革命’中公公经不住批斗，跳崖死了。红卫兵又批斗婆婆，婆婆从桌子上掉下来摔死了。就这，那些红卫兵还放不过我们，把我家的几间厦房扒了，只给剩下两孔旧窑。当时我大妹子十岁，二妹子七岁，弟弟才一岁多，我的大女儿也只有两岁半。我和娃她爸管着四个孩子。晚上一边睡的小弟弟，一边睡的我女儿，女儿的奶我喂了弟弟，女儿喝点玉米稀饭就行了。吃饭时，两个大一点的孩子趴在炕沿上，我给分吃的。分完了还要喂弟弟和女儿，就这样一天天、一年年，四个孩子终于活过来了。”

“你两个妹妹上学没有？”

“大妹子上完初中，那时兴推荐上学，我家的成分高，没推荐上。老二不爱上学，上完初中就不上了。”莲莲说话显得不紧不慢。

“你女儿上学没有？”

“初中毕业停了学，学不到前面去没办法，她是当农民的命！”

“可你弟弟却上了大学？”我有意拉长语气问。

仵莲莲笑了笑说：“各人有各人的命，弟弟比她们的学习好。”

冯王锁手中的笼已经编成了，他放下笼接着妻子的话说：“我弟弟从小学习好，他嫂子也爱。弟弟上初中时，我老婆给弟弟干粮口袋里装的麦面馍多，给女儿干粮口袋里装的苞谷面馍多，弟弟带的辣子也比女儿多一半。女儿说她妈偏小爸。她妈说，男娃比女娃吃得多。”

仵莲莲接着王锁的话仍然不紧不慢地说：“弟弟是我奶大的，女儿我有时还打，弟弟我没打过一次。那年弟弟拉痢疾，病得走不成路，我背他到镇上打针，完了又背回家，整整背了一个月。弟弟第一年考大学没考上，不是弟弟学习不好，是病把娃耽搁了。我和他哥坚持让再补习了一年。”

冯王锁抢过话头说：“那时上学虽然说花钱少，但没钱，一块钱顶一块钱用。挣一块钱也不容易，最后决定让我大儿子停了学。”

仵莲莲接着话说：“大儿子初中快毕业了，学习算中游，为了让弟弟上学，儿子停学也值得。大儿子开始虽然不同意，我说了几天才说服他，事情才算定下来。弟弟在中学补习时，我儿子每周骑车子给他小爸送馍。有次，学校的路上正修路，儿子的车子骑倒了，馍和包子摔了一地，吓得娃不敢回来，到家已经天黑了。我想弟弟还没有吃饭，连夜蒸了些馍亲自送到学校……”

“补习了一年还是没考上，分数差十分。”冯王锁插了一句话。

仵莲莲用眼神截住王锁的话，停了一会儿，又不紧不慢地说：“弟弟没考上有原因，学校的教学质量不好，不能怪弟弟。我决定让弟弟继续补习，这次让他到县城中学补习。虽然县城花钱多，为了我这农民家庭出个大学生，我横了心也要供弟弟上学。”

“弟弟说啥都不补习了，我老婆急得没办法。”王锁又插了一句。

仵莲莲接着说：“弟弟从小到大，没吃过一点苦，都是我护着呢。那年家里种了二亩瓜，我有意让弟弟拉一车瓜，从沟里往塬上拉，我在后边跟着。说实话，弟弟在前边流着汗，我在后边流着泪，心像刀子扎，我让他知道当农民的滋味。拉了几天，弟弟实在受不了，终于听了我的话，到县城中学补习去了。”

王锁又说话了：“这年的学费增加了，家里的粮食卖完，加上卖瓜的钱，还差几百元。好在第二年终于考上了，还考进了西北大学中文系。”

仵莲莲接住王锁的话说："弟弟上大学时，我送他到县城汽车站。快要上车了，弟弟拉着我的手不放，哭着说，嫂子，你是我的亲娘。我抱着弟弟的头也哭了，说，好娃哩，在外不如在家，在家有嫂子照管，在外要自己当心自己。"

"你弟弟上大学能花多少钱？"

仵莲莲说："不到两万元。弟弟知道家里没钱，花钱很仔细，比我小儿子花钱少。小儿子上了三年大学，就花了近四万元。"

我解释说："现在的学费高。"转了话头又问："你小儿子现在在哪里上大学？"

"黑龙江。"

"你弟弟给钱不给？"

"每年给娃三千元。"

"你弟弟做得好！"

仵莲莲听我夸她弟弟，话也说得有点快了："弟弟也没钱，他的娃也要上学。媳妇是工人，工资不高，还要买房。我和我老汉商量过，弟弟买房时，我们想办法也得添上一万元。"

"你现在没欠外债？"

"不欠咋能行？农民供大学生，都得欠账，不欠就根本供不起，我家欠人两万多元。"

"你去过汉中没有？"

"去过，弟媳妇生娃，我伺候了三个月，家里忙，我脱不开身。弟弟和媳妇又要上班，没人管娃，我把娃三个月大就抱回来管到六岁，去年才送到汉中。"

"弟媳妇对你好不好？"

"好，每年春节都回家看我，给我买衣服，买吃的。"仵莲莲说得再慢，也掩饰不住心里的兴奋。

“你娘家在哪儿呢？”我总想更多地知道仵莲莲的家世。

“在小寨，我妈死得早，死时丢下七个娃，都是弟弟。我是老大，大弟弟十六岁，小弟弟三岁。每个星期天我到娘家去一次，给我爸和弟弟洗衣服，料理家务。这儿还有六个娃，两头十三个娃，上学穿衣、结婚嫁娶都是我操心办的。”

我看着这位六十多岁的农村妇女，感动得流泪了，我流的不是伤心的泪，而是尊敬的泪。十三个孩子，多么沉重的负担，压在她柔弱的双肩上，但她勇敢地担起来了。在崎岖不平的人生道路上，担了四十多年，至今还没放下，并且无怨无悔，自如沉稳。

临走时，我又问了一句：“你大儿子现在干啥呢？”

仵莲莲显得非常平静地说了几句话：“两口子在西安打工，过得还不错。孩子在塬上上学，由我管着。孙子一定要上大学，这也能去了我心头的一块病。”

一年大学费用一万多，咱农民受不了

“换亲”让一个十八岁如花似玉的女高中生嫁到一百多里外的穷山沟，一进丈夫家门，她就当起了一个六岁孩子的母亲。几年后，嫂子改嫁。婆婆死后，她又把丈夫的侄儿收养到家里。为了让两个孩子念好书，她十年不生孩子，一个研究生、一个重点大学的大学生就是在这样一位“亲娘”的呵护下，展开了他们五彩人生的翅翼。

从工家河上来，我们又去八岔沟。

八岔沟在杨家山深处，没有大路。我建议大家走着去，司机小王却坚持要开车，理由是车是北京吉普，跑山路没问题。我知道更重要的是在王家河的采访深深感动了小王，采访中小王陪着主人一直哭到底。小王说：“咱天天在城里，想不到天底下还有这样穷的人。”我坐在车上，总有点怕，心像悬在空中，一句话不说，紧盯着方向盘。小王也停止了说话，他那熟练的开车技术令我敬佩。几根烟的工夫，车平安地到了八岔沟。

八岔沟是杨家山北边的一个深沟岔，紧靠黄龙县，交通不便，至今还没有通电。人常说，靠山吃山，靠水吃水。八岔沟的人主要靠种玉米、核桃和养牛这三大项来维持生活；有时挖点药材，卖钱补贴一下家用。

八岔沟有三十几户人家，这几年村里出了五个大学生、一个研究生，读高中、初中的现在有十几名。近年来，大部分农家收入的钱全都供孩子上了学，留给自己的生活费几乎等于零。

有人对我说这里一户人家供了一个大学生、一个研究生，而自己一家的生活费用一年不到一百元。至于建房，那更是梦中的事了，几十年的土窑洞生活也习惯了。

我们今天来采访的就是这个家庭，主人叫李大毛，他的妻子叫王冬花。大毛家住在八岔沟的北岔上，两孔土窑，窑前一块平地，没有院墙。院子的西边又有两孔土窑，从外面看比这边的土窑大。窑前拴着三头牛，牛倒是膘肥体壮，牛毛黄得发亮。主人担心牛跑，院子用土围墙圈着，门口安了栅栏门。

见有人来，李大毛和王冬花同时走出来。李大毛赤着上身，前脑门已经脱发，门牙也掉了两三颗，瘦小的身材显得有点驼背，眼神木呆。而王冬花却比李大毛高出半头，头发有点乱，乱发下边闪着一双水灵灵的大眼睛。尽管衣服不合体，但匀称的身躯显示出女人青春的秀美。两个人的年龄看起来相差有二十岁。

我开门见山问王冬花："听说你家供了一个研究生和一个大学生？"

冬花说："是的。"

"是的"两个字，让我吃惊，王冬花的声音清脆悦耳，犹如山里的黄莺。

李大毛把我们请进了窑洞，土窑不大，除了炕墙上用图钉钉的一块花花墙布外，几乎再没有什么可看的。我没坐，说了几句客套话，刚要出窑洞，忽然发现炕墙边放着几本杂志和书，我顺手拿起杂志看了看，是几本《知音》和《家庭》，还有一本《二十世纪歌曲选》。我放下杂志和书，心里琢磨着，这是谁看的书？

走到院子里，我坐在一把柳条椅子上，看了看女主人王冬花，又联想到杂志和书，嘴里自言自语地说："肯定是她看的书。"

没容我多想，女主人王冬花就端着水到了我面前说："家里没茶叶，将就喝点白开水吧。"

我失态地接过杯子，说了句"谢谢"。

停了一会儿，我镇定了一下情绪，问："你大孩子在哪儿上研究生呢？"

"在西安科技大学。不过那不是我的娃，是我的侄儿。"冬花说话的声音依然银铃般响。

"你哥的孩子你为什么要管？"

"我哥到山西挖煤，十二年了一直没有音信。我嫂子改嫁时要把娃带走，我妈死活不让带，说这娃还要给我哥开门呢。娃当时上初中，第二年我妈就病死了，娃由我和大毛管。"

"你管得了吗？上大学可要花一大笔钱呢。"

"管得了管不了都得管，娃娃上学现在是咱农民的大事。我给你说，放寒假和放暑假时，村上的人见了第一句话问的就是娃的学费寻够了没有。没有上大学的有上高中的，没有上高中的有上初中的，没有上初中的有上小学的。有些家的娃娃初中都上不起，现在学校费用太高，老师不停地收费，五花八门，农民承受不了。"

没想到这个农村妇女说话水平这么高。我问了一句：“你什么文化程度？”

“高中上了两年。”

“怪不得懂得这么多的道理。炕上放的杂志是你看的吗？”

“我从小爱看书，结婚后，家务和孩子累的，也没时间看书了。现在的书贵得买不起，那些书都是大女儿放假拿回来的，我也是随便翻翻。”

冬花说话时，显得有点伤感。没等我再问，冬花接着说：“我侄儿也争气，上学上得好，上高中在镇中，第一年没考上。第二年在县城中学补习，考上了大学。娃毕业后，我丈夫说，算了，找个工作，婚一结，咱也对得起大哥了。我说不行，只要娃能考上研究生，一定让娃上，真的，要是能出国留学，你看有多好。哥哥要是活着回来，咱李家多荣耀呀。”

真没想到，穷得再也不能穷的小山沟里，有这样一个有理想的农村妇女。我不由得打破砂锅问到底：“你娘家在哪里？”

还没等冬花告诉我，李大毛说了：“在黄龙县，离白马滩不远。”

我转过头问李大毛：“八岔沟这么穷，你是怎样娶了这么一个年轻漂亮能干的媳妇呢？”

没等李大毛说话，冬花对我说：“我们娘家比这儿还穷。这儿的山还长草、长庄稼，我娘家那儿的山全是石头，种什么都不长。”

我笑了笑打趣地问冬花：“你怎么能看上他？”

冬花看了看李大毛，稍停一会儿又接着说：“我父亲是民办教师，得病死了。家里没钱，我哥又没文化，二十八了还没有娶媳妇，经过媒人说合，我们两家换的亲。

我哥娶了大毛的妹子，我嫁给了大毛。”

“你愿意吗？”

“谁看得上他！当时我上高中二年级，只有十八岁，可不愿意又有什么办法，我妈说王家的香火要紧。开始嫁过来，我哭呀闹呀，时间长了，慢慢也习惯了。这儿离我娘家有一百二十里，嫁鸡随鸡、嫁狗随狗吧！”

我想问冬花的年龄，可又不好意思问，想了一会儿，从另一方面打问：“你结婚多少年了？”

“十六年了。”

“哦，才三十四岁。”我自言自语地说。

冬花似乎看出我的心思，用她那水灵灵的眼睛瞅了我一眼说：“怎么？不相信，看起来老。农村人看起来都老，何况我们这偏僻的山沟。你看大毛看起来像五十七八，实际年龄才四十三岁。唉，两个娃一年两万多元的学费，压在他一个人的头上，天天把太阳从东山背到西山，晚上还背着月亮转，干得东西南北都分不清了，人怎能不老？”冬花说这几句话时显然有点伤感。

我把两口子轮番看了一遍，话又转入正题，笑着问：“你大女儿在哪上大学？”

“在兰州。”

“几年级？”

“再一年就毕业了。”

“多大年龄？”

“二十二岁。”

我有点奇怪地问：“你才结婚十六年，女儿怎么都二十二了？”

冬花忽然大笑起来，笑得前仰后合。银铃般的笑声，吸引得在座的人都看她。冬花停止了笑声，发现大家都在看她，有点不好意思，擦掉了眼角笑出的泪，用手整理了一下乱发说：“你弄错了，那是我丈夫前房的娃。”

我看了李大毛一眼没说话，等待大毛给我解释。冬花也没说话，看着李大毛。

李大毛终于说话了：“我是商洛人，从小随母亲和哥哥来到这里。我媳妇也是商洛人，那年我在韩城一家私人建筑队打工，媳妇在那儿做饭，没想到她和包工头好上了，狗日的，丢下娃跟着包工头跑了。”

冬花不动声色地说：“不要骂人家，事都过去十几年了，还是你人不行！”冬花转过头又对我说：“我嫁到这儿时，女儿六岁，几年以后我嫂子改嫁，侄儿也给我丢下了。说句真话，我特别爱这两个娃，没打过两个娃一巴掌。十八岁的我学着当母亲，而且娃又不是自己亲生的。你们做男人的其实不懂女人的心，女人的心是最慈爱的。女儿考上了大学，她亲妈要看娃，大毛不让见。我说不行，亲生母亲永远是亲生母亲，这是任何刀都割不断的。我领着女儿和她亲生母亲见了一面，还在镇上一块吃了饭，我掏的钱。”

“你女儿假期到亲生母亲那儿去不去？”

“女儿不去，我也不让去，我不愿叫四邻瞎猜，认为咱想叫女儿在她母亲那儿要钱哩。不，我能把女儿管这么大，就是累死也要供孩子上完学。等大学毕业了，再认她母亲去。”

李大毛加了一句：“认屁哩，把娃丢下走了，谁认她干啥哩。”

我仔细看了看冬花，觉得她更加美丽了，美丽得放出了光彩。我这时才注意到，院子里还有两个小孩。我问冬花：“这是你的孩子？”

冬花看了看孩子说："我结婚十年没有生娃，都是为了管我哥的娃和大女儿。大毛一直跟我闹得不行，最后生了，好在生了一个男娃。"

"你的孩子将来上学咋办？"我问。

"等娃上大学时，我们都老了，"冬花有点忧虑地说，"现在侄儿和大女儿上学，家里已经欠人四万多元了。这四万元，我全家一年不停地干，十三年才能还清，到那时大毛也是快六十岁的人了，我也近五十了。两个孩子能否记得我们的好处，听天由命吧。或许到我的娃上大学时国家就不收学费啦。"

冬花说这段话时流下了眼泪，泪眼的冬花显得更美丽了。我望着冬花，既敬佩又同情。心想，我们做男人的真是不懂女人的心，尤其是不懂冬花的心。冬花供养侄儿和前房的女儿并没有希望回报，只是尽一个慈母的责任，一个女人的责任。

"你的想法真好。"我朝着冬花说了一句。

冬花沉思了一会儿，银铃声又响起来了："你们是县上来的人，反映一下群众的心里话。国家减免农民特产税、农业税，群众拥护，国家知道农民可怜，关心农民。但学费却加了，农业税免上一百元，学费加上一万元，农民受不了！"

又是个农民受不了！这到底是什么原因，我也解答不清，只能附和地喊一句："的确，农民受不了。"

上车时，我又想起了炕上放的那本歌本，问冬花："我想，你的歌一定唱得好听。"

冬花笑了，笑出了泪花："你还挺有眼光！在学校办晚会时，我总是独唱呢，还得过全县一等奖。"说着，看了看李大毛，似怨似嗔地说："都是这人把我害的！"

大毛笑了，笑得很惬意。

在车上，我想，王冬花要是生在城里，或考上大学，一定是个出色的女白领阶层或者是个歌唱家。可老天却把她生在山沟里当了农民，但她高尚的心灵，那些白领阶层和腰缠万贯的歌唱家，谁能比得上呢？

砸锅卖铁，我也要供娃上学

上大学的女儿回到家里睡在炕上，月光从窗外照了进来，母亲望着熟睡的女儿，深情地说：“都是一个月亮照着，为什么我娃比人家的娃可怜？……要是你爸是……”

到了何侠娃家，何侠娃正在做饭。

县境内北山附近地区，大部分人家后院都是窑洞。而且土炕紧靠窑洞窗户，做饭用的炉灶连着炕，一火两用，既能做饭，冬天又能取暖。

侠娃一手抱着一个一岁多的孩子，一手往灶膛里添柴。领我们进来的村主任问：“你老汉上哪去了？”

“放牛去了，太阳已过午了，也快回来了。”侠娃看也没看地说了一句。

村主任说：“老汉不在老婆在，女儿的事妈知道得更多。”村主任给何侠娃介绍了我，并说明了我的来意。侠娃用一种无奈的目光打量着我。

我回避了她的目光，心里却在想着另外一个问题：何侠娃看起来少说也有四十五岁了，怎么还有这么小的一个孩子？我仔细打量她怀里的小孩，孩子很瘦小，脸色有点黄，一看就知道营养不良。我随便问了一句：“你们这儿还烧柴？”

侠娃往灶膛添了一把柴说：“苹果不行了，家家都挖树。我家栽的苹果不多，挖了一亩半，还剩二亩。反正没钱买煤，一年三百六十五天，天天都烧柴。”

正说着，孩子哭起来。侠娃放下手中的柴，站起来从箅子上取了一个馍，掰了一角，放在自己嘴里嚼了一会儿，嘴对嘴给孩子喂。孩子不哭了，小嘴巴动着，看着侠娃破涕为笑，不停地用小手抓着女主人的嘴。

侠娃捉住小孩的小手哄着孩子说：“你妈的钱快寄回来了，到时婆给我娃买奶粉。”这时我才恍然大悟，小孩原来是侠娃的孙子！我顺口说了一句：“你有福气，都有孙子了。”

说这句话时我似乎感到有点苦涩，连司机都莫名其妙地望着我。

“有福气？有豆腐！给我生了个害！”“害”字刚出口，小孩“哇”的一声又哭了。侠娃赶紧又嚼了一块馍给孩子喂，并对孩子说：“我娃不哭，你不是害，你是婆婆的宝贝！”

说来也灵，孩子果然不哭了。

侠娃看了我一眼说：“我两个女儿，没儿子。大女儿招了一个上门女婿。女婿是商洛人，前年结了婚，去年生了这个男孩，全家高兴得不得了。谁知好日子不长，女婿非要带我女儿回商洛去，我女儿不同意，女婿没打招呼就走了。一年多了也没音信，女儿气不过，今年过完春节，也到西安打工去了。”

“在西安干啥呢？”

“在饭店当服务员，一月能挣三百元，隔两个月给家里捎一次钱，每次捎二百元……娃一月奶粉就花四十元。”侠娃看了看锅说，“只顾说话，水开了！”侠娃把孩子放到炕上，取过热水瓶灌水。

孩子又哭了，而且哭的声音比前两次大。侠娃水也没灌完，忙从箅子上取了一个馍，放到孩子跟前，又去灌水。孩子用两只小手抱住馍，用小嘴啃，馍大嘴小，啃不动，又哭了。

侠娃灌完水，抱着哄孩子。这回她没有坐，站着和我说话。

“你管了女儿又管孙子！”

“人都是这样，我爸八十三岁了，躺在炕上不得动弹，还天天叫孙子哩！”

我走到隔壁窑洞里，看到炕上躺着一个赤着上身的老人，皮包骨头，动也不动。老人好像听到有人进来，有气无力地说：“是我娃从苏州回来了？快坐到炕上，让爷爷看我娃。”

我望着这位八十三岁、仅仅剩下一口气的老人，没有说话，呆呆地站了一会儿，默默地出了窑门。

走到院子里，时间正当中午，太阳直射下来，照得人眼睛睁不开。我忽然发现院里一块石板上站着一只老母鸡，母鸡的翅膀尽情展开，翅膀下遮护着七八只小鸡，一只小鸡站在母鸡的背上。我马上取出照相机，拍下了这动人的一幕。

男主人仁积成牵着两头牛回来了，手里还抱个西瓜。见了我，热情地说：“天气这么热，站在院里干啥，赶快坐到屋里。来，吃西瓜。”他一边切瓜一边说：“我碰见村主任，村主任说你们来了。”

我和司机小王拿起西瓜大口地吃着。女主人拿了一牙西瓜放到小孩嘴边，小孩高兴地吸吮着，并不停地用小手从侠娃手里夺瓜。我一边吃瓜一边看，看院子里的牛、羊、鸡，心里想，舐犊之情是否都能得到跪乳之报呢？

积成没有吃瓜，他看着我们说：“咱这是旱地瓜，自己种的，回去给你们车上带几个。”

我不好意思地看了看积成说：“今年瓜价怎样？”

积成说：“瞎完了，前阵子让冰雹打了。我种了五亩瓜，原计划给人还些债，现在都泡汤了！苹果也让冰雹打坏了，看来到年终要债的要踏破门槛哩！”

“你只供了一个大学生，就欠人那么多债？”

侠娃取了毛巾，给孩子擦了擦嘴。孩子吃饱了，两只小手拍着侠娃的脸，咯咯地笑着。侠娃任小孩打她的脸，一边对我说话：“家里的事太多了。我小女儿上大学三年花了近四万，前年大女儿结婚，去年我妈去世，我爹在炕上不得动弹还要吃药，现在还欠人四万多元。咱这里的农民靠天吃饭，四万多元要还清，没死没活地干，得用十几年。这穷日子几时能出头？”说着说着，掉下眼泪。

积成从侠娃怀里接过孩子，瞅了侠娃一眼，叹了一口气。侠娃用毛巾擦了擦眼睛，继续说：

“小女儿当年上学也受苦了。高中交不起学费，老师不让参加考试，娃打电话哭得我心像刀子扎！我急得转圈圈。幸好她舅送来了几百元，她爸连夜骑车子送到学校。上大学了，每年走时，娃哭，我哭，她爸哭！娃在学校受的罪比家里人受的罪还大。娃第一年放暑假回来，随进门叫了一声‘妈’，眼泪就下来了。二话没说，从箅子上拿了一个馍大口大口地吃起来。我看娃饿的样子，心疼得像刀子割，一边给娃倒水，一边哭。娃吃完了一个馍才给我说，她身上的钱仅够路费，路上两天只吃了一碗面条，饿得几乎走不回来了。我娃她爸回来了，听说以后，也哭了。我两个人赶紧给娃做饭，做的扯面，娃一下就吃了两大碗。吃完以后，娃又哭了，说一年了，在学校从没有吃过这么香的饭。晚上我娘儿俩睡在炕上，我摸着娃的脸说，我娃瘦了。娃贴在我的脸上看了又看，看了好一会儿，哭着说，妈，我上大学一年，你就老了许多……”侠娃说不下去了，眼泪不停地往下流，积成也在擦眼泪。停了一会儿，侠娃接着说：“后来娃睡着了，我翻来覆去地睡不着。我坐在炕上，看了看窗外的月亮，又看了看睡在炕上的女儿。我想，都是一个月亮照着，为什么我娃比人家的娃可怜？这谁也不怪，只怪她爸她妈是农民，假若她爸是……唉！不说了，说起来让人伤心！娃现在已分配一年了，再不用为娃学费为难了，欠别人的债慢慢还。”

积成接着说：“学费如山倒，娃上学的事一刻都不能缓。给你说实话，孩子上学的事，是家家户户的头等大事，也是难事！”

“你女儿分配以后，回来过吗？”

“去年她奶奶去世了，娃到单位上班才一个月。苏州又远，本来不想通知娃回来。可娃从小跟着她奶奶，不回来不行，打电话把娃叫回来。娃回来以后，掏出第一个月发的工资，放在她奶奶的灵前，跪在地上哭着说，奶奶，你的孙女挣钱了。这多年为了孙女，你跟着我爸我妈吃尽了苦，孙女长这么大也没给你买过一颗糖，孙女没钱呀！现在想给你买，你却走了！我娃哭得趴在地上拉都拉不起来……”

侠娃痛哭起来，小孩被侠娃的哭声也吓哭了。侠娃停止了哭声，从积成手里接过孩子，一边说一边摇着：“我娃不哭，我娃不哭……”转过头来又对我说，“我家辈辈都是农民，没拿过公家一分钱，我娃终于成了公家的人了，我的苦也算没白下。”

积成补充说：“现在农村的人供娃上学，都是想让娃走出农村，不再当农民。”

我看了看侠娃说：“现在二女儿每月给你寄钱不？”

“我不能花娃的钱。”侠娃态度非常坚决地说，“我娃是大专毕业，现在干事都凭学历。娃走的时候，我给娃说，一定要考上本科，你的钱妈不花，妈就是砸锅卖铁，也要让我娃把书念好，念到正经的地方。”

好一个砸锅卖铁，砸得我心在颤。是什么时候、什么人给了农民一个穷的概念，一个身份卑下的概念？！

夫妻俩送我走出大门，我看着小孩，小孩忽然用双手狠狠地拍了一下奶奶的脸。奶奶也狠狠地亲了小孙子一口，说：“这小东西和他二姨一样，将来一定有出息，考个更好的大学回来。”

打烧饼的儿子考了全县理科第三名

卖一个烧饼能赚一毛钱，儿子一年的大学费用是一万二千元，扣除各种费用一年要卖二十四万个烧饼，才够儿子一年的大学费用，卖九十六万个烧饼才能赚够儿子四年的大学费用。而这九十六万个烧饼，这位母亲要流多少血、流多少汗啊！

打烧饼的杨大改的儿子考了全县理科第三名，街道乃至全县的人一下都议论开了。

平常从街上路过的人，除了买烧饼外，可以说没有一个人认真注意过这位打烧饼的中年妇女。高考分数下来后，情形就不同了，路过这儿的人都用一种羡慕甚至惊奇的眼光打量着这位探花的母亲。有些好事的人专门到这儿买烧饼，和探花的母亲说几句话才走。

我家离烧饼摊子不远，平时也常到杨大改烧饼摊子买烧饼。这几天买烧饼的人一下比往常多了几倍，看到这红火的生意，我心里想，这大概也算是名人效应吧。

奇怪的是从前天到今天，我却看不见杨大改打烧饼了。只有熄了火的炉子还在那原地方站着，过往的人们有的议论、有的猜测。

杨大改家离县城四五里路，为了不打乱我的采访日程，我便利用晚上到她家采访。杨大改家大门外是一个羊圈，天黑了，看不见羊圈里有多少只羊，羊圈外拴着的那条大狗，见了生人马上就汪汪地叫。

主人听见狗叫声，忙从家里走出来，喊住了狗，把我们领进家里。

到门外接我们的是杨大改的父亲，杨大改听到院里有人，也从屋里出来，见是我，先是一愣，随后笑着说：“你来了？”

我随便问：“这几天为什么不去打烧饼了？”

杨大改不好意思地用手掩了下嘴说：“你看我这样子，这几天人过来过去看，过来过去问，我担心人家笑话我娃，说他妈就是这个样子！”

我没听懂她的话，正要往下问，顺便往她脸上一看，才恍然大悟，原来女主人的脸上有块黑记。

大改的丈夫叫李文正，刚改革开放那阵儿，两口子给砖厂送砖。一头小毛驴拉着车，李文正驾着辕，大改在辕边拴了条绳拉着。车上除了砖以外，还趴着三个孩子。

文正没上过学，大改也只是小学毕业。村子离县城近，人多地少，一人分不到八分地，每年种一料麦子，吃饭还得另买面。幸亏文正、大改能吃苦，天天拉车给人送砖。孩子小没人管，他两口子装好砖，再把娃放到砖车上。夏天如此，冬天也如此。夏天孩子晒得一个比一个黑，冬天孩子的脚和手都冻烂了。穷人家的孩子身体也结实，三个孩子从小到大只花了十几元药钱。

文正和大改如牛似马长年累月地干着，孩子一个个也长大了。大改和文正是村里出了名的“吝鬼”，大改和文正从没买票看过电影，一分钱掰成两半花。有些人挖苦大改和文正时，大改有她的理由："咱是农民，没本事挣大钱，一分钱一分钱地挣，一分钱一分钱地攒。三个'棒槌'既要上学，又要娶媳妇，我不攒钱能行吗？"由于大改精打细算，所以这家人的日子过得还平顺，虽然大事办不来，小事也难不住。

文正是文盲，大改小学识得的几个字，也忘得差不多了。看到村里年年有人考上大学，两口子眼热得不得了，总希望三个孩子也能上大学。可大儿子初中毕业后没考上高中，也不愿意再上学。文正、大改没办法，总不能让儿子也跟上他们拉砖，商量了几天。最后决定把驴卖了，不送砖了。文正买了一群羊放，大改领着大儿子打烧饼。

大改做姑娘时，学了一年打烧饼，技术还不错。谁知大儿子既没本事又不愿受苦，才打了几天烧饼就不干了，要到外边闯荡。走时和大改吵了嘴，说事干不成绝不回来。

儿子走了三年都没音信，三年中大改和文正没少流泪。尤其是大改，一边在街上打烧饼，一边想儿子，一边哭。也不知咋的，大概是气大，眼睛和嘴都气歪了，老中医扎了几个月的针，病才好了。

三年后的一个晚上，大儿子回来了，钱没挣下一个，可学了个坏毛病——赌博！文正和大改看到儿子这个情况，心如刀割，用多年积攒的钱急急忙忙给娶了个媳妇，希望媳妇能把儿子心拴住。谁知不到一年，大儿子便和媳妇离了婚。隔了几天，大儿子又领回来一个川妹子，而且还要大摆酒席请客，花钱的自然是文正和大改。文正和大改平时苛刻自己，为了儿子却是大把大把地花钱。

以前是儿子一人赌，现在是儿子领着媳妇一起赌。又没一年，媳妇跟着赌友跑了。大儿子赌性不改，变本加厉，到处欠人家的赌债。有些债主经常到大改的烧饼摊上要债，一天卖的烧饼钱，常常就给儿子还了赌债。没办法，谁叫自己生下这样的儿子呢？人们说大改：“从指甲缝里抠，却从手腕上剁。”

二儿子学习好，初中毕业考上中师，三年花了将近两万元。这三年文正和大改对自己更苛刻了，每天打烧饼的时间也延长了，晚上 12 点才收摊子，下雪、下雨摊子上搭了彩条布篷继续卖。大改和文正三年没黑没明地干，挣的钱，也不够二儿子三年的学费和生活费，最后还欠别人外债五千元。二儿子花了这么多的钱，毕业后却分配不了，没办法，经人介绍到邻县私立学校任课去了。今年上半年一个星期天，二儿子回来和大改商量他的婚事。说学校校长给他介绍了一个对象，在邻县烟草局工作，父亲还是个什么局的局长，只有这一个女儿。条件是要他做上门女婿，人家答应可以给他安排正式工作。听了这话，大改哭了几天。从一尺五寸把儿子抚养大，供儿子上学，毕了业，儿子却要进人家门！这都怪自己，没钱没权没本事！为了儿子的前途，为了儿子的幸福，大改最后还是想通了。二儿子走时，给父亲和母亲磕了一个头说：“爸、妈，你们放心，儿子一定会经常回来看你们。”

文正还好，大改却哭得死去活来。大改取出借的两千元给二儿子说：“这是妈给你的钱，买些结婚用品。婚期定了，早些给家里打个电话，我和你爸，还有亲戚都要去。”大改送儿子走出大门，拉着二儿子的手说：“好娃哩，进了人家的门，不是在妈跟前。人家当官的家里规矩多，凡事要忍着点，有什么委屈，回来到妈跟前说。”一句话让儿子哭得怎么也忍不住，最后大改又叮咛二儿子说：“在人家面前不要老提起我和你爸，也不要老想着回家看我们，一是耽误你的工作，二是恐怕人家心里不高兴。”二儿子走后，大改在炕上躺了两天，烧饼摊子也就停了两天。

巷里人都说，大改和文正最疼爱的还是三儿子。人常说，天下老，偏的小，实际上手心手背都是肉。

不是文正、大改爱三儿子，关键是三儿子最听话。大改说：“我和文正都是文盲，也不会给孩子辅导作业，但三儿子学习很自觉，从小学到高中，一直是班上的三好学生。花钱也仔细，从没和别家孩子打过架。”

三儿子上初三那年，街上一个孩子骂大改是“黑疤脸”，被三儿子听见了，儿子咬着牙，脸都气红了，冲上前去打了那孩子一拳。三儿子当时那样子，大改说她从来没见过，把她当时都吓呆了。到了高一，三儿子写了一篇作文，题目叫《我的母亲》，还获了奖。其中有一句话，大改记得非常熟，作文里说：“儿不嫌母丑，狗不嫌家穷。”大改说：“当我听到这句话时，感动得哭了。”

我问大改：“你们接到儿子的录取通知书，是不是高兴得都要哭了？”

大改说：“你说的是真话。接到通知书时，我三儿子正在街上帮我打烧饼。锣鼓喧天，学校老师也来凑热闹，故意把通知书送到烧饼摊上，还给我披红戴花。我说，通知书应该送到家里。老师说，让全县人都知道这个打烧饼的母亲生养了个状元郎！当时我看着三儿子瘦瘦的脸，想到儿子为了考上大学，三年来没黑没明地学习，我放声大哭起来。”

说到三儿子上大学的学费，大改心事重重地说：“前几年攒了些钱让大儿子糟蹋完了，二儿子上学又花了将近两万，欠别人的外债至今没还完。不过，三儿子的学费我不熬煎，孩子给我争了这么大的气，我和他爸就是把骨头砸碎卖了，也要供孩子上学。我借了些钱先让娃走，以后我和他爸慢慢干着给别人还。”大改又说：“因为打烧饼每天有收入，朋友也敢借给我。”

我问到卖烧饼每天的收入，大改对我说：“每天卖不到三百个烧饼，烧饼一元钱三个，一个烧饼多了能赚一毛钱。”我算了算账，一个烧饼赚一毛钱，上大学的学费、生活费一年一万二千元，这要打够十二万个烧饼，才能赚到一万二千元。平均每天卖二百八十个烧饼，一年三百六十五天一天不停才能赚九千元。还有工商费、地税、卫生费，两年卖烧饼赚的钱，才能够儿子一年的学费和生活费。

要赚够一年的学费、生活费，大改每年要打二十四万个烧饼。儿子四年大学的学费、生活费，大改要打够九十六万个烧饼。九十六万个烧饼啊！大改要晒多少天太阳，要受多少天风寒，要流多少汗！生火、打煤，和面、擀饼、烤饼、提鏊、翻饼，大改的手要动多少次，不知道儿子算过这个账没有？

大改还对我说，她和文正商量过，想把文正的羊群再扩大点，她把单纯卖烧饼改成卖肉夹馍，这样就能多赚些钱。

过了几天，我又看到大改在摊上打烧饼，只是桌子边上多了个卤肉砂罐，大改身上穿的工作服也是新的，雪白雪白。

桌子旁没见儿子。听说，文正到北京送儿子去了。

才几天，为什么父子间有了城里人和乡下人的称呼

儿子考上了大学，母亲想儿子几乎想疯了，“非典”期间，村主任一句戏言，母亲吓得要到北京找儿子。为了儿子的学费，父亲光着上身，在炎炎烈日下挑土，一天能挣两元钱。父亲去世了，儿子回到家乡，跪在父亲的坟前，回忆着、诉说着……

因工作关系，我和已在北京工作了十几年的唐长根经常有书信来往。唐长根听说我要写本农村父母供养孩子上大学所受苦难的书后，给我寄来了一篇他自己的回忆录，文章写得情真意切，感人至深。从文章中，我们看到一对农民夫妇供养儿女上大学的艰难与辛酸，同时也感悟到天下唯有父母的爱最深、最真、最亲的真谛，文章的结尾又给我们提出了一个发人深省的重大课题。

下面是唐长根所写的文章。

回到家，我坐在母亲为我烧的热炕上，拉开母亲织的粗布新棉花被盖在腿上，霎时，一股热烘烘的暖流涌满我的全身，驱走了一路风寒。

我从小总爱坐母亲烧的热炕，在外上学、工作几十年了，一遇到天气转冷便想起母亲烧的热炕。

不一会儿，母亲端来了我爱喝的红豆小米稀饭。好长时间没有喝过这么好的稀饭了。母亲煮的稀饭豆子烂，熬得恰到好处。我一口气喝完了稀饭，且还改不了小时候舔碗的习惯。喝第二碗时，开始用筷子夹着母亲给我腌的“羊角滴溜”吃，我一连喝了四碗。母亲在一旁看着我狼吞虎咽的样子说：“没变，还是老样子。”

到了晚上9点多，母亲收拾停当，又从炕道里取出用砂锅热的柿子。柿子是我家对面场里柿子树上结的，红红的、软软的。

我家有五棵柿子树，每年树上都挂满了柿子，从不分什么大年小年的。多年来，家里除过晒柿饼、做柿子醋，给自己留一小部分柿子外，大部分都卖了。记得小时候，买书和文具的钱，都是用的卖柿子的钱。

柿子做的醋，醋味最长，也香，我吃过的醋都没有母亲做的柿子醋好吃。家乡的旋面必须用柿子醋，这样才能吃出旋面特有的家乡味。

在我的家乡，过年时，人们晚上要吃“忍柿”。寓意吃了“忍柿”，一年遇事要忍，求得平安。母亲说多吃几个“忍柿”，事事要忍，才能永远平安。

吃完“忍柿”，母亲也上炕了，坐在窗台前。我挪了一下身子，躺在母亲的身边，头枕在母亲腿上，看着母亲。

母亲抚摸着我的头发，我感觉母亲的双手是那样的柔软。半晌，母亲忽然伤心地说：“才几岁……就有了白头发！”说着说着流了泪。

母亲的眼泪滴在了我的脸上，我忙用嘴接住母亲掉下

的泪水，贪婪地吸吮着，就像当年吸吮母亲的乳汁一样。我忽然想起小时候，母亲坐在热炕上，对着小油灯，我躺在母亲的腿上，母亲一边为我缝衣服，一边哄我：“我娃乖，我娃胖，我娃大了当皇上……”

母亲共生了四个孩子。大的是女儿，两岁时出天花死了。为了再生的儿女能活下来，母亲给第二个女儿取名叫“存娣”。存娣姐不但活下来了，而且身体很健壮，只是没上过学，十八岁时嫁给邻村一个庄户人家。姐姐家的日子前些年还可以，这几年几个孩子上学，拖累得家不像家了。

我是家里的老四，母亲三十六岁那年生下我，取名长根。意思是唐家这条根，长命百岁。我四岁时，母亲又生下小妹，小妹蒲城农校毕业后，在县上种子公司工作，日子一般，尚能过得去。恢复高考制度后，似乎农村孩子能和城市孩子一样，平等进入考场，靠自己的学习成绩跳出农门。每年，都有一批批农民子弟走进了大学，走进了城市。现在，城乡差别越来越大，农民孩子摆脱贫穷的唯一出路也就是上大学。我的父母亲说什么也要供儿女上大学。

十年寒窗，我终于实现了父母的愿望，考上了北京一所重点大学。小妹也了了父母的心愿，只是有些不理想。

记得我刚上大学那年，母亲想我想疯了。我明明在北京上学，她老人家几乎每天中午提着我爱喝的红豆小米稀饭，到镇中学门口等我。等不见，口里叫着我的乳名：“根娃，你在哪里，妈给你送红豆稀饭来了！”有一次，天下着大雪，我母亲提着红豆小米稀饭，还拿了两个热红薯，又要到学校给我送，谁也拦不住。到了学校门口适逢学生放了学，有一个学生长得像我，我妈走上前去拉住那个学生说：“根娃，天冷的，快喝些稀饭，吃一块热红薯，暖暖身子。”最后还是学校的老师把我母亲送回了家。

寒假回到家，别人对我说起这件事，我问母亲那时想着什么，母亲笑了笑说：“我想娃想得六神无主。”

“非典”期间，母亲日夜为我操心，几乎三五天就要给我打电话。如果别人接电话，母亲马上就问：“根娃哪里去了？让根娃接电话！”直到我接了电话，母亲才放心。

有一天，我母亲坐在门前的青石板上，拣我爱吃的红豆，生怕豆子出了虫，我回来没啥喝。这时村主任提了个包到县城买东西，开玩笑地给我母亲说：“我要到北京，看你根娃去。”

一句“看根娃”，我母亲的心被提走了。我母亲寻思着，是不是根娃出了事，不然村上为什么派村主任到北京看根娃？她越想越不安，一连给北京打了十几个电话。当时我和妻子都上班，没人接。打我的手机，凑巧我正开会，手机关着。母亲更急了，一边哭着，一边收拾东西准备到北京。忽然她又想起了给我爱人打手机，但记不得手机号码，拿着电话本到巷里找人帮她查。

我妻子接到母亲的电话，告诉母亲我正在开会。母亲不信，非要我接电话不可。我妻子没办法，只得坐出租车到单位找我说：“快给母亲回电话。”我以为家里有什么重要事，马上开机。谁知我还没来得及拨号码，母亲的电话就抢先打过来。我在电话里叫了一声：“妈！”母亲只说了一句“根娃，你把妈吓死了！”便再也说不出话来。母子虽然相隔几千里，但我从电话中似乎看到母亲挂着泪花的脸笑了。

父亲去世快三年了。我回到家的第一件事，便是到镇上买一袋子纸钱。背着纸钱，提着北京的“二锅头”，步行到父亲的坟地，跪在父亲的坟前，一边烧着纸钱，一边给父亲奠酒……

父亲自幼丧母，一生历尽艰辛。他为人老实厚道，不爱说话，成年累月背负青天、面朝黄土，日出而作、日落而息，从不知道什么叫享福。父亲和母亲最大的希望就是不让儿女像他们那样，出门是黄土，进门是窑土，身上沾的是粪土，晚上睡的是炕土！

我考上了大学，父亲那张麻木呆滞的脸一下挂上了从来没有过的笑容。他尽管为儿女的学费在发愁、落泪，但忧愁中有着寄托，眼泪中含着希望。记得我到北京上学的前一天，亲戚都来为我送行，母亲亲自到厨房做了家乡的八碗筵席和喜馄饨。父亲在我上初中时已戒酒了，这天，他却一个人几乎喝了一瓶陈西二曲酒。父亲醉了，有时哭，有时笑，五十岁的人了，不时抱着我，看着说："我家出了举人了，我家出了举人了……"

我工作后，父亲更是高兴得不得了。我每次给家里寄的钱，父亲从邮局取钱回来，只要碰到熟人，没等到别人开口，自己就炫耀地说："根娃把钱捎回来了！"

父亲最喜欢别人恭维他："你的功劳到了，苦没白下！"这时的父亲总是喜滋滋地回答别人："娃娃还是要上大学哩。"

我的父母亲，他们不只是疼我、爱我，对我的管教和要求也很严格，尤其是母亲。

我上大学第一年放暑假回家。一天中午，太阳晒得大地也起了皮，母亲叫我跟她到地里摘绿豆，我嫌天气热，磨磨蹭蹭不愿去。本来到我家绿豆地往村南的路上走，母亲却说："那条路被水冲断了，得绕道走。"于是，母亲领着我往村西头走。到了村西头，一户人家正在建新窑。

母亲说："根娃，你看你爸干啥哩。"我顺着母亲手指的方向看去，只见父亲光着膀子，挑着两筐土，正踏着一块木板，晃晃悠悠地往窑背上挑土。当时我的头轰的一下涨大了，脸上火辣辣的，比火红的太阳还热。我急忙跑到父亲跟前，接过担子。父亲的肩膀已经压烂了，脊背上的汗水与黄土和成了泥水，一道道地往下流。我的眼泪哗地涌了出来，忙挑起父亲的担子上了窑背。

一担土挑下来，我已是大汗淋漓，但我还是咬着牙往上一担担地挑土，我看见母亲老远对我赞许地点了点头。回到家，母亲给我说："你父亲往窑背上挑一天土，只挣两元钱。"

从那以后，每当我花钱时，眼前总浮现出父亲在烈日下赤身挑土上窑背的情景。不该花的钱不花，该花的钱算着少花。

母亲虽然不识字，但孝敬老人是个典范。我奶奶去世早，是我老奶奶把我父亲抚养大的。母亲和父亲结婚时，我爷爷和老奶奶还在。母亲不但要下地干活、管孩子，还要侍奉两个年迈的老人。老奶奶活到九十岁，母亲端屎端尿伺候，从无怨言。母亲还被县妇联评为"孝敬老人的好媳妇"。

我父亲为儿女下了一辈子苦，几乎没享过儿女一天福。2001年，我好说歹说把父母接到北京。进城后，父亲不会用卫生间。我冲洗卫生间时，无意中说了父亲几句。母亲听到后不高兴了，把我叫到她面前，拉着脸说："根娃，你爸老远到北京来，不是看你的眉眼来了。你给你爸扫了一次卫生间就厌烦了。你知道不知道我生你坐月子时，是你爸每天给你洗尿布。为了省水，你爸总是用手抹掉尿布上的屎才洗。有一次你肠胃上火，屎拉不出来，没钱买药，我抱住你，你爸用手在你的屁股里一点点往外抠屎……你进城才几天就变了，看不起你的农民父亲了……"

母亲越说气越大，最后说："马上买火车票，我和你

爸回老家去！”

母亲的批评使我无地自容，悔恨交加。听说母亲要回老家，吓得我跪在父亲面前，抱着父亲的腿，给父亲赔不是。

父亲抚摸着我的头说：“不怪我根娃，怪爸是农村人，不会过你城市人的生活。我就不想来，你硬要叫我来……”我大声哭了，为什么才几天，父子之间就有了城里人与乡下人的称呼！……

母亲说，娃们受苦了，都是我把娃害的

一把瓦刀供出了四个大学生。这把功劳不小的瓦刀，主人还想抡十年，因为孙子还要上大学。这对吃尽了苦的农民夫妇，20世纪六七十年代为儿女吃饭去负债，八九十年代为儿女上学去负债，如今还要为儿女的安乐去负债，这债不知道要背负到何时才是尽头。

谭瓦刀的泥水活享誉乡里，谭瓦刀一把瓦刀供出了四个大学生的故事，更是远近闻名。

这天，谭瓦刀没在，谭瓦刀的老伴韩秋芳在家。

韩秋芳六十多岁的人了，看起来精明能干。她家七间新瓦房，隔成五个屋子。门口三间门房，门房虽然旧了，但很宽敞。门房隔间里盘了一盘大炕，炕上能睡十几个人。

韩秋芳家的院子和屋子里到处都是孩子，有的写字，有的玩耍，我数了数，共十个孩子。不是我心里有数的话，还真以为这家办了一个托儿所呢。

韩秋芳一会儿给这个孩子送水，一会儿给那个孩子送玩具。孩子们这个哭、那个闹，韩秋芳跑来跑去，忙得不亦乐乎！

一年三百六十五天，除了腊月二十三到正月初十这十多天谭瓦刀在家不干活外，其余时间都在外干泥水活挣钱。人常说，男人是个耙耙，女人是个匣匣。谭瓦刀挣的钱全都交给了韩秋芳，自己身上每个月只留十元零花钱。韩秋芳更是精打细算，家里的事安排得井井有条。

韩秋芳共生了五个孩子，两儿三女。谈起儿女的事，韩秋芳就伤心落泪。

“我1960年结婚，我和老谭都是初中毕业，两家都穷，没钱继续上学。我们的结婚仪式是在地里举行的，新郎新娘和客人一起拿着铁锨翻地，叫作‘革命化结婚’。翻完地，客人各回各家，不设宴席，也不管饭。因为当时生产队吃的是大灶，家里不准做饭，也没做饭锅，锅都被砸碎上交，顶钢铁任务了。

“老谭初中停学后，回到生产队，一直在白家河修水利。我们结婚前一天他才回到家里，结婚第二天又回到白家河工地。当时工地上好多青年人的口号是‘水不上塬不结婚’，老谭没有做到，不但结了婚，中途晚上又偷偷地跑回来几次。工地营部知道后，罚老谭过年不准回家，正月初一参加‘开门红’大会战。老谭心巧，在工地上跟着请来的技师砌水渠，搬石头供匠人。时间长了，泥水活自己也学会了。

“第二年我生下了大儿子，虽然说大灶散了，但每人每月的口粮只有十五斤原粮。当时生产队给的是谷子，我吃不饱，就没有奶，娃成天哭着叫着。大儿子至今身体都不好，这都是那‘低标准、瓜菜代’把娃害的。唉，也是我把娃害的。

“1964年我生下大女儿，1967年我生下二女儿，当时生产队轰轰烈烈学大寨，每天都要下地劳动。白家河水库修了快十年，水还是没上塬，老谭还在水利工地上干活，家里地里都要靠我。我下地时，把两个女儿放在两张摇床里，孩子的脚用绳子捆在摇床上，然后将摇床搬到大门口，为了让孩子看到巷道里的人不哭。六岁的大儿子在家管两个妹妹。有一天，我下地回来，大儿子贪玩跑出去了，两个女儿头趴在摇床上睡着了，夏天的太阳晒得孩子脸都脱了皮。到了冬天，孩子的手和脚全冻烂了。唉，都是我把娃害的。

“1970 年我生下小儿子，1974 年生下第三个女儿，老谭也从水利工地回到生产队。由于老谭会泥水匠活，生产队经常包单位的活让老谭去做，但都是挣工分。公社建拖拉机站，抽调老谭搞基建，说每天给十二分工，干了一年，老谭挣了四千多工分。工分介绍到大队部，大队干部说，你的工分还能比大队干部多？每天扣了二分。工分又介绍到生产队，生产队干部说，一个社员不能挣全工分，每天又扣了一分。社员靠工分分粮吃饭，当年我们生产队每十分工的价值只有五分钱！我和老谭一天不停地干一年，生产队不给分一分钱。几个孩子长到四五岁，还是光屁股，我的娃娃太可怜了，都是我把娃害的。

“孩子慢慢长大了，日子也越来越艰难。大儿子、大女儿相继上了学，我每天晚上蒸一锅红薯，第二天下地时，把红薯埋在灶灰里，孩子放学回来的饭就是灶灰里的红薯。红薯把孩子的胃都吃胀了，大儿子和大女儿的胃至今还不好，都是我把娃害的。

“三女儿一周岁时患了肺炎，我身上没有一分钱，没钱给女儿看病。女儿烧了好几天，烧到四十一度，娃眼看着不行了，我才叫来医生，总算救了她的命。老谭在县城做活，听到消息赶回来，身上仅有五毛钱，掏出来给了医生。由于医治不及时，小女儿留下耳聋的后遗症。唉！真是我把娃害的！

“日子实在过不下去了，老谭寻思着搞副业。当时出外搞副业必须经过大队批准。老谭想了几天，五毛八分钱买了一包点心，提着点心见了大队支书。支书没说话，收下了点心。第二天上午大队部召开社员大会，会场的房梁上拴着一条粗绳，绳上吊着老谭给支书送的那包点心！支书气势汹汹地命令民兵将老谭押上来批斗。说老谭腐蚀革命干部，想搞资本主义，罪大恶极。批斗了一中午，处理结果是罚老谭到大队林场劳动改造十天，不给记工分。

“那天中午我没在，去给娘家母亲烧一周年纸。烧完纸我没吃饭就往回赶。一到家，五个孩子哭了两对半。大女儿一边哭一边往灶膛里添柴，大儿子跪在案板上，一边和红薯面一边哭。我忙问是咋回事？大儿子把他父亲挨批斗的事说了一遍，并委屈地说，放学回家路上，别人的孩子骂他是资本主义的狗崽子！看到孩子委屈的样子，我抱着儿子哭了。都是你爸你妈不好，让孩子受了委屈！唉，是我把娃害的。”

韩秋芳心里十分内疚，十分痛楚地说：“我对不住五个孩子，我欠孩子的太多了！想起孩子们小时候吃的饭、穿的衣服、受的难，我就睡不着觉。只怪我和老谭是农民！农村把人拴得死死的，没有出路。我孩子的小姑，丈夫在百货公司当业务组长，家里要啥有啥，人家两个孩子真是跌到福窝窝里了！平时我不让孩子到小姑家去，怕人家看不起咱们农民家的孩子，挣工分的和挣工资的差得远哩！

“改革开放后，农村的经济活了，老谭能出去挣钱了。二十年挣的钱不少，但我老两口还是没钱花，钱全供孩子上了学。大儿子渭南师院毕业，在县中学当老师；媳妇也在县中学教学。大女儿西安交大毕业，分配到上海；女婿是江苏人，也在上海工作。二女儿是四川医科大学毕业，在成都工作；女婿是广东人，在成都的部队上工作。小儿子陕西师大毕业，分配到珠海；媳妇是哈尔滨人，也在珠海工作。唯独小女儿耳朵聋，只读到初中毕业，嫁到邻村，和女婿一块到珠海打工去了。”说到这里，韩秋芳有些伤心，擦了擦眼泪继续说：

“供孩子上学花了十几万，没少跑腿，没少流泪，没少看人脸，没少操心。老谭拿着瓦刀一年到头没黑没明地干，孩子的学费还不够。借着交给了学校，随后挣着还，兄妹们互相也资助。我每月给老谭身上留十元零花钱，老谭一分也舍不得花。十元钱不是给孙子买糖果，就是给家里买盐醋。四个孩子读完大学，我家欠人外债六万元，老谭这几年用瓦刀给人还得剩下不多了。”

韩秋芳又说：“尽管这二十年我和老谭没享什么福，但看到孩子们都走到正路上，再苦再累心里都是甜的。我享的是心福，是精神上的福！”

我要求韩秋芳领我看看这些孩子，韩秋芳同意了。

她说：“十个孩子有我家六个，另外四个是邻居们的孩子。”她指着一个正在做作业的十五六岁的男孩说：“这是大儿子的，从生下三个月放到家里，读小学在本村，上初中时他爸才领走。每星期六、星期天、放假都在家里。孩子里边只有他大，只有他淘气，今天要吃扯面，明天要吃麻食，后天要吃饺子……”

我笑着问：“你做不做？”

韩秋芳说：“做！现在孙子是‘爷’，你不看巷里好多老汉老婆接孙子时都说接‘爷’去！”

院子里有两个男孩和一个女孩正在玩火车。韩秋芳说：“一个是二女儿的，才三岁。孩子半岁时她母亲就送回来了，说好五岁后接走。那两个是小女儿的，一个五岁、一个两岁……”

说到这儿，韩秋芳有点伤感：“我欠小女儿的最多，小女儿上的学少，日子不如她哥她姐。她哥她姐也好，经常照顾妹妹。小儿子把他妹妹、妹夫接到珠海打工去了。两个孩子一直在家，由我管着。老谭还说明年准备给小女儿盖房子。”

到了门房隔间，一大堆孩子围着看电视，韩秋芳说：“那几个是邻家的娃娃，天天都到我家玩耍。我家孩子多，我也爱娃娃。”

她指着一个非常秀气的小姑娘说：“这是大女儿的，今年六岁了，生下四十天，她妈就送回家里，我用奶粉和羊奶把娃喂大的。本来早该接走了，她爸她妈经常出差，顾不上管孩子，娃在村里学前班上学。过几天她妈要接她到上海上学。”说到这儿，韩秋芳用一种疼爱的口气说：“只有这个孙女娇气。”

小姑娘看着奶奶，噘着小嘴巴说：“我不去！”

韩秋芳又说了一句：“说真的，不是孩子上学，我也舍不得叫走……”

我接着韩秋芳的话说：“在老家上学不也一样吗？”

韩秋芳认真地说：“不一样。城市教学质量高，现在县里好多有钱人，送孩子到西安上学。听说大城市有钱的人，送孩子到国外上学。”

稍停一会儿，她指着另一个四五岁的男孩说：“这是我刚才说的他小姑的孙子。他姑夫退休了，百货公司的退休工资又不高。小姑转了商品粮户口，却没工作，农村又没地。大女儿在厂子里下了岗，儿子接了爸爸的班，在百货公司，公司现在倒闭了。儿子自小娇生惯养，养了一身坏毛病。前一段和儿媳妇离了婚，大孙子儿媳妇带走了，小孙子给他小姑留下。他小姑这几天有病，把娃送到我家让我照管几天。不照管能行吗？亲妹子的孙子也是我的孙子，人心都是肉长的。”

人心都是肉长的，尤其是母亲的心！

这时我又想到民间一句俗语：三十年河东，三十年河西。

我问韩秋芳：“你儿女们的孩子放到家里，给你钱不给？”

韩秋芳说：“给，除过大儿子不给外，其他都给。大儿子离家近，能照顾家，我不要钱。两个女儿每人每月给一百元。二儿子才结婚，没钱，我还得贴。儿女们在外花钱多，费钱。儿女小时候吃的苦太多了，我到阴曹地府也给儿女还不清这心头上的债，还要儿女的钱干啥？我这是给儿女们补偿呢。再说，家里有老谭那把瓦刀就行了。”

韩秋芳给我指着院里的七间新厦房说：“这七间房子是去年盖的，隔了五间屋子，儿女逢年过节回来有地方住。盖房欠了些债，不要紧，两年就还完了。小儿子前几天打来电话，说准备买房，老谭说贷上几万元先给小儿子寄去。”

这一对农民夫妻，20世纪六七十年代为儿女的生活在负债，八九十年代为儿女的上学在负债，现在还要为儿女的安乐继续负债，不知道负债到何时才是尽头！

韩秋芳越说越有兴致：“老谭一年最高兴的是正月初三。全家大小近二十口欢聚一堂，儿女们从外地买来的好吃的，老谭全摆在桌子上。这一天老谭花钱最多，也是老谭最大方的一天。老谭给孙子们每人发五十元的压岁钱。发钱时，老谭给孙子们都是一样的话：不要乱花钱，把钱存起来，从现在起，就要攒上大学的学费。

“午饭前，老谭领着一大群子孙给祖宗上香。先是三拜九叩，再是奠酒。祈祷祖先保佑谭家兴旺发达，蒸蒸日上；祈祷儿孙平平安安，事业有成；祈祷他的瓦刀还能再抡十年，挣钱供孙子们上大学。”

我问老谭多大年纪了，韩秋芳说：“老谭今年才六十五岁。”

其余学费咋办，我真的不知道

一个饱受磨难的外地人，入赘进了李家，为了妻子前夫留下的大女儿上大学，他每天在焦化厂卸煤，繁重的劳作有时要连续四十八小时，而卸一吨煤只能挣到三角钱。他的神情麻木了，精神也麻木了，满是煤灰的脸上从早到晚总是堆着卑微的笑容。这笑，笑得是那样的凄苦。

我们到王家庄时，老石家的大门上着锁。老石在焦化厂卸煤，妻子和三个孩子都到韩城摘花椒去了。焦化厂离王家庄五里地，我们开车前往。

骄阳炙烤，焦化厂更是热得让人难受。上边晒着，下边烤着，中午时一丝风也没有。十几个烟筒喷射着浓烟，好像向骄阳挑战。偶尔刮起一股旋风从小到大，卷得地上的煤灰旋转着上了天，霎时，焦化厂的天、地、房、人都变成煤尘中模糊的风景。

一座偌大的煤山旁停着一辆带拖挂的煤车，车上有一个人正奋力抡着大铁锨在卸煤。领我们来的人说，那就是老石。

我们把车停在煤车边，我喊着对老石说明来意后，老石跳下车。我瞅了一下四周，想找一块太阳晒不到的地方，挑来挑去，还是只有在煤车旁有块阴凉地儿。老石给我递了一块沾满煤屑的砖头让我坐。我说得两块，一块砖太低，我腰有点弯不下去。老石就又去搬来两块，三块砖头一摞，成了我的临时座椅。

老石坐在煤地上，顺手从裤兜里取出揉得皱巴巴的半包香烟，没有用手，而是用嘴从烟盒里叼出一根烟，然后用手拿着烟头，把烟的过滤嘴的那边递给我。我谢绝了，因为我不吸烟。老石又拿着烟给司机小王，我怕小王推辞，忙给他递了个眼色说："小王你抽。"司机接过烟到另外一边转去了。

我问老石抽的是什么烟，老石笑了笑说："烟不好，给你们都不抽。九毛钱一盒。"

"一天抽几盒？"

老石依然笑着说："两天抽一盒，大部分是抽司机给的烟。"

我点了点头，口里念叨算着："一天半盒，四毛五分钱，每月十二块钱。"老石仰着笑脸接住说："这十三元的烟也抽不成了……"

老石话没说完，我接住话茬说："是不是因为女儿要上大学了？"

老石仍然笑着点了点头，点头时我发现，从我见老石的第一眼到现在，老石脸上始终是一个表情，这表情就是一个笑脸。

老石笑的时候嘴半张着，露出既黑又黄的龇牙。嘴角两边延伸出的皮沟由深到浅，由下到上，一直伸到两个耳边。两个眼角的皱纹也平行伸到了耳边。这嘴角伸出的皮沟和眼角的皱纹，围绕着那个半咧开的嘴和被煤灰蒙罩着的双眼，形成了老石特有的常笑的脸。

我问老石的老家在哪儿，老石一边抽着烟，一边对我说着。

“我的老家在河南南阳，上世纪80年代初跑到这个村上的砖厂做砖。我老婆的前夫姓李，当时也在砖厂干活。他是本村人，不会做砖，在砖厂干装窑、出窑、饮窑这些活儿。有一次晚上饮窑，他睡在砖窑的二门子里，没承想到了半夜窑顶漏水，他睡着了不知道，结果水蒸气冲破了二门，砖窑里的火蹿出来把人活活烧死了。”

“他死时有多大？”

“刚二十四岁。家里丢下媳妇和一个八个月的女娃，光景不得过，就经人介绍，把我招进了李家门。”

“现在你们有几个孩子？”

“三个。前夫一个，我的两个。前夫的女儿还姓李，我那两个娃姓石。一个男娃，一个女娃，现在都在上学。”

老石抽了一口烟接着说：“孩子小时还好办，现在大了，日子就越来越艰难了。大女儿今年又考上了大学，通知书下来半月了，光学费就要八千元！老二是男孩，考高中没考上，还要上自费班，学费也得六千元；老三后半年上初三，学习费用也得一千元。你说这一万五千元从哪儿弄呀！就这还不算生活费。”

我没有回答老石的话，眼睛盯着老石裤管里露着的两条满是煤末子的黑腿。他左腿上还缠着纱布，纱布已经让煤染成了黑色，两只脚塞进了沾满煤的黑胶鞋里。上身穿着一件烂了领的绿T恤，绿颜色没有煤颜色亮，成了黑的了。人常说，近墨者黑，何况老石一年三百六十五天在煤窝窝里打滚，怎能不全身是黑呢？我想老石的胃和肠子可能都成黑色了。就是这个浑身上下内外都是煤黑的一条汉子，一年从哪儿能拿出两万多元来供给三个孩子上学呢？

我望了望煤车问老石：“卸一吨煤多少钱？”

“三角钱。”

“怎么才三角钱？”我有点不相信地说，“六七十年代卸一吨煤都给五角钱呢！”

“就给三角钱这个活也揽不到手！一车煤带拖挂三十多吨，有时一天卸四五车，有时一天只能卸一车，有时一天一车也没得卸。我除过吃饭在家外，其余时间都在厂里，最忙时一连干过四十八小时。晚上困了，煤车来了，实在不想起，想起三个孩子的事，强打精神又爬起来。有时中午来几车煤，我一个人卸实在有些受不住了，想找个人帮忙，可转念一想又怕钱让别人挣了，便咬着牙关继续干！说实话，手常常被锨把磨出了血。前几天腿又被铁锨撞破了，却一天也没敢停，包扎住继续干，担心活被别人抢走了。天气这么热，汗和煤末子沾到伤口上钻心疼……”

老石又用嘴叼出一根烟，用三根手指掐着烟使劲地抽了一口，手似乎还在颤。我看着老石握惯了锨的手，抽烟时手都弯不回来，老石的手指就像一条条蚕蛹，不停地蠕动着。

我问老石：“你每月能挣多少钱？”

老石嘴角没动，嘿嘿一笑说：“每月三四百元。有时只能拿二百多元，工资结算常常不及时。我三年前在煤矿挖煤的工资，至今还差一千多元要不下。可老板却坐着几十万元的车，家里盖得像别墅，银行存款几百万……花天酒地，有的老板还养着几个二奶。但给工人发工资时，就像死心哩。现在有的老板不是狼心狗肺，而是‘人’心‘人’肺！”

老石骂的这一句话，弄得我莫名其妙，丈二和尚摸不着头脑。“为什么是人心人肺？”我问老石。

老石咧着的嘴笑了笑，说：“这些黑了心的老板，走到人前都是人模人样的，但他们的‘人心’比狼心还坏，他们的‘人心’比狗肺还脏。”

老石不能不骂这样粗野的话。这么低的工资还要拖欠。我心里一边说着，一边和老石算起账来：“卸一吨煤三角钱，卸一万吨煤才三千元。老石，你算过这个账没有，到什么时候，要卸多少煤才能卸够三个孩子一年的学费呢？”

老石的嘴越发咧了，眼角也越发挤了。

“咱农民算个啥账？挣几个是几个，不得够再说，反正孩子的学不能停！

“我这大半辈子就是没有念下书，世上什么苦都吃过。在老家讨过饭，到这儿做砖、烧窑、背石头、下煤矿，现在又卸煤……一天清福没享过。这么苦的活，孩子根本不愿意干。有一次我实在卸不动了，叫儿子来给我帮忙。儿子上车卸了两锨，把锨一扔跳下车走了，我叫也叫不住。回家吃饭时我批评儿子，儿子头一扭说，我一辈子也不想到那儿去，那不是人干的活！

“这话惹火了孩子他妈，她说，那不是人干的是谁干的，难道你爸不是人？说着就要打儿子。儿子也觉得他把话说错了，忙给他妈解释说，我说错了，我不是骂我爸，我是说那活太脏太累了。我拦住妻子说，不能怪孩子，我们这穷下苦的，谁把我们当人看。”

话又回到学费上。再一个月老石的大女儿就要开学了，学费至今不知从哪儿出。我问老石有啥打算，老石说他至今也没有打算。只是听说上学可以贷款，但又不知如何贷，去找谁贷。说到这儿，老石那蒙着一层煤灰的眼睛，显得更加茫然了。

我试着问了老石一句：“你有没有不让大女儿上学的念头？”

还没等我的话落音，老石用一种不容置疑的口气说：“不行！咱进了李家的门，就有责任供李家的女儿上学。隔着这一层次，更应该管好大女儿。宁可老二老三停学，也不能叫老大停学。做人办事要对得起良心，我做事要对得起李家，对得起李家的女儿，不能让亲戚邻里笑话。”

我从心里真佩服这位农民汉子的正直和善良，我接着问：“你大女儿的父亲死时，她才八个月，她知道不知道你是她的养父？女儿对你好不好？”

“知道是知道。女儿对我也好，女儿小时，门前多嘴的人给女儿说过。虽然我和她母亲总是瞒着，女儿也将信将疑。女儿上小学四年级时，我在砖厂做砖。有一个晚上，电闪雷鸣，我和妻子冒着大雨，跑到砖厂盖砖坯子。结果两万多砖坯子还是倒在雨中，成了烂泥。我和妻子抱着头蹲在砖厂，直蹲到第二天中午，饭也没吃，水也没喝，哭也哭不出泪。一个月起早贪黑的辛勤劳动全泡了汤。女儿放学回家，赶到砖厂向我要钱，说老师收期终考试卷子费。我当时身上没钱，心里正有火，随口就说没钱，不给。女儿吵着说不行，我顺手用巴掌打了一下女儿的屁股。女儿哭了，说我不是她亲爸，不给钱还打她。一句话戗得我半晌说不出话来。为了给我解围，妻子把女儿打了一顿。从那以后，我再烦再恼也没动过大女儿一指头。只要女儿要钱，我再难也要给。”老石从挤满皱纹的眼角里落下了两滴泪。

“一万五千元的学费咋办？”我又回到正题，有些穷追不舍。

老石一边搔着头，一边对我说："厂子能给半年工资，有两千多元，农业一点收入都没有，其他的学费咋办，我真的不知道。"

拉煤车司机过来催着老石卸煤，我只得告辞。老石仍然是那张布满皮沟和皱纹的笑脸。这个布满皮沟和皱纹的脸，雕刻着他四十九年农民生涯的血和泪。这个笑饱含着一个外地人自认卑微和矮人一等的苦楚，饱含着一个贫穷心灵的乞求，也饱含着一个为人父母对儿女的希望。这笑，笑得实在太苦了。

母亲走进地狱，女儿却走向了天堂

一只臭水池边的天鹅，为了跳出农门，她用婚姻作代价，酿成了一生的苦果。她怨恨农民家庭，怨恨农民丈夫，她还怨恨那些看不起农民的人。为了儿女上大学，为了使儿女远离农村进入城市，她迫于无奈，挪用了企业四万元，最后走上了被告席。

陈淑芳很不愿意地接受了我的采访。

陈淑芳的老家在西安，20世纪60年代后期随着城市居民下放落户到了渭北。戴着“反党分子”帽子的父亲，在朝邑农场劳动改造。大哥上山下乡去了陕南，只有母亲带着陈淑芳姊妹两个被遣送到乡下。陈淑芳在姊妹中排行老二，当时只有十二岁。

“文化大革命”前，淑芳的父亲在单位是个处级干部，一家人过惯了城市里的舒适生活。猛然来到渭北这个贫穷干旱的小村庄，好像从天堂坠进了地狱。陈淑芳回忆说：“我们姊妹几个从小没离开过西安市，当大卡车拉着我翻越金水沟时，我们从来没见过这么大的沟，我和妹妹看到这荒沟野岭，好像进了威虎山，吓得都哭了。”

将近十年的农村生活，用陈淑芳的话说，“流的眼泪比金水河的水还多！”

到农村后，陈淑芳在村上的七年制学校上学，由于父亲“反党分子”的帽子，没有被推荐上高中，初中毕业后，就回到生产队劳动。二十岁时，她已是亭亭玉立的美人儿了。

农村小伙子哪儿见过这么漂亮的姑娘。每当陈淑芳从巷里走过，所有的目光都集中到了她的身上，没有一个不看她的人。这眼神有赞许，有羡慕，有贪婪，也有嫉妒。安排农活时，小伙子总希望队长能把他和陈淑芳安排在一起，尤其是拉架子车送粪这样的农活，在巷里，陈淑芳拉着梢绳，小伙子驾着辕。到了村外的路上，陈淑芳放下梢绳坐到粪车上，小伙子拉着粪车飞也似的跑，空车就更不用说了。

这年秋天，随着政治气候不断变化，陈淑芳的命运也似乎改变了。陈淑芳回忆起这件事时说：“当时看起来是好事，似乎是块方糖。谁知这块方糖是一块带着毒药的方糖，毒性大而发作慢。这块方糖里的药就是农村和城市的差别。”

当年县上分下了招工指标，优先照顾城市下放落户青年。这个村下放落户了近十家，其子女也有几十个，谁不想跳出农村这个穷窝窝呀！陈淑芳听到消息后，更是心情迫切。陈淑芳的父亲当时虽然回到了原单位，但是个一般干部，对女儿爱莫能助。陈淑芳急得四处抓挖，真是上天天无路、入地地无门。

有一天，好事来了。大队治安主任找陈淑芳谈话，说招工名额给她一个，但有个条件，条件是她必须做大队支书二儿子的媳妇。

陈淑芳傻了。大队支书的二儿子，是她上初中的同学、同桌，名叫李跃进，学习不好，爱打架。有一次打了同学，老师到他家找家长，李跃进竟放出狗咬了老师。碍于他父亲是支部书记，老师只得忍痛受气，最后还推荐李跃进上了高中。

李跃进上学时就爱在陈淑芳面前动手动脚，一会儿踢陈淑芳的腿，一会儿拽陈淑芳的辫子。陈淑芳内心一直非常讨厌李跃进，怎能做他的媳妇？怎能和这样的人过一辈子呢？但“农”怕了的陈淑芳掂量来掂量去，最后还是答应了。

当时陈淑芳有一个幼稚的想法：把结婚当成一块跳板，先走出农村，进了城后，便和李跃进离婚。用她的话说，“人们都说癞蛤蟆吃了我这只天鹅肉！我这只天鹅早已不是天鹅湖边的天鹅，而是停栖在一个贫穷农村臭涝池边的天鹅！我这只天鹅喝的不是天鹅湖里的圣水，而是农村臭涝池里的污水。在我落户的那个村子，自古至今人和牲口同饮一池水！”

先结婚，后招工，陈淑芳招工后分到了县上一个大单位工作。单位离家三十里地，那时交通很不发达，陈淑芳也就借故很少回家，当时的单位都是宿办合一，陈淑芳一个人用了一间房子。李跃进就三天两头来，陈淑芳劝他少来。李跃进却说陈淑芳工作了，看不起农民丈夫，并说：“我爸能送你到这儿坐办公室，也能让你回去拉架子车。”

有一次，李跃进晚上 11 点叫门，陈淑芳不开，李跃进踢破门闯了进来，连骂带扯地打了陈淑芳一顿。单位的人都在围观，却没有人劝，有的人还批评陈淑芳端了铁饭碗才几天就忘了本。第二天学习会上，领导点名批评陈淑芳思想改造不彻底，和贫下中农的心有距离。陈淑芳对母亲说她想离婚，母亲说：“将就着过吧，咱不能没良心。”

结婚第二年，陈淑芳怀孕了，陈淑芳每天哭丧着脸，没精打采，不知如何是好，有时心里也在暗暗地打着主意。谁知李跃进的母亲比陈淑芳更精明，让李跃进的父亲通过熟人，在单位给陈淑芳请了长假，把淑芳接回家。从此，李家的人不准淑芳出门，好菜好饭给淑芳吃着。

二十二岁时淑芳生下了女孩，长得和淑芳一模一样，李家人视为掌上明珠。李家除了李跃进外，都对淑芳越来越好。李家人对淑芳越好，淑芳心情越沉重。她说：“李家人对我的关心，就像一根根绳索，将我和这个家牢牢地捆在一起。”

不几年，淑芳的哥哥、妹妹陆续都返城工作了，1982年，妈妈也返回了西安。淑芳不无悔恨地说：“怪我一时太急，要是再拉几年架子车，也不至于嫁一个农民丈夫，落到如此地步！”

土地承包到户后，李跃进的父亲也不当支部书记了，心里闷闷不乐，不几年便死了。失去了靠山，也没什么能耐的李跃进，只能在家种几亩薄田，没技术又不下苦，庄稼总是不如人。

不久，淑芳第二个孩子出世了，是个男孩。到这般田地，淑芳认命了。她无奈地说：“我妈说我是‘土’命，大概我命里注定要和‘土’字打一辈子交道！”

对工作，淑芳很认真也踏实，不几年，单位领导提拔她当了出纳。两个孩子慢慢长大，女孩随淑芳在县城上学，男孩由跃进母亲带着，在村里上学。淑芳的心，除了工作以外，全部放在了孩子身上。

陈淑芳说：“本来我已死心塌地，但随着城乡差别的加大，亲姊妹们对我的讥笑，对我农民丈夫和农民孩子的歧视，越发激起我怨农、厌农的心理。”

平时，陈淑芳很少去西安，特别不愿意带孩子去哥哥家。

哥哥后来成了一家国有企业的总经理，嫂子是一个音乐世家的千金。那年，淑芳母亲过七十大寿，淑芳带着两个孩子给母亲祝寿来到了哥哥家。儿子在农村长大，没出过门，见啥都稀奇，摸摸这个、动动那个，嫂子很反感。孩子吃瓜子时，瓜子皮扔到地毯上，嫂子马上拉长脸说："农民的孩子就是没有养成好习惯！再这样，以后不要来了！"淑芳当时眼泪都下来了，含着泪蹲在地毯上一个一个地捡拾瓜子皮。

到了妹妹那儿，淑芳对妹妹诉苦，妹妹却说："这都怪你当初想捡便宜，你自己种的苦果只有自己吃！"

有一次，哥哥有病，淑芳打听到嫂子在外地演出，借这个空和丈夫李跃进一块到西安探望哥哥，并且买了一箱本县出产的奶粉。哥哥还好，热情地和淑芳、跃进拉家常。谁料嫂子演出中断提前回家，见李跃进在家，厌恶地直摇头。嫂子看到他们拿来的奶粉，问也不问就放到了门外，说："我们家吃的是进口奶粉，农村奶粉消毒不严格，不能喝！以后看你哥来，不要拿东西！"

这时哥哥的孩子放学回家，李跃进走上前要拉孩子。嫂子狠瞪了跃进一眼，忙把孩子拉到另外一间屋子去了。陈淑芳说："我当时眼都红了，不是难受，是恨，恨自己丈夫是农民，恨农民生得下贱，恨城里的人高贵，恨谁造成了城里人和乡下人这么大的差别！"淑芳不知自己和跃进是怎么走出哥哥家的。淑芳独自一人到妹妹家看妹妹。妹妹看到姐姐脸色不好，问是不是在哥哥家又受了嫂子的气，淑芳对妹妹说了事情的经过，谁知妹妹说："谁让你把李跃进领到哥哥家，李跃进也不照照镜子看看自己。"说完妹妹又补充了一句："唉，你这棵白菜叫猪拱了。"妹妹的当头一棒，打得淑芳几乎从妹妹家走不出来。

从此，淑芳再也不想去西安了。但仔细一想，也难怪哥哥、嫂子和妹妹。自己当年不是为逃出农村才走到今天这一步的吗？哥哥、妹妹他们都在农村待过，他们对农村和农民知道得太多了。

淑芳说，她今生的命运已经定了，希望只有寄托在孩子身上。要改变孩子的命运，必须让孩子们上大学。从此她把全部精力都用在两个孩子身上。

陈淑芳的家乡盛产苹果，苹果特别好吃，是县里优质苹果四大乡镇之一。父亲死后，李跃进也踏实了，苹果管理得还不错。几年工夫，李跃进家的老房子翻修了，陈淑芳在单位也买了单元楼。房子宽敞了，淑芳把儿子接到县城上学。从此，陈淑芳每天早晨 6 点半起床，给两个孩子做早点；中午下班，急急忙忙回到家给孩子做午饭；下午 6 点做晚饭。吃完晚饭后，收拾家务，洗衣服。平时除了上街买菜外，从来不上街。陈淑芳说：“我虽然够不上贤妻，确实是个良母。每天早晨睁眼是孩子，晚上闭眼是孩子，梦中也梦的是孩子，我的一切希望都是孩子！”

陈淑芳下岗了，大女儿也在这一年考上了北京一所名牌大学，小儿子考进了县高中“火箭班”。陈淑芳说：“祸福相抵，福比祸大得多。母亲吃糠咽菜，只要孩子能考上大学，过上城市人的生活，我这个做母亲的死了也能闭上眼睛。这是天下所有农民父母的心愿。”

陈淑芳拿出多年的积蓄供两个孩子上学，日子过得更仔细了。后来，她托熟人介绍，在一家股份制企业上班，仍干的是出纳工作。工资虽然很低，又没有奖金，人也累点，但她心里是甜的。

三年后，淑芳的儿子又考上了上海一所重点大学，女儿再读一年也要毕业了。几年下来，淑芳为了两个孩子上学，花完了所有的积蓄。淑芳舍下脸东借西凑好不容易给女儿、儿子凑齐了学费，欠了一万多元外债。淑芳说："我借钱时的心情，和当年见我嫂子时的心情一样，但又不一样。一样的是都感觉到咱自己理短、下贱。不一样的是前者理短、下贱中包含着对农民丈夫的怨恨；后者理短、下贱中饱含着一个农民的妻子对儿女们的希望。"

陈淑芳说到这儿忽然哭了，哭得很伤心，我没说话，让淑芳哭下去。淑芳哭了一会儿说："我犯罪就是从这一年 11 月开始的。一天，女儿从北京打来电话要生活费。不几天，儿子又从上海打来电话要生活费。我身上真是分文都没有了，有心再向别人借，实在没有勇气踏进别人家的门。前些时间为女儿、儿子的学费借钱时，有的同事当面挖苦我，说高傲的白天鹅怎么脸也厚起来，向我们这些乌鸦麻雀低头了。

"出于无奈，我拿企业的五百元公款给儿子汇去了。我当时心想，下月发工资补上就行了。可谁知月月想补月月紧，加之有的债主又讨债，这样前倒后、后倒前，到儿子上大二时，我已挪用企业公款一万元了。说真话，当时我既害怕，又矛盾。谁知道更大的祸事又悄悄地降临了。

"这几年苹果产量不好，价钱卖不上去，家庭收入往往是个负数。跃进看我为了供两个孩子上学，累得不成样子，心里也不好受。农业没有收入，寻思出外做生意，他在'基金会'贷了一万元，跑来跑去都赔完了，本息反欠两万元。法院正在催款，这时，有个朋友给他介绍了一桩生意，说出资三万，能净赚四万。跃进没本钱，让我帮忙。我和跃进毕竟是二十年的夫妻，更何况赚了钱既能还'基金会'的贷款，又能填补我挪用企业的一万元。于是，我从企业的账上私自取出了三万元借给李跃进。谁知跃进这次遇上了骗子，三万元钱肉包子打狗——有去无回！”

法院催款越来越急，不还款就扣人，跃进吓跑了。这下可坑了陈淑芳，她天天提心吊胆。半年后，事情败露，陈淑芳被法院以贪污罪判刑一年，缓刑三年。

陈淑芳回忆起法院开庭那天的情景，百感交集，流下了悔恨的泪水。她说：“开庭那天，律师是我女儿从北京请来的，我女儿也在场。女儿已经大学毕业，工作单位在北京。我走进法庭时，真不敢抬头看旁听席，我最怕看到我的女儿。我觉得任何人、任何亲朋我都可以面对，但我无法面对我的儿女。我忽然听到一个熟悉的声音叫‘妈妈’，我慢慢地抬起头，看见了女儿。我从女儿的眼神里，领会到安慰和理解时，我流泪了。

“那天，我发现所有在座的人，都惊讶地望着我这个罪犯的女儿——一个名牌大学的高才生。她的气质，她的风度，她的一切一切都与众不同。我的心踏实了。我缓步走上了被告席，我没有认真地听法官对我所犯罪行的陈述，罪轻罪重已无所谓。我在心里想，我这个母亲走进了地狱，孩子却走向了天堂。”

狼吃了也罢，反正苦也受够了

为了供三个女儿上学，一个深山里的壮年汉子，既当爹来又当娘。家家户户团圆的除夕夜，却是这个家里最悲痛的时候。丈夫想妻女想娘。为了女儿上学，他踏遍了大山的沟沟梁梁，在挖药材回家的路上，他遭遇了两只凶恶的狼……

我们进了潘家沟，来到七郎庙村。

传说潘家沟是北宋潘仁美驻兵的所在地。七郎庙是杨七郎当年身挂高竿被潘仁美乱箭射死的地方，人们为了纪念这位忠勇爱国之士，在这儿建了七郎庙。

七郎庙村有四十多户人家，村后有一座小山，山上长满了柏树，郁郁葱葱。七郎庙建在山顶上，庙虽在“文革”中被拆除，但当地的人仍然在初一、十五到这儿求神祈福。七郎庙村前有一条小溪，溪水潺潺向东，常年不断。这条溪水养育了这几十户人家，也把这荒沟野岭装扮得秀丽如画。

村东头就是我们要采访的高振锁的家。由于提前打过招呼，高振锁在家里等着我们呢。

振锁家里，两孔土窑，三间杨木椽的厦房。进了厦房，振锁说，这是他女儿们住的房子。

屋里显得有点凌乱。和别的家不同的是，屋里土炕被打掉了，横竖摆着三张床，窗台上放着一些鞋油、洗发膏、香皂等。要是不看门和墙壁，还以为进了女学生宿舍。

我和振锁面对面坐着拉开了家常。

高振锁今年五十三岁，老家在湖北。振锁三四岁时家乡遭了水灾，全家四口逃荒来到潘家沟，父亲给本地一家高姓老汉做了儿子。

振锁二十多岁时，父母相继去世。大哥因在山沟娶不上媳妇，到塬上给人当了上门女婿。振锁当时也想走，爷爷死活不让，到振锁二十七岁时，勉勉强强给振锁娶了个潘家寨的姑娘。

振锁结婚不到三年，媳妇生了两个娃，都是女娃。日子过得艰难，媳妇身体又不好，振锁和媳妇商量再不要娃了。但爷爷不行，说高家不能无后，让振锁和媳妇定要给高家生出个男孩。五年后，振锁媳妇又生了，还是女孩。振锁一家六口，靠农业收入艰难地维持着生计。振锁四十二岁时，媳妇因一场车祸丢下振锁和三个孩子走了。

振锁痛苦地回忆着往事说："妻子走时，大女儿十二岁，二女儿十岁，小女儿五岁。当时两个女儿在黄家庄上高小，每周要背馍。第一次给娃蒸馍时，我揉面揉了五次，稀了添面，稠了添水，闹得我手忙脚乱。当时想，要是妻子在，有多好啊，这些事就不要我管。结果馍蒸出来，全部成了死面馍。孩子拿上馍出门时，眼里流着泪，嘴里叫着妈。我回到屋里，躺在炕上，拉出被子蒙上头，哪里是睡啊，起来时泪水把被子湿完了。"

振锁说话时，始终没有流泪。我想，这条汉子的眼泪是不是都流干了？我问振锁："你为什么不找别人帮忙给你蒸馍哩？"

振锁摇头说："以后的日子长着哩，不能天天找人帮忙，慢慢来吧。"

我端详着振锁，浓眉大眼，粗糙的脸膛黑里泛红，身上显示出山里人特有的健壮。这个鳏居十几年的汉子是否想再娶老婆呢？我试探着问振锁："你的妻子不在已十一年了，十一年当中有人劝说过你再娶没有？"

振锁看了我一眼说："有过，我都拒绝了。"

"为什么？"

"孩子上学是首要事，我的心都操到孩子身上了，其他事根本顾不上。再说我是靠借贷供孩子上学，哪有钱娶人？娶来的人再带上两个孩子，我咋办哩？不如一门心思供我的孩子上学。苦也罢，累也罢，心里是一个劲。"

这时走进一个学生模样的姑娘，大约十七八岁，手里提着一个小布包，叫了一声"爸"，见我在，要说的话又咽了回去。

我看着姑娘问振锁："这是你的小女儿？"

振锁点了点头说："这是老三，她大姐考到师专，现在毕业分配了，在汉中当教师。二女儿在山西大学也上了三年。老三今年初中毕业，考高中没有考上，准备上职教中心办的高中班，那儿的学费能少些。今天早晨她和班上一个同学到学校报名，不知报上没有。"

姑娘望着父亲说："没报上，学费要四千元，你只给了我一千元。我给老师说，先欠下，开学后再给。老师说不行，和我一块去的同学也没拿够，都回来了。"

振锁"唉"了一声，脸上显出无奈的样子说："万一不行，明天再贷几千元黑款。你二姐走时才拿了三千元，还欠五千元的学费，还有生活费。到学校，女儿不知道要作些啥难呢？"振锁说到这儿有点伤感，"大人再作难是在家里，女儿在外边作难谁管哩……”

看着振锁提起孩子难受的样子，我心里想，做父母的都是这样。总是想到孩子的难处，从来没想到自己。

我看了看振锁的三姑娘，又问振锁：“既然你没钱，供学生作这么大的难，老三又没考上高中，干脆叫老三停了。”

我说这话时，看见老三用眼睛瞪着我，她是否心里在骂我“多管闲事”，我不知道，但从姑娘的眼神看，她一定在埋怨我。

振锁看了女儿一眼，声音比以前大起来，对我说：“那不行，一个女儿供出来了，一个女儿再一年了，这个女儿死活也得供出来。你看这七郎庙村，原先近百户人家，现在搬得剩下四十多户。我把钱都供孩子上学了，要不是我也早搬了。我给你说，这村子过不了几年，你就再看不见有年轻人了。”

我望着远处的高山峻岭，文人笔下的山是多么神奇秀美。我再抬头看村后的七郎庙山，山路上似乎有一两个人在爬行，他们可能是去山上求神赐福的。但这儿的高山为什么不留人呢？

振锁给我杯子里加了开水，又说起种地、挖药卖钱供孩子上学的事。

“我种十几亩地，都是坡地。这儿的地土质差，长的苹果不好吃，大家全种的玉米和麦子。近几年人们开始种花椒，但花椒树还小，没多大收成。孩子上学去了，我一个人种，一个人收，一个人背，每年夏收我收得最早，完得最迟。凌晨 4 点多下地，中午顾不上回家，晚上 10 点多才收工。

“碰到好收成，一年打的粮食能卖三千元。假使歉收了，两千元也卖不到。有一年夏收，我累得吐了血，但还得干，不干麦子收不回来。后山有我两三棵核桃树，这几年核桃不熟就收了，不然就让塬上的人偷完了，核桃一年能卖四五百元。挖药材主要是七八月，虽顶不了大事，但也能凑合着卖几个钱。挖药材既苦又危险，一天要跑七八十里，方圆几十里的山我都跑遍了，有时还要爬上几十米高的悬崖。

"一天傍晚，我挖药回家，前面走来两只狼，前后没人烟，我和狼在路上相持着，真是吓坏了。说真的，当时也想到被狼吃了也好，反正苦命人苦受够了。但又想到孩子，我死了谁管孩子哩……也是命大，就在这时，从后山走来一群到韩城摘椒的人，狼见人多，掉头跑了。我吓得出了一身冷汗……"振锁苦笑了一下，接着说，"一年到头连挖药算上，除过投资，总共能收入三千多元，够一个娃的学费、生活费的四分之一。其余的靠借贷，现在累计欠人五六万元。不过也就是这回事了，债多就不愁了，现在小女儿上学还得借钱。孩子工作了，她们总知道，她爸欠的债是供她们上学欠的，不是赌博欠的！"

我听高振锁的叙述，心里感到一种沉重。所有的父母都有一个坚定的信念，为了孩子上学，哪怕让债务压得粉身碎骨，都认为值得。为了儿女，受尽千辛万苦都无怨无悔。

我转过头问振锁的女儿："你想你妈不想？"

一句话问得姑娘眼泪在眼圈里转。好一会儿，姑娘用握着的手压住嘴唇，尽量不叫哭出声，从嘴里挤出了一个字："想。"

我抓住了火候，接着又问了一句："什么时候最想？"

姑娘没说话，止不住地抽泣起来。

这时，从我进门没掉一滴眼泪的振锁用手抹了一下眼角的泪水说："每年过年是全家最难受的日子。她母亲在世的时候，除夕晚上把孩子过年穿的衣服全取出来，一件一件暖在热炕上，从来不要我操心。现在不行了，一个大男人家怎能知道孩子想穿什么？晚上饺子包好了，摆在桌子上没人吃，孩子哭，我哭。我也不知道大女儿不吃羊肉馅饺子，她妈在世时，专门给她包萝卜馅饺子。真是我哭妻子女哭娘！

“到第二年过年包饺子时，大女儿说她什么饺子都吃，再不要给她另做了。我的脾气不好，她妈没死时，我还打过孩子，她妈死后我没骂过孩子一句，更不要说打了。”

振锁指着小女儿说：“上个月，中考榜下来，老三没考上高中。我顺便说了句，没考上算了，在家给我做饭。谁知女子一听这话，脸唰地变了，转身出了门。我当时没在意。其实孩子没考上高中，我比孩子还难受，孩子不理解大人的心情！等到吃午饭时，不见小女儿回来。我急了，找遍了巷里巷外，不见人影。我心想，肯定到她妈的坟上去了。找到坟地里，果然见小女儿趴在她妈坟上哭得睡着了。我难过得不知如何是好，背着孩子回了家……”

说到这儿，振锁又加重语气说了一句：“三个孩子在黄家庄上学时，碰见下雨或下雪，每次都是我背着送上坡的。”

这时，我想起我来时走的坡路，那一段坡路又窄又陡，足足有六七里长啊！

不知为什么，我的眼睛又落到了窗台上摆放的化妆品上。我问振锁：“孩子们是不是睡不惯土炕了，变成了床？”

振锁若有所思地说：“女孩子和妈亲，妈不在了，孩子回家没处挖抓，离爸还是心远点。再说年轻人慢慢都城市化了！”

我心头一震，马上问振锁的三女儿：“你大姐今年过年回来没有？”

姑娘说：“没回来，但寄了钱。”

“寄了多少？”

“三百。”

“你二姐回来没有？”

“回来了，在家住了三天就走了。”

“走时拿了多少学费？”

“三千。”

“其余咋办？”

“我二姐说，让我爸想办法赶月底给她的卡上打上八千元。”

我接着问：“你姐走时你送没送？”

“送到县城。”

“你姐走时怎样叮咛你的？”

“我姐说，一定要好好学习，要上大学。不然待在这山沟里连好婆家也找不到！”

我的心里不知是什么滋味，总是不好受。想了一会儿我问振锁：“你女儿劝过没劝过你再娶个人？”

振锁说：“大女儿说过，说她们工作以后，不可能常回来，劝我找一个。”

“那你娶一个呗。”

振锁坚决地说：“不行！我还上有老、下有小，顾不上再娶人。”

振锁一个“老”字使我注意到了土窑门口坐着一个白发苍苍的老人。振锁说：“那是我爷爷，已经九十四岁了，还要我养老送终呢！”

我们告辞了。走出院子看到振锁的爷爷坐着凳子晒太阳，时令还没到处暑，不知是热，不知是凉。这位九十四岁的高龄老人是不是已经麻木得不知冷热了？九十多年来，这位老人出门是坡，抬头是山，在这山沟里生活了将近一个世纪。可他从来也没有想到，再过十几年、二十年，他苦守了近百年的高家门将要上锁了。

“老虎”在后边追赶着，他只能慌不择路了

母亲下肢瘫痪，父亲身高不足一米四，女儿却是一个亭亭玉立、气度非凡的大学生。这个家比一般的家庭眼泪更多，苦难更多。为了女儿的大学学费，母亲日夜纳鞋垫，每天仅收入两三元钱。父亲在大街上卖玉米棒，当今猛似虎的学费逼得他慌不择路……

县残联主任给我介绍了残疾人李红侠的情况，我当即约了几个人骑着自行车来到了离县城五里路的李家庄。

我认识李红侠，但未见面已有二十多年了。当我看见面前靠墙站着一个拄着双拐的老妇人时，怎么也想不到这就是昔日的李红侠。

李红侠1973年高中毕业回乡劳动，是当时有名的铁姑娘班班长，思想积极，吃苦耐劳，每年都是县上的模范人物，赢得了各种荣誉。1975年，李红侠调到县抽黄工程会战指挥部的营部任副营长，她的名字更是无人不知、无人不晓。

李红侠高高的个子，微黑的圆脸上长着一双大眼睛，说话快人快语。县机关好几个小伙子都看上了她，有当面求婚的，有托人说媒的，但都被李红侠一一拒绝了。李红

侠一是响应党的号召，实行晚婚；二是一心想找个解放军军官，所以到了二十六七还没有找到对象。人们都说李红侠眼高，一般人高攀不上。

1978 年，李红侠被安排到县修配厂当合同工，进厂时县领导对她说，一年后转为全民工。红侠工作还不到三个月，有一天，她和厂里一个同志骑自行车到街上买东西。谁知，对面开来一辆大卡车，车后的拖挂把两人撞倒，拖出了十几米。同事当场死了，李红侠被送到医院抢救，命是救活了，但下肢瘫痪，永远站不起来了。

从此，人们在街上再也看不到李红侠美丽的眼睛，李红侠的名字也渐渐地被人们淡忘了。

我看着这位瘫痪的女人，怎么也找不到昔日李红侠的影子。我还是叫了一声："红侠，你认得我吗？"

红侠睁大眼睛，努力端详着我。好一会儿才说："你是不是玉侠的哥哥？"

我点了一下头。玉侠是我的妹妹，上高中时和红侠是同学，两人相好，那时红侠经常到我家来。二十多年没见面了，看起来红侠的记忆力还不错。

红侠拄着拐杖，拖拉着双腿，一步一步艰难地往前挪着进了屋。我在后边看着，心随着红侠的那两条腿也在摆动着、摇晃着。

人常说，心强不如命强，怎么也想不到过去那么要强的红侠会落到这种地步。红侠拄着拐杖，使劲地往上抬着身体，吃力地坐在炕沿板上，双腿吊在空中，然后叫了一声："萍娃，来人了。"

红侠话音刚落，从隔间屋里走出一个姑娘，从身形、脸庞看颇像当年的红侠。不同的是，姑娘皮肤白皙，戴着眼镜。当年的红侠是一个风风火火的副营长，今天红侠的女儿是一个文质彬彬的大学生。

说真话，来人谁也想不到这个残疾女人竟会生出这样一个俊俏的大学生女儿。

女大学生给我们倒了水，礼貌地点了点头，又进隔间里屋去了。我注视着红侠的目光，从女儿出来到女儿进去，红侠的眼睛一直没有离开过女儿，眼神里流露出赞许、疼爱，甚至骄傲，同时，又透出一丝焦虑。

红侠回过头来对我们说："这是我女儿，叫萍萍。在沈阳上大学，今年读大三。"

我赞许地点了点头，眼睛却注意到红侠的炕上，炕上摆满了各种各样的鞋和各种颜色的鞋垫。

我问红侠："这些都是你做的？"

红侠说："是旅游公司定做的。为了娃的学费，不做也不行，我是腿不能用了只能用手。"

我走到炕前拿起一双鞋垫仔细看，密密麻麻的线纳成各种图案，各种色彩、各种花样，非常精致。

我问红侠："一天能纳几双？"

红侠笑了笑说："快手两天一双，慢手三天一双。有的人用缝纫机轧，虽然快，但卖不上价。我腿不行，也用不成缝纫机，再说旅游公司也只要手纳的，游客都爱手工做的东西。"

"一双鞋垫旅游公司给你多少钱？"

"四元钱。"

红侠说这话时显得很满足。两天纳一双四元钱，除了纳鞋垫用的布和线，一天能赚一元五角钱。供眼前这位大学生要做多少双鞋垫？我在心里计算着。我放下鞋垫又拿起一双猫头鞋看，猫头做得很逼真，特别是那一双猫耳朵，真是惟妙惟肖。

我放下猫头鞋，坐到原来的椅子上，心里很不平静。我想，五十多岁的残疾人为供女儿上大学还下这么大的苦，干这么多又费力又劳心的活儿。但她又有什么办法？这都是大学的学费逼的呀！不知道她的丈夫是干什么的？

我望着墙上悬挂的已发黄了的结婚照。红侠的面容显得很憔悴，和我记忆中那个丰满、活力四射的李红侠判若两人，她丈夫看起来倒很精干。

我问红侠当年结婚的情况，红侠用手理了理头发，慢慢地说：

“……1978 年我遇到了车祸，成了残疾人，当时真想一死了之！我父母都是七十岁的人了，日夜守护着我。给我换药，给我洗、给我擦，喂我吃，给我说宽心话，终于把我从死里拉了回来。

“我二十九岁那年，母亲说，你总得有个家。经人介绍，我和路井一个小伙子结了婚，也就是现在的丈夫。父亲找生产队长划了个院基，给我盖了五间厦房。”

“你这种情况，人家愿意吗？”

“丈夫是个驼背，家里很穷，说不上媳妇。结婚进门前，我父亲找介绍人和他定了‘合同’。‘合同’上说明要他对我终生照顾，不能遗弃。他人很老实，结婚后对我也好。我们生了两个孩子，萍萍为大，上了大学；小的是男孩，现在当兵去了。”

我看了看红侠丈夫的照片，又回过头看了看红侠，强忍着酸楚闭上了眼睛，长长地叹了一口气说：“你们两个残疾人，养活两个孩子，一个还要上大学，真不知道这几年你们是怎样熬出来的！”红侠忽然叫了一声：“萍萍，你把范记者给咱家照的全家照拿出来。”萍萍应了一声，从隔间里屋拿出一个六寸大的镜框递给了我。镜框里装着红侠一家四口人的合影。红侠穿得很整齐，坐在轮椅上。红侠的怀里坐着一个约半岁的小男孩，红侠的女儿萍萍站在轮椅的左边，头和轮椅差不多一样高。轮椅后边站着红侠的丈夫，两手推着轮椅，比红侠高不了多少，面带微笑，看起来很精神。我看着这张往年的照片，心情久久不能平静，多么和谐的一个家庭。尽管父母都是残疾人，但他们一直有着自己安静的生活，有着自己美好的愿望。但随着岁月的推移，随着儿女们的长大，这个家的男主人和女主人越来越感觉到生活的艰难，肩头负担的沉重。尤其是现在女儿上大学的学费，更使这一对残疾人陷入深深的痛苦之中……

停了一会儿，我又问红侠："你丈夫上哪儿去了？"

"放羊去了。年轻时，人还能干，家里内外活都是他动手。地里农活忙了，他走时米下到锅里，馍放到箅子上，我慢慢地烧。有了孩子后，他更忙了，也多亏我父母，天天都到这儿帮忙。母亲五年前去世了，父亲现在都九十多岁了，每天早晨还到我家来。虽然做不了活，但总是事事过问，事事操心……"

红侠说到这里，难过得流下了眼泪。

"是啊，年龄再大的父母也操心儿女的事！"

院里传来了羊叫声，萍萍的爸爸回来了。我走出屋子，看到一个身高不到一米四的矮老汉赶着五只羊，进了屋后的羊圈。这就是红侠的丈夫，人比我想的还要老，还要矮。萍萍爸背着一个鼓囊囊的蛇皮袋，不知里面装着什么。他和我打了招呼，把袋子放在门口，进屋去了。

我仔细看了看这个院子。院子的西边是五间厦房，墙上的白灰已经脱落，屋檐由于承受不了土和瓦的压力，已变成一高一低的波浪式。院子前边是牛圈，后边是羊圈。

萍萍爸一进屋就说：“我在咱玉米地掰了些玉米棒。你给我煮好，赶天黑我要拿到街上去卖。这几天玉米棒还卖得不错，不能耽误。娃快收假了，学费还没着落。”

萍萍赶紧拿着脸盆去灶房打来洗脸水，把毛巾递给了爸爸。他一边洗脸一边问我：“你们干啥来了？”

没等我回答，红侠说：“问咱娃上学的事。”

萍萍爸没说话，看了我一眼，走出去了。

红侠指着丈夫的背影说：“看把我这人挣成啥了。本来就是残疾，现在累得腰越直不起来了！前多年娃小的时候，日子还能过。地里虽然没什么收入，但花钱少，我父母再帮点，苦是苦，不欠人的债。娃大了，事多了，特别是这多年，学费高得没边。话说回来，学费再高，娃不上学总不行。你想想，我俩都是残疾人，活到这种光景是为了什么，还不是为了娃娃。人往高处走，水往低处流，谁不想让娃好？因此，我穿得再破也不嫌，但要让娃穿好。到了学校不能叫城里娃娃看不起咱乡里娃。”说到这儿，红侠非常动情地跟我说起一件事：

“萍萍上高中时，她班同学要到我家来，我给萍萍说，最好不要来，你看咱家穷得这个样子，你看我这个样子，恐怕人家笑话，看不起我萍萍。萍萍却说，家穷是我的家，妈妈虽然是残疾，却是生我养我的妈妈，我永远永远爱我的妈妈。萍萍上大学后，假期回来，经常推着我到城里转，前几天推着我到城里，还吃了一碗旋面。”红侠说得萍萍有点不好意思，萍萍转身出屋去了。红侠随之叹了一口气又说，“现在就是娃上学的学费令人着急。前几年，我每年编草帽，收入还差不多。这几年草帽行情不行了，销路不快。没办法，我又给旅游公司做活，一年能收入五六百元，不够娃学费的零头。

“为了娃的学费，每到玉米下来后，萍萍爸每天在城里卖玉米棒。下午5点去，晚上11点回来。开始卖时，玉米袋子一放，卫生费、工商费、地税、城市管理费都来了。玉米棒一分钱没卖，各种费就得十来元！萍萍爸像老鼠躲猫，见收费的来了，背着玉米袋就跑。他在前边跑，收费的人在后面追。一次不小心，萍萍爸摔倒在地，鼻子磕出了血，玉米棒撒了一地，收费的还把萍萍爸骂了一顿。

“这几年好了，卖玉米棒没人收费了。可有时也碰到一些刁钻人，拿两个玉米棒只给一个的钱，你说不行，他扔下钱走了。还说，白吃几个玉米棒有啥了不起，吃你的玉米棒是看得起你。他们这样欺负一个残疾人，我们也没有办法，为了供娃上学，萍萍爸受的气够多了。”

这时，萍萍进来了，用老碗端着几个玉米棒，给我们一人拿了一个。她用手剥了一个玉米棒，递给红侠说：“妈，你也吃一个，我给你挑了个嫩的。”

女儿拿着玉米棒捧到她妈嘴边，红侠啃了一口，说：“我娃也吃。”

萍萍也啃了一口，顺手又送到母亲嘴边，母女俩你一口我一口啃起玉米棒来。

我拿着玉米棒没有吃，心里却回忆起一件事。好像是去年这时候，有个弓着腰的乡里人，在我们宾馆的大门口卖玉米棒。我坐着车回来，乡里人忙着收钱，没顾上让路，司机有点火，下车后把装玉米棒的袋子提起来扔到路的一边，并骂了一句：“你没长耳朵！”

当时我没有说话，心里却想，这个人的素质为什么这么低，卖玉米棒要堵在别人的大门口卖！

想到这儿，我脸有点红。我记得我的一首诗里有这么一句：

当今学费猛于虎。你想有“老虎”在后边追他，他只能慌不择路了！

红侠又说话了：“萍萍马上开学了，学费还差得远，现在家里已经是欠得桃仁（人）、杏仁（人）的，实在太多了。人家不借给你，你不高兴。借也不能年年都借给你，借的钱又不能按时给人家还。为娃上学，亲戚朋友的关系都疏远了。”

我结束了和红侠的谈话，走到院子里。萍萍爸已经收拾好玉米棒袋子，准备进城卖玉米棒。萍萍扶着红侠走出屋子送我。我看着前边牛圈里的牛，又看了看后边羊圈里的羊，再看着前边背起了鼓囊囊玉米袋子的一米四高的老汉，回过头又看着拄着双拐的残疾女人。他们都在呵护着这位亭亭玉立的萍萍姑娘，都在为她冲出贫困的农村、走进繁华都市而贡献着，奋斗着……

这个家让娃娃上学的学费拖垮了

哥哥患肺癌死了，嫂嫂又患白血病死了。为了完成哥哥嫂嫂的嘱托，供侄女上大学，二娘竹花苦受尽了，难也作尽了，眼泪流干了，家也几乎被拖垮了。谁知七十多岁的奶奶身后还负担着两个“孽果”。

竹花打开大门，满院子是半人高的蒿草，三间厦房早已倒塌，旧砖窑的门虚掩着。

我们随竹花走进窑内，一股旧窑特有的呛鼻气味冲得人喉咙发痒。窑内的土炕也已倒塌，土炕对面一个破旧木柜上落满灰尘。只有墙上挂着的两个小镜框，擦得却很干净，一个镜框里装着两个小女孩的相片，看样子大的五六岁，小的三四岁，大女孩拉着小女孩的手。

竹花说：“这是大兰和小兰小时候照的。”

她指着另外一个镜框说：“这是我大哥和大嫂结婚时照的相，现在都二十多年了，他们是大兰和小兰的爸爸妈妈。”

大兰的爸爸穿着军干服，像个复转军人；大兰的妈妈一看就是渭北农村土生土长的乡村姑娘。我看了看这夫妻俩的照片，心想，这夫妻俩的在天之灵是否知道他们的一双女儿现在的情况呢？是否知道他们家庭现在的情况呢？

院里又有脚步声，是竹花的婆婆赶来了。

七十来岁的人走起路来颤颤巍巍，从头上散乱的白发到脸上深深的皱纹和那一双走起路来显得艰难吃力的大脚，让人感觉到这位老人有着非同小可的苦难经历和异常沉重的生活负荷。

竹花建议到她家说话。我看了看院中间的一棵桐树说：“咱们就坐在这树荫下谈吧。”

竹花的婆婆说起了大兰和小兰的事——

“大兰和小兰的爸爸是我的大儿子，如果在世时也近五十了。当兵回来后，政府安排在县城一个单位工作，不久和邻村一个姑娘结了婚，婚后日子过得甜甜蜜蜜、和和美美。

“大儿子每星期六都回来，回家时总给我买点好吃的。谁知他三十多岁时竟患了肺癌。好在当时医药费不贵，公家报销了大部分。病了不到一年，我儿就撒手离开了人世。

“当时大兰四岁，小兰刚出生。大兰的母亲一个女人家带着两个孩子，无法维持生活。在大兰父亲死后第三年嫁给了一个河南人。

“可祸不单行，大兰九岁那年，大兰母亲又患了白血病。农村人没钱看病，到医院一查，听说是看不好的病，就把人拉了回来。

“大兰爸是公家人，有病公家给看。大兰妈是农民，患了白血病就只能等死。那年腊月，大兰继父说河南有个人专门看这种病，于是领着大兰妈和大兰、小兰到河南去了，一去再没音信。

“到了第二年4月，大兰继父一个人回来了，说大兰妈在3月17日去世了。

“当时大兰二爸和大兰继父就吵了起来，几乎动起手。大兰二爸怪怨在嫂子去世时，大兰继父没给家里说。大兰继父却说，给家里写了信，一直没见人来。

“大兰继父告诉我说，河南那边这几年情况比陕西好，他想带着大兰和小兰在河南生活。我坚决反对，无论怎样都要把两个孩子从河南领回来，大儿子的门要有人开。最后，大兰的二爸随大兰的继父去了河南，结果只领回来大兰，说小兰不愿意回来，大兰的继父也舍不得小兰。

“大兰回家后，和她二爸二娘一块生活。多亏大兰二娘竹花人好心也好，不然大兰还能上大学？靠我这老婆子，早把娃耽误了。

“她二娘人能干，过日子是一把好手。大兰的二爸也能科学种植，种苹果、养蘑菇，收入不错。从老院子搬出后，盖了一院新房。这几年日子不行了，一是苹果没收成，二是孩子上学的学费拖垮了这个家。

“竹花有两个孩子，大孩子今年上高三补习班，二孩子上高一，同时，还要管大兰上大学，今年开学就得两万元，难啊！

“大兰从河南回来时才十岁。我们家祖祖辈辈是农民，大兰爸在世时，经常和大兰的二爸说，咱们没上过多少学，一定要让孩子上大学。大兰爸死后，大兰的二爸和竹花商量，不管怎样，要供大兰上学，也算对得起死去的哥哥和嫂嫂。”

大兰的奶奶看了我一眼，指着竹花继续说：“大兰多亏了她二娘和二爸。第一年没考上大学，我心里想让大兰补习，但不好意思给大兰二娘说，只是试探地问大兰的二爸，娃没考上咋办哩？她二爸一口就回答了我，再补习一年。当时高中补习一年要四五千元费用，这个家拿不出来呀！

大兰的二娘患胆结石几年了，由于手头不宽裕，一直拖着没看。那年准备种完麦子到县城做手术，但为了大兰补习，大兰的二娘把看病的钱交了学费，病到现在还拖着没看呢。

“第二年大兰高考差十五分又没考上，这下我可犯难了，大兰二爸也动摇了，觉得再不好给她二娘说这事了。大兰呢，死活都不补习了。还是她二娘好，没有埋怨大兰一句，而且给大兰说宽心话。大兰几天不吃不喝，只是哭。我担心娃一时想不开，有个三长两短，也担心娃的身体哭坏了，我咋对得起大兰死了的爸妈？竹花那几天白天黑夜陪着娃，劝娃想开点。给娃说，你不要管你上学的钱从哪里来，反正你一定要上学。那几天，饭顿顿变花样，大兰有时不吃，竹花给娃喂着吃，想着法地劝她。”

竹花的婆婆哭得说不下去了，竹花接着婆婆的话说：“有一天，吃早饭不见大兰，我想是不是到老院子去了？我赶到老院子，见窑前有刚烧过的纸钱，我的心一下子提到了喉咙眼上，到巷里逢人就问，见大兰没有？人们都说没见。天正当中午，太阳特别毒，我骑着自行车到沟边找了几圈，一边找一边哭，一边喊大兰，脸上的泪和汗水直往下流。

“当时大兰二爸不在家，我找了一下午也没有找到。回到家里，坐在大哥大嫂的遗像前，伤心地哭了。我埋怨大哥大嫂说：你们走了，清静了，给我留下这个孽果咋办呀！天快黑时，终于在王庄镇大兰一个同学家找到了大兰。我见了大兰抱着就哭，大兰也抱着我哭。大兰说，她觉得家里的负担太重了，考了两年没考上，家里还有弟弟妹妹上学，她不能再补习了。她和她的同学决定到外边打工，挣点钱，好供弟弟妹妹上学，报答我对她的养育之恩。

“当时我哭着没说话，领着大兰回到家。到了家天已经黑了，我和大兰一块走进老院子，跪在大哥大嫂的遗像前。我哭着说，大嫂，我对不住你，大兰我没有管好。今天我给你赔罪来了。我越哭越厉害，越哭越伤心，大兰也哭了。晚上，我给大兰讲她妈到河南前给我的托付。大兰妈当时跟我说：'我这次到河南恐怕回不来了，小兰跟上她继父，大兰托付给你了。你大哥这个门要开哩，娃能上学就让娃一定好好上学，你大哥死前给我说过这个事。'说着要给我磕头。我一边哭着，一边给大兰妈点头，答应她，一定供大兰上学。

"大兰哭得更伤心了，并答应我好好上学。谁知第二天早晨，大兰却变了卦，又要外出打工。我火了，说：'大兰，你假使外出打工，就不要认二娘了，我也让你弟弟妹妹全都停学，跟上你打工去，反正咱家没有出大学生的脉气。'说着说着我大声哭起来。

"几句话把大兰拦住了，这一年，高中补习费用得六千元。唉，学校也是杀人哩。好不容易凑齐了钱，才送大兰上了学。第二年大兰考上了大学，而且考上了一本，现在在西安上学。"

我松了一口气。不知大兰的奶奶什么时候已经把大儿子和大媳妇的合影照拿在手里。她一边看着相片，一边落着泪说："好娃哩，你弟弟和你弟媳妇为大兰把苦受尽了，气也受够了，钱也花得不少了。为了大兰的学费，两口子愁得人已经不成样子，现在欠人三万多元。今年的学费还不知道在哪。你弟弟这两年一下子老了，四十岁的人看起来有五十几。这都是妈没本事，娃娃念一点书咋就这么累人？"说着说着老人家大声哭起来，眼泪大滴大滴地落在儿子和儿媳的合影上。

望着这情景我心里想着，这大概就是白发人送黑发人吧。我不由得想起了两句古诗："死者长已矣，生者常戚戚。"

这时老人家抬起头望了望太阳，忙把照片递给了竹花，回头对我说："你们坐，我走了。我要做饭去，家里还有两个孽果哩。"老人家转过脸叮咛竹花说："竹花，给客人切个西瓜。处暑了，天气还这么热。"说完拖着她那沉重的大脚走出了大门。

我心里盘算着老人家说的"两个孽果"。竹花大概看出了我的心思，没等我问就说："我妈是个苦命人，有七个娃。我父亲去世早，我妈守寡抓娃娃。家里穷，姊妹几个都没上过学。大哥和大姐都死了，二姐嫁到邻村，是个农民。小妹子前十多年被人贩子拐卖到山西，虽然知道地址，但路远，人家也不让回来。我家分出来了。现在我妈跟前还有两个弟弟，一个弟弟三十七岁，是哑巴，说不上媳妇。小弟弟也三十四了，没上过学，人过于老实，家又穷，还有个哑巴哥哥的负担，至今也说不上媳妇。前多年，苹果好的时候，我家还能给母亲弟弟添些，这几年娃娃的学费压得人腰都直不起来，也顾不上他们了。老妈今年七十三了，还操心这个、操心那个，没享过一天福。"

我环视这荒凉的院子，在院子的东边有一棵石榴树，树上挂满了石榴，给这凄凉的院子增添了生机。我从竹花手里接过这个院落的主人——大兰父亲和大兰母亲的遗像。心里说，你们生前托付大兰上学的事，你弟弟和你弟媳妇已完成了。但你知道不知道，大兰上学的学费已把你弟弟和弟媳妇压得趴在地上了。

活，为秋阁活；死，为秋阁死

牵着一岁多的秋阁，奶奶走过她生命中的最后二十年，一路风风雨雨、坎坎坷坷。为了秋阁上学，卖掉了祖上留的院子，每天凌晨3点起床扫街道。秋阁毕业了，有了工作，奶奶却带着孙女成功的满足和幸福，高兴地离开了人世。

奶奶去世四年了，秋阁每年春节前两天都要从西安回到家里，一直住到正月初八。她像奶奶在世时陪伴奶奶一样，一直过了初七的“人日”才离开。

今年腊月二十八，秋阁回到家的第一件事是先把屋里屋外打扫干净，将装着奶奶和父母遗像的镜框擦洗干净。奶奶的遗像放在桌子中间，父母的放在两边，然后摆上在西安精心挑选的糕点、水果，点燃蜡烛，恭恭敬敬地跪在地上，叫着奶奶，默默地祈祷着……

第二天早晨，秋阁又带着纸钱和供品，到奶奶的坟前，烧化纸钱，祭奠奶奶。她跪在奶奶坟前，一边哭，一边诉说着自己的思念。

说真的，秋阁已记不清父亲和母亲的模样了。关于父亲和母亲的故事，都是听奶奶给她讲的。爷爷在“文化大革命”中因说错了一句话，被造反派活活打死了。奶奶因此受到牵连，被责令天天扫街道，背上背着一块白布，上面写着“牛鬼蛇神”。奶奶只生了父亲一个儿子，父亲那时才十几岁，下午放学后，推着垃圾车帮奶奶扫街道。有些同学还骂父亲“阶级路线不清”，是个“小牛鬼蛇神”。奶奶担心连累儿子，不让儿子帮忙，儿子却执意不肯。

奶奶辛辛苦苦把儿子拉扯大了，给儿子娶了媳妇。谁知秋阁出世不到三个月，父亲在修水利的工地上，挖土时塌方被砸死了。身体虚弱的母亲，经受不了这么大的打击病倒了，在炕上躺了一年，丢下一岁多的秋阁含恨离开了人世。

秋阁是奶奶用羊奶和沫糊灌大的。巷里人看着将近五十岁的寡妇奶奶，手里牵着一岁多的小孙女，又下地，又放羊，替她发愁说：“老婆婆，哪一日能把这站在地上的孙女管大呀！”秋阁长到八岁的时候，奶奶的头发全白了。她牵着秋阁到了学校，对老师说：“这娃从小没爸没妈，你们要对娃好点。”从此，奶奶每天天麻麻亮送秋阁到学校门口，等到暮色降临的时候，又在校门口等着接秋阁。

秋阁家当时很穷，买不起钟表，奶奶总是看着月亮催秋阁睡觉，看着月亮叫秋阁起床。年复一年，从小学到初中，整整六年都是这样。直到现在，秋阁看到月亮，就像看到了奶奶那慈祥的面容，耳旁好像又听到了奶奶那充满爱怜的呼唤声。秋阁经常对同学同事说：“月亮是奶奶的月亮。”

每天早晨秋阁上学时，奶奶总是从炕洞里取出被烟熏

得黑黑的砂锅，砂锅里盛着热腾腾的红薯，奶奶用手巾裹了红薯递到秋阁的小手里。秋阁一路走，一路吃，嘴巴吃得黏糊糊的，身上吃得暖烘烘的。

秋阁爱吃奶奶做的麻食。秋阁坐在奶奶身边，一边帮奶奶在草帽上搓麻食，一边听奶奶给她讲孟母三迁、岳母刺字、三娘教子的故事。久而久之，秋阁不但学会了搓麻食，也记住了奶奶讲的好多故事。

西安也有麻食，但比起奶奶做的麻食那可差得远了。

秋阁上小学六年级时患了百日咳。为了给秋阁治病，奶奶把祖上留下来的桌椅全卖了。每天晚上，奶奶将秋阁搂在怀里，当秋阁咳得最厉害的时候，奶奶心疼得眼泪滴到了秋阁的脸上，比她自己咳嗽还难受。秋阁生病近三个月，三个月来，奶奶没脱衣服睡过一次觉。秋阁的病稍轻一点，奶奶到学校求老师到家给秋阁补课。老师被奶奶的精神感动了，每天下午都到秋阁家给秋阁补课。

秋阁上了初中，学习费用渐渐大了。这时虽说吃饭不发愁了，但秋阁家经济收入分文没有，奶奶想起了她“文革”时的老职业——扫街道。

奶奶求到远房一个老舅面前，经老舅介绍，街道办照顾她婆孙，安排奶奶扫街道，每月工资五十元。奶奶想到“文革”中背着“牛鬼蛇神”的牌子，受尽屈辱扫街道，还不给报酬。如今每月还挣五十元，她心里高兴，积极性很高。每天凌晨3点起床，赶天明把街道打扫得干干净净。

秋阁早晨上学时，总看到奶奶在晨雾里弯着腰，双手拿着大扫帚，一下一下地扫着。冬天寒风刺骨，奶奶用头巾包着脸，扫一会儿，用嘴哈一会儿手。奶奶的双手枯干得像枯树枝，冻得裂了许多血口子。

秋阁还记得，有一天早晨刚下过大雨，奶奶正在扫街道，一辆黑色小汽车忽地从奶奶身边擦身而过，将路上的泥水溅了奶奶一身。汽车的惯性将奶奶推倒在地，那车却停也没停。恰巧秋阁上学路过，赶紧跑过去扶奶奶起来。看到奶奶身上的泥水，秋阁气得朝着小汽车开去的方向大骂。奶奶却说："不要骂了，女孩子骂人不怕人笑话？也怪奶奶把人家的路挡住了。"奶奶站起来，身上的泥水也顾不上擦，又一下一下扫起街道来。并说："好娃呀，扫街道的人和种地的人一样，要不嫌脏，还要学会受气。你不想和奶奶一样扫街道，就要好好学习，考上大学！"

秋阁家虽然穷，但奶奶穷而有志。有一次奶奶扫街道，拾到一个钱包，里面装着两千多元。当时奶奶正为秋阁上高中的学费发愁。奶奶看着钱包却说："这钱也不知道是哪个父母为孩子借的学费，现在丢了，孩子上不成学咋办？这家人一定急得要命哩，咱绝不能用这昧心钱！"奶奶当即把钱交给市政站，市政站领导通过县电视台找到了失主。失主感激地拿着礼品来谢奶奶，那个场景真切感人，县电视台还播放了录像呢！

秋阁到了高一，奶奶的工资涨到一百元。奶奶拿到这么多的工资，高兴得几天睡不着觉。学校期中统考，秋阁得了全年级第三名，奶奶更是喜得合不上嘴。到街上买了一斤大肉，特意给秋阁包了一顿饺子吃。吃完饺子，秋阁看到奶奶头发有点乱，要给奶奶梳头，奶奶答应了。

秋阁看着奶奶白了的头发和满是皱纹的脸，心里一阵阵难过。但她却装出一副笑脸，讨好地对奶奶说："奶奶，你年轻时一定很漂亮。"奶奶叹了口气说："人强不如命强。"秋阁没说话，心里却在想，奶奶三十多岁死了丈夫，快五十岁时又死了儿子和儿媳。为了养活我这个孙女，供我上学，心每天都被泪水淹着。泪水淹白了头发，泪水冲刷出了她脸上的皱纹，奶奶的命太苦了。

秋阁看着镜子里的奶奶，又讨好地说了一句："奶奶，你这几年变年轻了。"镜子里的奶奶望着秋阁笑了笑说："傻孩子，奶奶变年轻，你怎么能长大？只有奶奶变老了，你才能长成大人。"听到奶奶的话，秋阁的眼泪夺眶而出，为了不让奶奶看见伤心，秋阁急忙掉过了头。

好景不长，秋阁上到高三时，市政站的正式职工越来越多，临时清洁工全被辞退。奶奶也在辞退的人员之列，何况奶奶早已是超龄的临时工。没了收入，奶奶几乎到了绝境。秋阁家在县城西街，这一带人多地少，每人只有六分地，一年打的麦子也只能够吃，其他收入等于零。过了年秋阁又要考大学，奶奶心急如火，想来想去决定把院子分出一半卖给别人。

卖院子签字的前一天晚上，奶奶流了一晚上泪。第二天早晨，奶奶取出爷爷的遗像放在桌子上，给爷爷献了饭，烧了纸钱，对着遗像哭着说："不是我没守好你的家业，你父子俩早早地走了，给我丢下一个秋阁。现在娃要考大学了，我实在没办法供娃，只得卖祖先留下的家业。我想孩子上大学比任何事都重要，只有孩子上了大学，咱家才能兴旺。等秋阁挣了钱，我一定让她把房子重新盖好。"

院子卖出后，奶奶在炕上睡了两天。秋阁没辜负奶奶的希望，考进四川一所重点大学，几年的大学费用花完了奶奶卖院子的钱，还欠了一万多元的债。

秋阁毕业后在西安工作，她几次叫奶奶去西安，奶奶都不去。毕业第二年，秋阁在单位分到一间房，这才好说歹说把奶奶接到西安。当时是冬天，房子里有暖气，奶奶看到粉白的墙壁和烫手的暖气，又看到那崭新的煤气灶，激动得哭了，嘴里不停地说：“还是上大学的好，还是上大学的好，我娃从乡里娃也变成城里人了。”

第二天，秋阁领着奶奶去了民生百货大厦，花了三百元给奶奶买了一件外套。秋阁哄奶奶说花了四十元，奶奶还嫌贵。奶奶从来没到过西安，秋阁牵着奶奶在西安最繁华的解放路和东大街转了一天。下午回到宿舍，秋阁问奶奶累不累，奶奶说她一点都不累。过了一会儿，秋阁又牵着奶奶去洗澡。奶奶进了浴池，还以为到了瑶池宫。秋阁一边给奶奶搓着澡，一边想着小时候奶奶每天晚上给自己洗脚的情景，眼睛有点潮湿。秋阁心里盘算着明年把奶奶搬到西安，奶奶的苦日子也该到头了。

回到家，奶奶躺到床上，眼睛盯着雪白的天花板，口里不停地说着：“到了天堂了，到了天堂了……”

秋阁收拾完毕，准备上床睡觉，叫奶奶起来脱衣服。奶奶不答应。秋阁摇奶奶，奶奶还是不答应。秋阁急了，赶紧拨 120 电话，救护车把奶奶送到了医院，进了抢救室，奶奶已经咽气了。医生说，奶奶是过于兴奋，引起心肌梗死，猝然而亡。

秋阁不敢相信这是事实，以为在做梦。当她看到来回走动的医生护士，听着医生护士的说话声，才知道这已是不可改变的现实了。秋阁叫了一声“奶奶”，没有哭出声就昏了过去。

秋阁护着奶奶的遗体回到老家。安葬后，秋阁跪在坟前流着泪说：“奶奶，秋阁的这顶大学生桂冠，是你用心血和生命换来的。我还没来得及报答你对我的恩情，你却走了！”

奶奶生前为了秋阁的成长和上学，背负着山一样的重负，死也带走了将要留给秋阁赡养她的负担。活，为秋阁活；死，为秋阁死。

该死的都死了，该活的都留下了

为了供一个大学生，母亲累死在送煤球的车旁，哥哥自杀了，嫂子也病死了，父亲劳累得只剩下一副骨头架子。这个大学生的大学之路，让整个家庭付出的代价太沉重了。

老朋友王选民陪我到了王大庆老汉家。

王老汉正在揉面，高大的身躯瘦得只剩下一副骨头架子，老槐树皮似的脸上长满了花白的胡子，干瘪的双手沾满了面粉。他一边揉面一边吁吁地喘着粗气，显得很吃力。但揉面的动作和程序却很熟练，一看就知道经常下厨房做饭。王老汉揉好面，没有擀，坐在炉灶前，开始架柴烧水，一边烧水一边和我唠叨。

王老汉今年七十三岁，刨了一辈子黄土。他有四个孩子，两个女儿，两个儿子。前三个孩子几乎都没上过学。20世纪80年代后期，农民的儿女们都做起上大学的梦。王老汉最小的儿子也在“挣死挣活要进城，农家儿女不再耕”的潮流中，于1997年进了大学校门。小儿子上大学这四年里，家里先后死了母亲、哥哥、嫂嫂三个人，王老汉身上也掉了几十斤肉。

王老汉的大儿子，小时候出天花留下了后遗症。人虽然一直有点呆，干活却很卖力，但要有人在旁边给他安排。将近三十岁了，一直没人愿意嫁给他。

人常说，婚姻事，由天定。邻村一个女孩子因考大学没考上，患了精神病，到处跑来跑去。家里人将她送到西安精神病院医治了半年，也没治好。回家后，人不再胡跑了，只是整天不说话，坐在房里哭。家里人没办法，眼看着女子长到二十二岁。女大不能留，在媒人的说合下，疯女孩嫁给了比她大八岁的王老汉的呆儿子。

结婚第二年，两人生了一个男孩，娃才五天，两口子不小心用被子把娃捂死了。第二年，又生了个女孩。老伴王大妈担心再有什么意外事发生，在娃出生的当天，王大妈让儿子和老伴住在一起，她陪着儿媳管孩子。

孩子满月后，王大妈把孩子抱到自己屋里由自己管。王老汉的两个女儿已出嫁了，都嫁给了农民。王老汉一家六口的日子过得不宽裕，但也将就过得去。

王老汉每天领着大儿子下地劳动，王大妈在家领着儿媳妇做饭管孩子。农活忙的时候，王大妈要到地里帮忙，孩子让媳妇带着。说也怪，也可能母爱是天性吧，媳妇在家什么活都做不了，烧水时水开都不知道，常常烧干锅，但管孩子却有她的一套办法。她用门槛板挡在炕沿上，不让孩子掉下来。炕上放满了孩子能玩的东西和大小馍块，从不让孩子哭一声。孩子哭了，她马上抱着孩子站在炕上转来转去地哄。

王大妈几次回来看到媳妇热得满头大汗还紧抱着孩子不放，笑着说："你抱着孩子到院里转一转。"

媳妇听到这话，脸色都变了，把孩子搂得更紧，说：

“外边风大，恐怕孩子感冒。”

王老汉的小儿子上学念书一直很优秀，上初中时学费也不高，一家人辛辛苦苦供着王家的这个秀才。王家的一切希望，全寄托在小儿子身上。地里的活从来不让小儿子做，几时要钱，几时给，从来不打绊搭。一次老汉实在没钱，瞒着家人卖了两次血，给儿子凑够了上高中的学费。小儿子也勤奋努力，终于考上了一所重点大学。

录取通知书送来的当天晚上，王老汉叫来村里的自乐班，在家门口唱戏。高兴了没三天，王老汉和王大妈就发起愁来，几千元的学费咋办呀？

王老汉只得厚着脸皮到东邻西舍、亲戚朋友中借，最后还借了两千元的黑贷。好不容易凑够了钱，儿子送走了。一块石头才落了地，另一块石头又压在了王老汉和王大妈的心上，娃的生活费咋办？明年的学费又咋办？老两口商量了几天，最后决定给城里送煤球，给娃挣学费。

平时王老汉和大儿子拉着架子车送煤球，农活忙的时候，王老汉干地里的活，王大妈和大儿子拉着送。那时，王大妈总有点乏，不停地喝水，不停地小解，饭量也越来越大，人却明显地消瘦。家里人都说能吃能喝，保证没病。王大妈也认为是睡眠不足。她想，为了儿子上学累点乏点也值得。

到了第二年，王大妈越来越瘦了，腿乏得抬不动，但还是坚持每天送两次煤球。往返要跑八十里地，在村头还要上一道五里路的大坡。

每天回来，王大妈把挣的运费往钱匣子里一放，坐在炕上心里盘算着，挣下多少钱了，娃的学费还差多少，十天半月往信用社里一存。有时拉着煤车，心里也在算着，再拉多少天煤球能挣够娃的学费了。

有一天，王大妈正在坡上拉煤球，忽然觉得眼睛模糊得看不清东西。到医院一检查，是糖尿病晚期，引起了眼睛和肾脏的病变，肾功能已明显衰竭。

医生没敢把病的真情告诉王大妈，给她开了药，劝说她停止一切体力劳动，在家休息。王大妈到了药房划了药价，药费三百多元，王大妈愣住了。一个月不停地送煤球，才挣三百元，一年才能给娃挣三千多元的学费，哪有看病的钱？

王大妈心想，我老婆子一辈子做好人，老天爷会保佑的，何况我娃还要上大学哩。假使老天爷有眼，等我娃大学上完再要我的命，我就烧了高香了。王大妈没买药就回到家。

第二天，她又和大儿子拉着车送煤球。没隔几天，王大妈死了，死在煤球车旁。大儿子说："我妈临死时只说了一句话，儿子的学费快挣够了。"送葬时，巷里人给王老汉的大门口写了副对联，上联是"学费挣够了"，下联是"母亲累死了"，横批是"死也值得"。

送走了王大妈，王老汉和他的大儿子继续种地、送煤球。为了给小儿子挣学费，可苦了大儿子。平时大儿子的生活都靠母亲替他照料，失去了母亲这个靠山，他的媳妇和女儿往往饭也吃不上。

王老汉的小儿子第二年放暑假回家，不知为什么，大儿子不让父亲去拉煤球，硬要弟弟和他一块去。每次拉的煤球也比过去要多三分之一。到了平路，哥哥拉着车，让弟弟跟在车后面。弟弟看到哥哥拉煤球卖力的样子，感动得流下眼泪。

拉了一个月煤球，弟弟开学了，拿着父亲和哥哥劳累了一年给他挣下的学费走了。不几天，又一个天大的祸事降在王老汉的头上。

一天中午，送完第一车煤球后，王老汉回去做饭。饭做好了却不见大儿子回来。他以为儿子出去了，等了好一会儿还不见人。王老汉猛然想起儿子在路上说，要到母亲墓地去，他当时只顾拉车，也没在意。王老汉慌忙赶到王大妈墓地找儿子，儿子已经躺在王大妈墓前喝农药自杀了。

王老汉身上一下子掉了几十斤肉，从此，王老汉再也不送煤球了。小儿子第四学年的学费，王老汉是厚着脸皮向东邻西舍、亲戚朋友讨借下的。王老汉说，人什么时候脸皮最厚？为儿女上大学的学费向别人借钱时脸皮最厚。什么时候最不要脸？为儿女上大学的学费借了人家的钱没还，再向人家去借钱时最不要脸。

第四年，又一件祸事降在了王老汉的头上。小儿子开学后不到一个月，大儿媳妇也死了。

王老汉的大儿媳妇本身有病，母亲和丈夫先后死去，对这个病残的女人更是雪上加霜，身体一天不如一天。王老汉的小儿子开学走时，来到嫂嫂的炕前，跟嫂嫂告别。他看到瘦得已经没人形的嫂嫂，心里好似刀剜，泪如雨下。嫂嫂用手拉着他的手，另一只手指着炕前站着的小侄女，嘴唇微微张开，却说不出话来，眼泪哗哗地往下流。弟弟知道，这是嫂嫂给他托付小侄女呢，他的心哭碎了。

小儿子知道，这个家的不幸都是为了他。他有时也怨恨，农民的儿女为什么冒出上大学的这个念头。多少个大学生这一顶帽子，是父母，甚至是家庭所有成员用血和泪乃至生命换取来的。

王老汉说：“两年多工夫，我家坟地里堆了三座新坟。我没死，我也不能死。”说到这儿，他长长地出了一口气，“依我说，该死的都死了，不该死的都活下来了，少一个人省一份心。”

这时外面进来一个十八九岁的姑娘，见屋子里有人，没说话。看到案板上揉好的面，望了王老汉一眼，动手擀起面来。老汉对我说：“这是大儿子的女儿，叫王莉，今年考上了南京一所大学。这几天在村上的砖厂出砖，想挣几个学费。”

我望着这个失去父母的姑娘，脸上、头发上、衣服上都沾满了砖灰。端庄的五官和明亮的眼睛，显示出姑娘的聪颖和秀丽。自古俊秀出寒门。苦难的家庭，父母的厄运，给这样一个天资聪颖的女孩子一个又一个的不幸。

王老汉接着说：“王莉妈死时王莉十三了，小学刚毕业，我们爷儿俩相依为命。王莉懂事又聪明，我的心劲又来了。不过王莉的运气比她二爸好得多，王莉上高中时她二爸毕业了，分配到新疆工作。王莉高中的学费都由她二爸管。”

我看着王莉在擀面，擀面的动作和速度不像一个大学生，简直是农村一个能干的年轻媳妇。切面的刀用得稳而匀，我想问王莉几句话，又不愿意打断王莉的表演。等王莉切好面，又用手提起面甩了甩面醭，把面整齐地摆到案板上，我才问王莉：“你出砖累不累？”

王莉看了我一眼，笑了笑说：“不累。假期经常在砖厂干活。”

“一天能挣多少钱？”

“十几块。”

“比你爷爷当年拉煤球挣的钱还多。”话说完，我又感觉到有点失口，恐怕王老汉不愉快。王老汉也没在意，接着我的话说：“小儿子去年结了婚，已经有了孩子，听说又要买房。不过小儿子还是有良心，常常写信给我说，他永远忘记不了家庭给他的巨大付出。前几天打来电话，说他每年给王莉五千元学费。”

我问王莉：“你们学校每年学费多少？”

“六千元。”

“学费六千元，再加上每年生活费和各种费用，最少也得一万二千元。你二爸给五千元，那七千元咋办哩？”

王莉没说话，看着爷爷，王老汉也没说话。

停了一会儿，我对王老汉说：“为了你二儿子上学，你失去了三个亲人，你承受了世界上最大的苦难。儿子这几年寄的钱你又供了你的孙女。你可以说没有花过儿子一分钱，现在又要供孙女上大学。你知道不知道，孙女的学费比二儿子上大学时的学费高出一倍还多呢。再过四年，你身上又得掉几十斤肉了。”

王老汉苦笑着说：“前多年掉肉，身上还有肉掉；现在身上早没肉了，再掉就是骨头了。”

说到这儿，王老汉看着孙女说：“掉就掉吧，即使这把老骨头掉完，也要供我孙女上大学。”

只要儿子踏进大学门，父母做牛做马也心甘

大儿子还在大学就读，二儿子高考考了全县第二名，不料却因车祸身亡。父亲哭儿哭疯了，母亲从死里走了一回。让母亲更伤心的是，小儿子不打招呼停了学，外出去打工。心力交瘁的母亲仍然有一个坚定的信念，一定让小儿子也上大学。

王老师知道我的来意后，陪着我到他妹妹家。妹妹家离他家二里路，王老师边走边介绍妹妹家的情况——

"……妹妹的村子叫李家凹，村子在半沟，住着几十户人家。妹妹叫王爱琴，妹夫叫李光照。前多年，苹果、花椒和玉米的收入不错，日子过得还可以。我大外甥在北京工业大学上学，已经是三年级了。二外甥去年高考总分是全县第二名，通知书还没下来，突然发生车祸死了。这个家经受不住这晴天霹雳的打击，妹夫哭孩子哭疯了，现在见人只会笑。妹妹也大病一场，真正是在死里走了一回。为了孩子上学，我妹妹仍然顽强地撑着这个家……"

说着话，我们来到了王爱琴家门口。门口坐着一个男人，穿得破破烂烂，望着我只是笑，不说话。王老师说："这

是我妹夫。”

爱琴听到哥哥的叫声，走了出来。她的头发已经全白了，牙齿也缺了几颗。王老师借妹妹去给我们拿热水瓶之机，说：“我妹妹今年四十五岁，丈夫四十六岁，沉重的打击，夫妻两人的精神全垮了，一下子都老了许多。”

爱琴回到屋里，显得有点迟钝地给我们倒了水，顺便坐在一个小凳上，一言不发。不知道为什么，我走进这个家，感觉一直很沉闷，似乎有一种沉重的阴霾在笼罩着这个家。

在路上听了王老师的介绍，我的心已经像灌了铅一般沉重。当我盘算着如何切入话题时，王老师先开了口：“爱琴，县里来人想了解咱孩子上学的事，你给他说说。”

停了好一会儿爱琴没开口。我不得不先说话了：“咱们随便说说。听说你大孩子在北京上学？”

爱琴点了点头。

“上的哪个大学？”

爱琴又点了一下头，还是没说话。

“娃暑假回来没有？”我接着问了一句。

爱琴摇了摇头。

三句话问得我没什么话问了。屋子里坐着王老师、司机、爱琴和我四个人，大家谁也不说话。空气沉闷得像将要响炸雷的天气，加之天热，我已是汗流浃背了。

王老师的妹夫——李光照进来了。他不知从哪儿拿出一个小镜框，镜框里装着一个英俊而有点稚气的男青年的照片，我一看就猜到，一定是那场车祸中死了的二儿子。

李光照只说了一句“这是我娃的照片”就大声哭了起来，王老师也落泪。爱琴却没有哭，呆呆地望着她儿子的照片，李光照看着照片，不停地哭着，不停地说着：“这是我娃的照片，这是我娃的照片！我娃考了全县第二名！考了全县第二名……”

看到眼前这种情况我真想走，实在不忍心再问下去。但又不甘心，总想知道这位承受了巨大灾难的母亲心里在想些什么。

王老师把妹夫推出了门。他没有坐，靠在炕沿上说：“我妹子很能干，初中毕业，妹夫是高中肄业。两个人为三个孩子，一年到头起早贪黑，辛辛苦苦，以前家里虽说没有节余，日子也能过得去。老大考上大学后，日子过得紧张了，现在身后还欠了人两万元的账。去年高考，二儿子考的成绩不错，我妹子见了我说，两个孩子上学走时得两万元，地里的玉米、苹果、花椒，还有柿子、柿饼，估计能卖四千元，在信用社贷了五千元，还差一万多元。老大暑假在外打工，老二在砖厂拉砖，光照和她在砖厂出窑、装窑，估计两个月四个人能挣三千元，剩下的款再想办法借。妹子虽然累，但心劲大，见了人经常说，只要儿子进了大学门，父母做牛做马也是心甘情愿。谁知没几天，二儿子却出了车祸……”

爱琴痴呆呆地谁也不看，独自慢慢地流着泪。我看着爱琴轻声地问：“你的二儿子是怎样出车祸的？”我总希望爱琴说话，爱琴还是没吭气，脸上的泪不是往下滴，而是往下淌。

王老师见爱琴不说话，自己又接着说：“……老二在县城给一家建筑工地打工，晚上回家顺便坐在别人的摩托上，路上摩托翻了，儿子摔死了。”

我听着王老师说话，眼睛还是看着爱琴，揣摩着爱琴的心思。王老师似乎没摸准我的想法，继续说：“老二遇难，这个家几乎遭了灭顶之灾。我妹夫昏倒过几次，死去活来。这个人心眼儿也小，每天都到孩子的坟上哭，不吃不喝到处跑。从家里拿出孩子高中的毕业照，放了一张，装在镜框里抱着照片逢人就哭，见人就说。成了疯子，现在啥活也干不了。”王老师也说不下去了。

我还是看着王爱琴，发现她的脸剧烈地抽动着。王老师取了一个塑料脸盆，到隔壁厨房打了一盆凉水，把毛巾放在水里，拧干擦了擦脸上的泪和汗，说：“当时我妹子听到车翻的消息，像疯了一样，跑到出事地点，看到老二的惨状一下昏死了过去。幸亏旁边人多手快，赶紧把她送到城里医院抢救。一夜之间，她头发全白了，牙齿也脱落了几个。我妹子过去有说有笑，上学的时候能唱能跳，现在变得整天不说一句话。不过她还是挺过来了，不然这个家咋办呢？孩子上学咋办哩？”

“事故发生后，大儿子在家没有？”我还是看着王爱琴问。

爱琴终于哭出声来，但还是不说话。王老师又回答了我的问题：“我给老大打了电话，老大第二天从北京赶了回来。回来以后也没见得上弟弟，天气热，人已经埋了。老大跪在弟弟坟前哭了一夜，说是他把弟弟害的。唉！你没见当时那个情景，谁见了谁都难受！

“妹夫疯了，妹子有病下不了炕。地里的庄稼是亲戚帮着给收回来的。苹果也没卖多少，柿饼也没晒，花椒也瞎了。可人家都有人家的事，谁也不能守在这儿，这个家从此走了下坡路！”

我看见王爱琴紧紧咬着嘴唇，拳头攥得紧紧的。我给王老师递了一下眼色，王老师看着他妹子说：“我妹子的好胜心强，尽管身体不好，一天还是三晌下地，今年的苹果、玉米、花椒，估计能卖三千元。当时大儿子看到家里的情况，让我给他妈说，他不上学了，在家务农。我把这话给我妹子说了，我妹子把大儿子叫到跟前，猛地抽了他一个耳光，随后又抱着大儿子哭起来。给大儿子说，你再敢给我说一句不上学的话，我就从这沟里跳下去！你不要怕，妈垮不了，咱这个家垮不了，明天你给我到学校去！”

我再看王爱琴时，王爱琴的头似乎仰起来了，拳头攥得更紧了。是的，这个家的一切希望，她都寄托在大儿子身上。

我忽然想起她的第三个孩子，“你的小儿子现在上几年级？”我问王爱琴。

王爱琴没有回答，泪水又哗哗地往下淌，最后终于忍不住大声哭起来，用一种悔恨的语气对我说：“我最对不起的是三儿子。去年二儿子不在了，三儿子马上升初三，学习成绩也好。可三儿子看到家里的情况，没给谁说就停了学，出门打工去了。”

“在哪儿打工？”

“开始不给我说地点，打电话让我不要操心，让照顾好他父亲。到年底给我寄了一千元钱，我到这时才知道，他在山东济南一家饭店打工，每月工资三百元。我三儿子今年才十七岁，本来我想把三儿子叫回来继续上学，可他爸疯了，我又离不开家。我把娃害了！”爱琴说到这儿哭声更大了。

“你现在准备咋办？”我问爱琴。

爱琴说：“今年过年三儿子要是回来，我一定不让他出门，让他继续上学！我已经给学校的校长说了。校长说，我三儿子学习好，是上大学的好苗苗。”

为了儿子上大学，她的亲人死的死、疯的疯，她精神上忍受着这么巨大的悲痛，承受着比山还重的负担，但她供儿子上大学的信念却一点也不动摇。

“为什么你非要让娃上大学？”我望着这位饱受灾难的母亲问。

爱琴说：“我不能让娃和我一样！当年和我、和他爸一块上学的同学，有的接班，有的上了大学，人家的日子比我们当农民的日子好得多。农民到人家面前，不管人家怎么样看，自己先感觉到低人一等！”

又是一个相同的答案。我和王老师走出大门的时候，看见李光照抱着儿子的照片在巷里边哭边说：“这是我娃，我娃考了全县第二名，这是我娃……”

奉献到死的母亲，才是最好的母亲

为了让儿子通过体育考试关，母亲每天晚上陪着儿子练跳高，练长跑。儿子跳，母亲跳；儿子跑，母亲也跑……母亲病倒在床上，不吃不喝，身体虚弱。当儿子告诉母亲他考上高中重点班时，母亲忽地站了起来，泪流满面地说：我娃给我争气了……

李春香家在县西北金水河塬上，村子不大，有一百多户人家。二十年前，李春香曾在法院干临时工，由于生二胎，单位辞退了她，她和丈夫在家务农。

进了春香家，院里堆满了早熟苹果，鲜红的苹果逗得我口里直发馋。四间旧瓦房后面，有两孔破土窑，窑前卧着一头小牛犊、站着两只羊。春香四十多岁，从装束和外表看，还没有完全脱离当年干公家事的打扮。春香招呼我们进了屋，屋里坐着一个小伙子，看起来有二十岁左右，文质彬彬。不用问，肯定是这个家庭的骄子——大学生。孩子见了我们忙站起来，礼貌地点了点头，只说了“来了”两个字，便去给我们倒茶水。女主人给我们拾了一盘苹果说：“吃苹果，自己树上结的，我们这儿是全县有名的苹果之乡呀！”

我毫不客气地拿了一个苹果，顾不上削皮就吃起来，一边吃一边说：“名不虚传，真甜！”没等我吃完，女主人显得很高兴，指着那个男孩对我说：“这是我大儿子，在南宁上大学，上了两年了。”

我看了大学生一眼说：“放暑假回来？”

大学生只“嗯”了一声。我照例地又问了一句：“假期没打工？”没等大学生说话，春香抢过话头说：“娃第一年春节回来，再没有回来过，去年暑假、寒假都在外边做家教。今年暑假，孩子还不准备回来，我不依。我说，妈想你想得快疯了，你一定要给我回来！我硬把娃叫回来了。”

“南宁好远，来回路费得一千元吧？”

春香不管我的话问完没有，打断我的话头说：“用不了，四五百元就够了，学生是半价。花钱再多哪有我见我娃重要？你不知道，我娃回来的前一晚上，我都没有睡着觉，明知道火车是下午3点到，我早晨8点就到火车站等我娃。”

我不由得笑了，说：“你这么爱娃？”

春香大笑起来，笑得有点骄傲：“我特别爱娃，爱娃爱得在村里有了名！”

大学生看着这位慈祥的母亲也笑了。

“老二在哪儿上学？”我话头一转问春香。

春香的脸显得更神采飞扬了：“在上海。不过他和他哥不一样，他哥是本科，他是专科。”

“是不是老二的学习赶不上老大？”

“不是！”大学生忙插话说，“我弟弟在高中比我低一级，学习比我还好，可高三第二学期停了学。”

“为什么？”我问大学生。

男孩没有回答。春香看了儿子一眼，脸忽然拉下来，语调也显得低沉了：“前年我得了青光眼，眼睛几乎看不见东西，又没钱治。家里的收入全部给娃交了学费，还借了别人一万多元。娃娃放寒假回到家里，看我眼睛有病，弟兄俩商量说，他们两人必须有一个人停学！不能只要学历，不要母亲的眼睛！老大要停，老二说，你大学已上了一年了，坚决不能停，还是我停最好。老二没和我商量，到学校退了学，要不是学校来人，我还不知道呢。”

“知道以后怎么办的？”我问。

春香的泪流了下来，用手抹了一把说：“我哭着闹着不让老二停学，我说妈的眼睛即使瞎了，你也得上学！但老二态度很坚决，我也没办法。老大收假回学校去了，老二在炕上睡了几天不起来。”春香又抹了一把泪接着说：“我给娃说，你不然还是上学去。老二说，妈，我没事，让我哥上大学就行了。我弟兄俩总不能为了自己，让你的眼睛失明。我出外打工，挣下钱给你看病。”

我心里一阵难过，顺便看了大学生一眼，他正在抽泣，从脸盆架上取下毛巾递给了母亲，低声说：“妈，你不要哭了，你眼睛不好。”

春香接过毛巾，一边擦脸一边说：“没事，妈眼睛好得多了。老二停了学，我的心七上八下，睡不着觉，吃不好饭。娃要出去打工，我又放心不下。我外甥在上海一家工厂当厂长，我给外甥打了电话，让老二到他那里打工。我外甥说不要让老二停学，我说已经停了，再说老二都不听。我外甥叫老二到上海，只打了几个月的工，厂里就推荐老二上了一个专科学校。厂里出学费，家里出生活费。听到这消息，我高兴得不得了，逢人就说，见人就讲……”春香又笑了，笑眼里含着泪花。

“你又是几天没睡觉？”我逗着笑说。

“真的！”春香的笑声更大了，“说也怪，我的眼睛也慢慢好起来。今年上半年苹果套袋，我比往年劲头大得多。前几天，我娃打电话说，让我当心身体，不要过度劳累。我说，妈不要紧，你弟兄俩都是大学生，妈精神大着哩！”春香兴奋地从盘子里取了几个苹果，往我们每个人手里塞，说：“再吃一个，今年早熟苹果果子稀，个儿大，只是价太低，四五毛钱一斤。农民越干越没盼头，越干越没劲。”

我手里拿着苹果，心里沉甸甸的。这一带产的苹果质量高，味道甜，一直享有盛名，20世纪90年代中期，这儿的不少农民，靠苹果富起来。一年收入那么多的钱，祖祖辈辈不要说见过，想都没有想过。有一大部分农民昏了头，盖房，买摩托，置电器。有的人甚至贷款购物，像城里人一样搞超前消费。也有些人利欲熏心，在种植管理上减少投资，在推销上以次充好，不几年，苹果质量越来越差，客商越来越少。当时农特税又在不断地加重，苹果收入几乎等于零，刚富起来的农民不几天重新陷入贫穷的边缘。春香并没有看出我的心思，接着说：“还有件事可以告诉你，那就是精神作用真大！老大考高中那一年，我有病，睡在床上不能起来，一个星期不吃不喝，我甚至感觉到自己不行了。但一想到我死了不要紧，做母亲的任务还没有完成呀。两个娃娃还在上学，想着想着我痛哭起来。娃从学校回来，看我在哭，贴着我的脸，一边给我擦泪，一边小声说，妈，告诉你一个好消息，我考上县高中的‘火箭班’了！我有点不相信地问，真的？娃说是真的！不知哪来的一股劲，我忽地从炕上爬起来，一下站到了地上，眼泪长流短流的。我娃给我争气了，我的哭声更大了，病也好了……”

“你孩子在你心里的位置就这么高？对你的精神鼓舞

就这么大？”

春香仍然在笑，笑得仍然很骄傲。她看了老大一眼说：“我娃给我争气了，在家里又乖，我为什么不骄傲！我的心一天二十四小时在娃身上牵着呢！‘非典’那阵子，我夜夜做噩梦，不停地给娃打电话。有一个晚上打了七次，同宿舍的同学说娃到图书室去了。我不信，胡思乱想，是不是我娃住院了？打第八次时，娃接了电话，我心里一块石头才落了地……”

春香站起来，又要给我们取苹果，我拦也拦不住。我忽然想起春香的丈夫，我问：“你娃他爸哪里去了？”

“在邻村信用社贷了一点款，他爸办理手续去了。老大收假时少也得拿一万元，老二没回来也得寄四千元。一万四千元，至少顶一个农民家庭五年的收入。为了娃娃的前途，为了娃娃有好日子过，学费再高，也要想法子供娃上大学。”春香转换了口气又对我说，“这个家主要靠我。我丈夫那年在抽黄工地上拉运石子，车翻了，四个人砸死两个，他活下了。但从此失去了记忆力，刚说的话，过五分钟就忘了。”

“你的儿子爱他爸不爱？”

“爱！娃从来不犟他爸。我也教育娃娃，你爸虽然是半个残疾人，但绝对不能不尊重他。”

我看着这位平凡而伟大的母亲，心里的敬意油然而生，我说：“你把孩子教育得真好。”

“对娃不但生活上要关心，学习上也要关心，两个娃同在王庄镇上初中时，我在王庄街上租了一间房子，专门给娃做饭，陪娃上学。娃晚上几时回来，我等到几时。有一次老大考试，复习功课，等到晚上12时不见人。我赶到学校站在教室外边，看见我娃正在专心致志地复习功课，我心里热乎乎的。那一阵恨不得给娃做些啥好吃的才好。我马上跑回去煎了两个荷包蛋，跑到学校送到桌子跟前……”

我这时的心里也热乎乎的，眼前马上浮现出教室内灯光照着孩子、教室外月光洒在母亲身上的动人一幕，眼睛不由得潮湿了。

大学生又插了一句：“让我妈给你说陪我跳高、赛跑的事。”

春香朗朗地笑了，笑得有点不好意思。稍停一会儿，春香边笑边说：

“说起来都让你们笑话！笑我爱娃爱得世上都没有的。大娃考高中那一年，体育成绩比较差。我每天晚上陪着娃在学校操场练习。娃跳高，我跳高；娃跳远，我跳远；娃跑百米，我跑百米。开始几天，我的腿疼得抬不起来，腰疼得直不起来，娃劝我坐在操场休息。作为母亲，应该给娃做榜样，不能半途而废。我咬着牙，忍着全身疼痛，继续陪着娃练习。儿子被我的精神感动了，练习也更刻苦了。练习了将近两个月，娃的体育终于过关了。现在还是这样，娃想下象棋，我陪着下；娃想打乒乓球，我陪娃到本村小学打乒乓球。不管再忙，只要顺我娃的意，只要娃高兴，我干啥都行。”

孩子感激地望着母亲，显出有点不好意思。

“你是什么文化程度？”我问春香。

“高中毕业。当时没考上大学，所以我娃一定要上大学！”

春香真是爱娃，要二胎不要工作。我笑着问了一句：“你现在欠人多少账？”

春香心事重重地说：“欠人五万元！”

“为什么欠那么多债？”

“前几年做生意，贩化肥，赔了两万元。这几年娃娃上学欠了三万元！”

“欠这么多的账，你心里有负担没有？”

“没负担是假话，只发愁也没用。为了娃上学，欠账也值得。你不知道，娃开学前，我熬煎得很。等钱凑齐了，娃全拿走，我就放心了，心里反倒踏实了！”

我望了望这位母亲，又望了望她的孩子，不由得问了大学生一句：“你母亲对你这么好，你将来怎样报答她？”孩子想了一会儿说：“我现在唯一的想法，就是在学校好好学习，将来考上研究生，工作后，带我母亲到城市里享福。”我听了以后，心里很高兴，孩子的答复我是满意的，谁知这位母亲的答复又使我有点震惊。

“不，我不想享娃的福。母亲对孩子就是要奉献。我认为，为儿女干到死的母亲，才是最好的母亲！”

为了儿子，父亲把一辈子的泪都流完了

为了儿子上学，父亲想尽了各种奖惩办法。为了儿子上学，父亲上当受骗，逼走了儿子。儿子外出两年杳无音信，母亲哭、父亲哭。父亲每年春节都要给儿子买一瓶红葡萄酒放在桌子上，见酒如见儿。

我来到四十年前曾劳动过的永安村和永安河村。

那时修董家河水库，全民总动员，我断断续续在塬上的永安村和沟下的永安河村住过三四年。那一段激情满怀但又是饥饿中饱含辛酸的往事，永远不能忘怀。

这一带地多人少，沟深树茂，加之金水河的灌溉，永安村和永安河村是人们羡慕的地方。尤其是永安河村，当时是全县有名的农业学大寨富裕村。现在不同了，几十年过去，永安村几乎没变化，房子破旧，土地贫瘠。永安河村更是破败不堪，我记忆中永安河村过去那些古老的砖房已不存在了，全部成了废墟。新盖的瓦房寥寥无几，皆为暂避风雨的权宜之处。年轻人大都搬到了塬上，三四百户的村子，现在只剩下五六十户，散落在三四里的沟岔里。

我们来到河西一个四户人家的小巷里，找到了永安河

村的组长家。

组长叫蒋世荣，今年四十八岁，曾在北京当过兵。留着小平头，显示出军人的精干，说话干脆利落。妻子则和丈夫的性格相反，见人一笑，说话慢条斯理，有一种文雅之气。两人满脸沧桑，让人一看就知道生活沉重的负荷已使他们无法喘息。

世荣第一句话先做自我批评：

“我这人性子不好，三个娃都爱他妈不爱我，和我说不到一块。有一次孩子要学费，我生气地说，寻你妈要去，不要找我！

“大娃去年考到成都大学，一年学费一万多。老二也是男娃，去了北京。老三是女娃，正上初三。”没等我问，世荣就把家庭情况一一抖搂清楚，还是当年那种军人性格。

“永安河村过去是县上有名的大寨村，现在情况怎样？”我问世荣。

世荣笑了笑说：“早就不行了。村里人为什么要供娃上学？还不是让孩子逃出农村这个苦海。”

“你上过学没有？”

“我只上了四年学，我父亲死得早，死时我才七岁。我姊妹九个，我是老七，家里穷，上不起学。”

“你当兵为什么没留到北京？”我问世荣。

“想留下，但没文化，复员了。”

“你二儿子在北京干啥呢？”

一句话问得世荣没有说话，眼圈却红了。世荣的妻子说：“都是他的性格不好，娃是被他逼走的。”

世荣的妻子边说边擦眼泪。世荣声音也放低了，说话也没那么快了：“我平时教育娃方法太简单，可我是恨铁不成钢呀！”

“你怎样教育孩子呢？”

“平时我给娃蒸三样馍，白面、黑面、秋面馍。成绩考得好，吃白面馍，较好的吃黑面馍，差的吃秋面馍。”

“你真能想得出这种好办法。”我冲着世荣笑着说。

世荣不好意思地笑了笑说：“种地拉耱，分数高的踩耱，分数低的和差的拉耱。有一次，二儿子拉耱拉累了，把绳扔了，我气得打了二儿子一耳光，结果一巴掌就把二儿子打跑了。”

世荣的妻子望了丈夫一眼，说：“这人心好脾气不好。娃跑了，天黑不见人回来。你想，沟沟岔岔的，我寻了半晚上，不见人。在沟里到处叫，牛娃，牛娃，妈寻你哩。回到家里，他蹲在板凳上光抽烟不说话，还骂我说，不要寻了，让狼吃了也省心，再不操那一份心了！到了第二天早上，还不见娃回来，他慌了。他寻，我寻，寻遍亲戚家，都没有。这人从未哭过，这回哭了。一边哭一边寻娃，一边寻娃一边说，牛娃，爸对不起你，你回来，爸再不让你吃秋面馍了，爸再不让你拉耱了，爸再不打你了。后来在镇西头一个场里的麦秸垛底下才把娃寻着。娃已经睡着了，娃也饿了两天，他抱着娃大声哭，把娃从镇上背回来。”

世荣擦了擦眼泪笑着说：“从那次以后，我改变了教育孩子的方法。前年二儿子初三毕业，考高中，我估计考不上。当时有一个熟人给我介绍说，清华大学在西安有一个培训基地，在合阳招生，每年学费四千元。我供娃心切，当时家里钱不够，借了朋友两千元。结果二儿子到了西安，才知上了当，那是私人办的保安学校，二儿子上了不到两个月就回来了。”

世荣妻子接住话说：“二儿子走后刚十天，高中录取的通知书下来了。但二儿子已经去了西安，没办法，结果

是州里没到连县里都耽误了。”

世荣叹了一口气说：“我把二儿子耽误了，娃考上了高中，结果没上。二儿子回来后，听说高中通知书来了，埋怨我没叫他，和我吵起来，一气之下，我的老毛病又犯了。我指着二儿子说，你学没上扔了我四五千元，有本事自己出去闯，事干不成不要回家来见我。二儿子没说话就走了，至今没回来。”

说到这儿，世荣低下头。妻子说：“儿子走后，一年零五个月没音信。今年4月打电话回来，说他这一年多在北京打工，一月工资四百多元，一切很好。问他哥考上大学没有，妹妹现在上学咋样，他想见爸爸妈妈。”

世荣的妻子已经哭成泪人，难过得说不出话。世荣头往上仰了仰，尽量抑制住感情，不让眼泪掉下来。他面朝着对面的墙壁说：“两年来为二儿子我一辈子的泪都流完了。每到星期天，吃饭时，五个人剩下四个人，往往饭吃不完，全家哭成一团。除夕吃团圆饭，我家就是不得团圆。有时我也想，娃在外工作、上学，逢年过节，不一定年年回来。但这不一样，他妈说得对，二儿子是被我逼走了。”

世荣从柜子里取出半瓶葡萄酒说：“二儿子在家的时候，过年爱喝葡萄酒，每年我都买一瓶，二儿子一个人就喝完了。去年过年我还是买了一瓶，今年过年我又买了一瓶，但没人喝。吃饭时，葡萄酒放在桌子上，桌子上又给二儿子放着筷子和酒杯，我把酒杯倒满酒，看着酒杯就像看到了我娃。”世荣越说越伤心，妻子趴在桌子上号啕大哭。我也转过身擦了一下眼泪，不知用怎样的话来安慰这对夫妇。

停了一会儿，世荣的妻子从桌子上抬起身，边哭边说：“快过年那几天，晚上风吹得门环响，我和他爸以为二儿子敲门。他爸起来，披着衣服赶紧开门。门外静悄悄，没有一个人。他爸回到屋里闷着头抽烟，一句话不说。但我还有点不放心，是不是娃不敢回来，在门外躲着？我到巷里，在树后、墙角又寻找一遍，还是没人。回到家捂着被子哭，有时直哭到天亮。大年初一，到了巷里看见人家娃都回来了，就想起了我娃，流着泪回到屋里饭也不想吃。有时我看花了眼，他爸回来了，看上去好像是二儿子回来了，抱住他爸就哭，想娃快要想疯了。”

这位文弱的女人谈起孩子的事，真是有说不尽的思念、流不完的眼泪。我说：“现在好了，孩子在北京打工，你们也放心了。”

世荣妻子又说了一句：“麦种上，他爸准备到北京看娃去。”

世荣接着话说：“钱再紧我也要看娃去。”

说到钱，我问世荣：“今年大儿子的学费凑齐了没有？”

世荣说：“还没有。现在欠了人家两万多元。”

“一年的农业能收入多少钱？”

“家里农业收入主要靠辣子。我承包了十亩地，全部种的辣子，每年毛收入有三千元。加上养牛，总共收入五千元，除过投资，纯收入也只有三千元。说实在话，在这沟里我收入还算是高的。可就这样，四年的收入，不够娃一年的学费、生活费。唉，农民真是穷怕了，尤其是这沟里的农民。当时当兵就没想到农民会是这样，晓得的话，死活都不回来。”

世荣送我出门的时候，又说：“不回来也不行，因为我是农村户口。我有几个战友吃的商品粮，回来不到一年都安排了工作。一样的参军，一样的服役，一样的复员，现在咱和人家却没办法比。”

农业户口和商品粮户口之分，半个世纪以来使人有了贵贱之分。农商户口一字之差，把中国人分成了两个阶层。一字之差，给人间带来了多少不平等；一字之差，给人间带来了多少怨恨；一字之差，埋没了多少英才！

老天爷保佑，这个家不能再发生不幸的事了

为了弟弟妹妹上学，大哥放羊摔断了腿，成了跛子，三十多岁娶不到媳妇。二哥放羊时，滚下深沟摔死了。父亲打工装车时又摔断了腿，现在仍跛着腿到沟坡上放羊。他们的目的只有一个，拼死拼活也要供出两个大学生。

从蒋世荣家出来，过了一条小河，穿过一片玉米地，又上了一面小坡，来到蒋世荣的哥哥蒋世杰家。蒋世杰上山放羊去了，他的妻子李敏兰在家。

蒋世杰家的院子结构和他弟弟家的几乎一模一样。三间杨木厦房后面是两孔土窑。不同的是西边一孔土窑已经塌了，窑土还在院里堆着，看样子塌的时间不长，土里埋着被砸坏的家具。

李敏兰说："今年雨多，前半个月窑塌了，一头牛被砸死了。羊在东边窑里圈着，不要紧。不过那孔窑也不行了，没办法，先在大门外边搭了个临时羊圈。"

李敏兰五十多岁，个儿不高，看人时眯着眼睛，鞋上沾满泥土，裤腿上挂着几片庄稼叶，十个手指都被染成绿黑色。

李敏兰一边倒水一边说："老天爷挤着眼睛只管下雨，下得房倒窑塌。种了三亩棉花，原指望给娃凑学费呢。这雨水多，棉花长得比我还高，芽子全都长疯了，就是不结棉疙瘩，结的疙瘩还不开花。唉，种啥啥不成，这不是要人的命嘛。我刚在地里扳棉花芽子，可扳得没有长得快。"

李敏兰的话没说完，进来一个学生模样的小伙子。小伙子手里端着一个盘子，盘子里放着几个红星苹果，让我吃。

我看了看小伙子，想起我俩在过小河时碰过面。李敏兰说："这是我的老三，在兰州上大学，本来娃假期不回来，在外打工，还能挣点钱。没想到他爸在县城打工，往车上装苇箔时，不小心摔了下来，腿给摔断了。在医院住了半个月，拉回来在炕上又躺了两个多月，下炕还不到二十天。"

我打断李敏兰的话问："他爸住院后，你给儿子打电话没有？"

李敏兰说："没有。一是说了也没用，二是我不能让娃整天想家里的事，免得耽误学习，加重思想负担。"

"看病花了多少钱？"

"两千多元。当时家里连一百元都拿不出，没办法，贷了黑款。原指望牛卖了给人家还债，谁知道牛也被砸死了。"

"人摔伤了货主没给你赔钱吗？"

"唉，说起让人心酸。人受伤后，找了人家多次，可货主先是避而不见，后来见我寻得没法子，才给了五百元。有些人劝我到法院告货主，我一个女人家，法院的门在哪都认不得。听说，现在打官司要花好多钱，官司还不一定能打赢。"

李敏兰的儿子拿着一个苹果给我，我接到手上，没有吃。

我问："你叫什么名字？"

“小林。”

“你在学校知道不知道你父亲住院了？”

“不知道。不过那一阵子我心里慌得很，总觉得家里有事。我们家住在沟里，没有电话。有一个星期天，我在宿舍看书，说什么也看不进去，老是想家里的事。我打电话到塬上，求人家叫我爸接电话，人家答应了。一个小时后，接电话的是我妈。我问家里的事，我妈笑着说，家里都好，什么事都没有。但我总感觉到我妈的笑声不自然。我再三问，我妈仍然说家里很好，我急得在电话里哭了。我妈说，好娃哩，不要操心家里，安心学习，说完就把电话挂了。我似乎听到妈妈说话时哭了，我的心里就越加发慌，放假的当天就赶紧往回跑。果然，我父亲腿摔断了。你不知道，家里这几年遇事不顺，出的乱子太多了，在学校我总是提心吊胆的。”

一句“乱子太多了”，让我的神经绷紧了。我问小林：“都是什么乱子？”小林没说话，眼泪先下来了。

李敏兰看着儿子落泪，心也酸了。她擦了擦眯着的眼睛说：“不知道我家把哪路神给撞了。我有四个娃，三个男娃，一个女娃。老大老二上到初中都不上了，一是咱家穷，没钱；二是他们也学不到前面去。到了小林和女子，他爸和我商量，总不能让四个娃全都待在这山沟里当农民，一定供娃上大学。

“小林和小女儿学习也都好，小林第一年考大学没考上，补习了一年。高中补习等于上半个大学，当时羊还能卖钱，他爸贷款买了一群羊，大娃每天赶着羊群到沟坡上。不到一年，大娃放羊时从沟坡上滚坡了，摔断了腿。放羊一年赚的钱都不够看病，至今腿还有点跛。本来沟里的小伙子就说不上媳妇，大娃腿又有了毛病，三十多了还没说下媳妇，今年年初到潼关打工去了。第二年小林考到兰州，第三年小女子也考到了西安，两个娃一年的学费、生活费得两万五。我和他爸种辣子、种玉米、种棉花、喂猪养牛，一年纯收入不到三四千元。我本来不想喂羊了，他爸却坚持要喂，结果，二儿子去放羊，不到三个月，从坡上滚下来摔死了。”

李敏兰说到这儿已泣不成声，小林的泪更像泉水一样往外涌。小林呜呜咽咽地说：“大哥为我上大学摔断了腿，至今说不下媳妇。二哥为我上大学放羊摔死了。父母为我上大学不分白天黑夜，挣死挣活，债台高筑。我也不知这是为什么！”

小林这句话问得好。爷爷奶奶、父母亲，甚至兄弟姐妹为了一个家出一个大学生，成年累月奔波着、挣扎着，有的生命也搭了进去，你说是为了追求知识吗？我想不一定全是。你说是为国家培养人才吗？这些大学生的父母们目前还没有那么高的境界，背负着大山一样的债务，向国家办的大学交学费，为国家培养人才。你说是为了孩子吗？这倒是真的。父母亲为孩子是天性，也是人间永恒的真情。但任何年代，任何情况下都没有像现在这样，为了孩子上学活得这么累、这么苦。这些父母们为了孩子，只有一个朴素而且单纯的愿望：让孩子走出农村，永远不像他们那样受苦受累。

我看着眼前这对以泪洗面的母子，思绪万千，一个个催人泪下的真情故事太多了。

李敏兰止住了哭声说：“二儿子是5月份摔死的，当时没有给两个娃说。放了暑假，我把两个娃叫回来，给他二哥简单地办了丧事。小林抱着他二哥的遗像，两个娃穿着孝衣，跪在他二哥坟前，哭得死去活来。”说到这儿，李敏兰大声哭起来，小林也趴在桌子上大声号啕。李敏兰哭了好一阵子，转身从桌子抽斗里取出两张复印的文稿，一边哭着一边断断续续地对我说：“这是……小林……在他二哥坟前……念给他二哥听的。”

我接过复印的文稿，一字一板地念起来——

二哥，不应该死去的二哥：

今天是你的百日。我和妹妹跪在你的坟前，真不知道该怎么哭，该怎么诉说？咱们是同胞兄弟，为什么你用你的血汗、你的生命给我们铺筑着人生事业之路，而我们把幸福殿堂的基石却建在你的坟墓之上？这可能就是人们所说的手足之情吧。这种“手足之情”对于我来说，未免太残忍、太不道义、太自私了！

咱家世世代代住在贫穷的山沟里，父母受了一辈子的苦，唯一希望就是供儿女上大学，逃离这贫穷的山沟、苦难的农村。为了供我和妹妹上大学，全家人身负着比家对面望儿岩还要重的沉重负担，日夜不息地劳作着、挣扎着、喘息着，这几年咱家又经历了人世间难以想象的劫难。爸爸累得腰弯了，妈妈累得眼睛几乎失明了，大哥腿摔断了，二哥你又摔死了……这到底是为了什么？这到底是为了什么！

二哥，记得我考上大学的第一年你送我上学的情景吗？你和妈妈送我到县城的汽车站，看到妈妈头上的白发和憔悴的面容，我哭了。你用你的手给我擦眼泪，一边擦一边说：小林，你安心上学，咱家能出你这个大学生是爸爸妈妈的骄傲，也是咱们兄弟的骄傲。爸爸妈妈由我照顾，你放心，到了学校给二哥写信。说着说着你也哭了，咱弟兄俩抱着哭成一团。

二哥，人生的道路你还没有迈开第一步就为了我匆匆忙忙地走了，你一个人孤零零地走了，听说你临咽气前还喊着我和妹妹的名字。

二哥，我趴在你的坟前，一种负罪感压得我的头实在抬不起来，我不敢也无脸面对这荒草萋萋的孤坟。我不知道该用什么样的话对你说，才能减轻我心头上的压力，我心灵上的创伤永远难以弥合，我今后只能加倍孝敬爸爸妈妈，代你尽一份孝心。

我把你坟前的黄土包了一包，带在我的身边，让它永远伴随着我。

念到最后，我的眼泪已经滴湿了文稿，李敏兰哭得坐在了地上，小林大声哭着跑出了屋子。停了好一会儿，李敏兰从地上爬起来看着不说话的我，心疼地说："小林这娃乖得很，回到家里，啥活都干。给人家套苹果袋、供匠人，下苦出力，为了多挣几个学费，减轻我和他爸的负担。每年上学时总让妹妹多拿些钱，他一月的生活费只花二百元。我想起我娃在外边受苦，我的心都碎了。去年的学费没交够，差学校三千元，考试时学校不让娃进考场。娃给我打电话，我只听到我娃在电话里叫了一声'妈'，再也不说话了。我再问，电话里却没一点声音，我急得哭了。娃听到我的哭声，哭着给我说，学校逼着要学费。我忙给娃说，明天就给你汇去。其实说这话时我心里也没底，回到家我和他爸商量，磕头求人，也得给娃把学费求够。最后还是借了黑贷，才给娃把钱汇去。"

不知什么时候，小林又回到屋里，接着他母亲的话说："我明知道家里没钱，但学校又逼得紧。电话里实在张不开口。越想心里越难受，家里给我付出的太多了。"小林再也说不下去了。

李敏兰看到儿子难过的样子对儿子说："好娃哩，你不要难过了。家里的窟窿再大，有你爸你妈填哩。这老天爷也太不公平，你看富人家的娃娃上学咋那么轻松。不愁吃，不愁穿，不熬煎学费，不熬煎没钱花。咱农民的娃娃不但没钱交学费，还要操心家里的事。这世间不公平的事太多了。"

我望着李敏兰眯着的眼睛问："你的眼睛怎么了？"

没等李敏兰开口，小林说话了："我家的事不顺。我二哥死后，我妈在炕上睡了一个月。为了我兄妹两人的学费，我妈不知在背后流过多少泪，眼睛是哭成这样子的。但我妈还不让我兄妹知道，点眼药时总避着我们。"

李敏兰说："我女儿过年回来，知道我的眼睛不好，哭着给我说，妈，你先用眼药把眼睛控制住，等我工作了，一定给你看眼睛。我给女儿说，妈的事不要你操心，只要我娃大学上出来，过上好日子，妈眼睛瞎了也心甘！"

李敏兰停了一下又说："世上就是这样，父母的心最大，天大的事心里都能放得下。你自己的难处何必要让娃娃分担呢！"

李敏兰这几句话又震惊了我，一个山沟里的农村妇女说出来的话让那些语言大师也想不到。真正的情感来自于生活，闪光的语言来自于人民。

李敏兰望了望小林，转过头来对我说："我和他爸都老了，山沟里也住惯了，不要他们管。唯一牵心的是大儿子还没娶上媳妇，我只一个要求，就是要他们工作后，一定要照管他大哥，这也算是他兄妹两个对我和他爸的回报吧。"

李敏兰和小林送我们走出门，我望见对面望儿岩坡上有一群羊。一个男人手里拿着鞭子，追赶着一只羊，腿一跛一跛的。

我回过头看了李敏兰和小林一眼，又转过身朝着对面的沟坡，心里默默地祈祷着：老天爷保佑，千万不要让这个家庭再发生任何不幸的事了。

二十年守寡吃苦，妈为的就是你姐弟俩能上大学

母亲为了彤彤和天天，受尽了人世间难以想象的苦和难，靠捡垃圾维持生计、供养儿女上大学。儿子研究生毕业了，女儿出国留学回来了，母亲却静静地躺在坟墓里。

今天是清明节，渭北的天气还有点寒意，彤彤和天天备好了纸钱、面食、祭果、柳条，扛着锨，步行着到父母的墓地拜祭父母。一路扫墓的人很多。路上的人，彤彤和天天几乎全认得，姐弟俩看着这些曾经和父母在一块干活、在一块吃苦的叔叔、婶婶们，心里更加想念母亲了，眼泪禁不住地涌了出来。

叔叔和婶婶们看着在自己身边长大的彤彤和天天，也难过地落下泪。他们说，秀英走得太早了。

父母亲的墓地在十八坎。彤彤和天天小时候经常跟着母亲在十八坎翻地、拉耧、锄地、拉粪、割麦。不同的是现在这儿变成了村上的公墓地。彤彤和天天来到父母的墓前，墓上开满了迎春花。墓前立着一块青石墓碑，碑上刻着“严父杨大志慈母柴秀英之墓”，碑的落款刻着“女彤彤，

儿天天拜奠”。

看到母亲的名字，彤彤不由得全身扑到墓碑上，随着一声撕心裂肺的“妈”，昏了过去。天天一边喊着姐姐，一边捶姐姐的背。好长一会儿，彤彤才哭出声来。天天跪在地上喊着妈妈也哭了起来。

正是中午，墓地上扫墓的人陆陆续续地回去了。姐弟俩让人心碎的哭声在静悄悄的四野中显得格外凄凉。墓前纷纷扬起的纸钱灰，也被感动得在空中随风飘舞。

天天把带来的柳条插在墓顶，又往坟上添了几锨新土，然后哭着说：“姐，点纸吧。”

彤彤停止了哭声，和天天一起摆好冷面和祭果，跪在父母的墓前，一边烧着纸钱一边抽泣着。彤彤想着冤死的父亲和苦死的母亲，想着想着，又喊着妈妈哭了。

二

彤彤的爸爸和妈妈都是回乡的“老三届”。1970 年全国轰轰烈烈搞“一打三反”运动，爸爸因说了句“天大地大不如父母的恩情大，河深海深不如父母的恩情深”，被大队运动领导小组定为现行反革命分子，让群众扭送着交给县上专政机关。当时反对伟大领袖就是死罪。彤彤的爸爸越想越害怕，路过沟边，趁押送的人不注意，跳沟自杀了。

运动领导小组还是不肯放过这已死去的人，决定立即召开现行反革命分子杨大志的批斗大会，就是死了也要在他身上踩上一万只脚，让杨大志永世不得翻身！批斗会上，彤彤和母亲穿着孝服站在父亲尸体两边，母亲还被戴上了一个高帽子。彤彤脖子上也挂个“反革命分子孝子贤孙”的牌子。当时母亲正怀着天天，彤彤才四岁。母亲后来对彤彤说：“当时你戴的纸牌子都挨在了地上。”

批斗会开完，那些“阶级斗争”的勇士走了，有些胆大的叔叔阿姨到彤彤家帮助彤彤的母亲料理丧事。母亲让李叔给父亲剃了头，洗了脚，衣服没换，家里也没有新衣可换。晚上，父亲的遗体放在炕的中间，母亲睡在父亲的身边，彤彤睡在父亲的另一边。彤彤当时小，根本不知道害怕。母亲后来回忆起这件刻骨铭心的事说：“那天晚上，我没一点泪，没一点怨，没一点恨。我只是在想，‘文化大革命’开始时，我和你父亲也是红卫兵。我们的狂热，我们的激情，我们的忠诚，我们的热爱，是无法形容的。我们批斗过三家村、四条汉子、走资派。从来没想到这个厄运会降到自己头上，而且更惨。”

父亲下葬那天，运动领导小组的组长又领着一批“阶级斗争”勇士，来到墓地，把父亲的尸体从棺材里倒在地上，扒光衣服，抬着扔进了墓坑。又把四扇破门板钉成的棺板，扔在了墓坑里父亲的尸体上。父亲在一片打倒的口号声中，到阴曹地府见他的“祖师爷”去了。

三个月后，母亲生下了天天。天天六个月时，母亲就被生产队派到曹家河参加西韩铁路“全民筑路”大会战。为献礼，这条铁路必须在 12 月 26 日通车，曹家河的铁路土桥也要按时完工，工地上成千上万的民工拉土筑路。因为是现行反革命分子家属，母亲必须到最艰苦的地方劳动改造。

母亲锁上家门，怀里抱一个、手里拖一个，来到了曹家河。为了不让经常哭闹的天天影响别人休息，母亲特意在半沟找了个土窑洞住下。求人帮忙，抬来一块石条放在窑洞里，上工时，把姐弟俩用绳子拴在石条上。

母亲每顿吃饭定量是半斤，两个馍、一碗汤，她把饭领回来和彤彤一块吃。从家里拿来的炒面，给天天冲着喂。也多亏一些好心的姨姨婶婶们，时常给这母子三人送一点吃的，才让他们渡过了难关。这样的日子，母子三人过了三个月。

母亲从铁路工地回来，身体越来越弱，彤彤和天天患了营养不良症，又瘦又小。但母亲必须天天下地，不下地就没工分，没工分就分不下口粮。母亲下地时用架子车拉上两个孩子，到了地里，两个孩子在地头耍，母亲在地里干活。左邻右舍的叔叔婶婶们待彤彤和天天也真好。有一回，母亲正在田里干活，下起了大暴雨，母亲拉着彤彤和天天往家跑，母子三人都淋成了落汤鸡。结果三个人病倒了一双半，病得很重，多亏叔叔婶婶们的照顾，母子三人才得以活命。

农村经济改革后，母亲虽然苦点，但家里日子比过去好多了，粮食够吃了。让母亲更欣慰的是彤彤和天天都上了学，学习也很好。母亲多年麻木无表情的脸上有了笑容，眼里也有了泪水。

二

天天望了望墓碑上母亲的名字，说："妈！有一件事我至今都觉得对不起你。你孤身一人直到累死，都是我的过错。我和姐姐一年一年长大了，你的负担也一天一天地加重了。你感到日子实在过不到前去，在邻居的劝说下，想招赘一个丈夫。有一天，邻居领来一个外地男人。我正吃午饭，听出了大人谈话的意思，我狠狠地瞅了那人一眼，又瞅了你一眼，把筷子摔到地上，扭身就走。下午，我从学校回到家，看到桌子上放着父亲的遗像和你脸上明显的泪痕。见我回来，你把我抱在怀里，用满是泪水的脸贴着我的脸说：天天，妈对不住你，妈不嫁人。妈即使变牛变马也要把你们姐弟俩养大教育成人。只要你们书能念到哪儿，妈妈就供到哪儿。我觉得您说话时，眼泪在唰唰地流着。”

彤彤用手帕擦着墓碑上的灰尘说：“爸爸当时不走或许不要紧，他一死这个家庭的重担全搁在妈妈的肩上。咱姐弟俩上了大学，妈妈的担子更重更重了，日子过得更苦更苦了。记得我上高三那年，学费实在交不起，妈妈求到大伯家。大伯在县城当医生，虽然医术一般，但能说会道，一直是个红医，也不少挣钱。爸爸出事那阵子，大伯和爸爸已划清界限，断绝了来往。后来看到咱们母子的凄惨生活，更怕连累他。有时逢年过节走走，也都是一般应酬。大伯家有两个孩子，学习不怎么样，都自费上了大学，毕业后拿着钱到处找门路，现在都工作了。大伯家的人从来没到咱家坐过，咱家的人到大伯家也从来没坐过。妈妈给大伯说明来意，大伯一边品着乌龙茶，一边说，你能把娃娃拉扯这么大，就对得起大志了，还上什么大学？你看你，都快到90年代了，穿的鞋还露着脚尖，还想供娃上大学？别做梦了。回家去吧，让娃停了学打工挣上几个钱，先把房子盖了，房子那么烂，以后谁给天天说媳妇，不要让我弟弟大志绝了后。几句话说得妈妈脸煞白，妈妈头也不回地走了，发誓再也不到大伯家去。”

彤彤擦了擦眼泪，继续说：“妈妈为了把咱们供进大学，盯上了捡垃圾的生计。妈妈每天天明前赶到县城，四个街的大小垃圾堆成了母亲劳动的场所，夏天臭气熏天，蚊蝇乱舞，常人难以忍受。有时到单位捡垃圾，常常被单位看门的当贼轰出来。街道上一些顽皮的小孩，还在母亲手上抢夺他们扔在垃圾堆里的塑料瓶。

“有一年腊月，天快黑了，外边下着大雪，妈妈还没有回来。我到村外接妈妈，只见白茫茫的雪地上，有一个黑点在艰难地移动着。我走前一看，妈妈捡了满满两袋破烂，扛不动，拖着往家走，五里多的路呀，可妈妈却高兴地说，快过年了，垃圾比较多，回来迟了。我望着妈妈疲倦苍老的脸庞，眼泪滚了出来。

“我没说话，接过妈妈的垃圾袋扛在肩上往家走去，路上，眼泪不停地往下淌。晚上回家后，我躺在床上悄悄地抽泣，妈妈实在太苦太累了！我们为什么只图舒服而给妈妈造成这么大的灾难和痛苦？我坐起来几次想给你写信，商量停学的事，但几次都没写成。我的想法让妈妈知道后，她大哭了一场，说我二十年守寡受贫，别人没吃的苦我都吃了，别人没受的罪我都受了，为的是什么？为的就是你们姐弟俩能出人头地。妈妈不图什么，只图别人说我的苦没白下；只图别人说，大志的两个娃，就是比人家的娃强。我和妈妈抱着哭了一夜，从那以后，我学习更刻苦认真了。”

二

三年前，彤彤公派到国外留学。天天两年前研究生毕业，分到西安。彤彤问天天：“我去国外前在家待了十几天，那十几天是咱们家最幸福的十几天，你能记得吗？”

天天说：“才几年，还能忘掉？”

那年农历八月十五和国庆节只差一天，节前，彤彤和天天赶回家，不让妈妈再捡破烂。彤彤对妈妈说：“上大学欠的几万元债，不要妈妈操心，我毕业后还。”妈妈却说：“我还没到做不动的时候。多少捡点，卖多少钱是多少钱，给你们添不到斤总能添到两。”

八月十五晚上，母亲取出自己蒸的月饼，还有院里枣树上结的大红枣和石榴。母子三人围在一起，一边吃一边看月亮。天天最爱吃自家树上结的大红枣，大红枣又甜又脆。

小时候，母亲不准天天随便上树摘枣，枣要晒干后卖掉，给家里补贴一点零用。天天嘴馋，一次，趁母亲不在，偷偷上树摘枣吃。刚爬上树正在摘枣，母亲回来了。天天有点怕，踏断了树枝，掉在地上。这可吓坏了母亲，她背着天天，跑了五里路到县医院检查，幸亏没事。晚上，母亲搂着天天哭了。第二天母亲摘了好多枣，让彤彤和天天吃。

彤彤和天天都爱喝母亲煮的枣沫糊，枣沫糊既甜又香。上了大学，寒假回家，母亲早晨第一顿饭就是枣沫糊。彤彤还爱吃母亲蒸的月饼，月饼里填着椒叶、芝麻，又香又好吃。母亲每年把月饼风干好，然后用绳子穿起来挂在屋里的墙上，给彤彤和天天烤着吃。

彤彤在月光下看到母亲消瘦的脸，心想，我要到国外去了，妈妈谁来照顾？心里有点酸楚。彤彤拿来梳子给母亲梳着头，天天趴在母亲腿前，两手撑着下巴，望着她。

天天忽然说：“姐姐，我发现妈妈今晚特别漂亮。”那晚，十五的月亮映照在母亲的脸上，彤彤和天天霎时觉得满院生辉。月亮格外明亮，母亲格外慈祥，世上最伟大的是母亲，天下最明亮的月亮是故乡的月亮。

过了八月十五，彤彤去了国外。谁知这一去，便永远再见不上母亲了。

去年八月十五晚上，彤彤在国外接到天天的电话，说母亲过度劳累，猝然去世！母亲临终前叮嘱，彤彤远在国外，不能影响学业，不要让彤彤赶回送葬。母亲弥留之际，还喊着彤彤的名字，其实，她心里实在希望能见上彤彤一面。

四

彤彤和天天在墓前大声喊着妈妈，又哭了。彤彤说："妈妈为了让我们走进神圣殿堂，耗尽了心血。妈妈是被我们姐弟俩累死的，妈妈不但给了我们生命，还是我们的上天梯，是我们的拉车牛。"

一声汽笛，路边停下了一辆小轿车。大伯和他的儿子走下车来。还没到墓前，大伯便热情地喊着："彤彤！天天！回来为什么不给大伯打招呼？现在回吧，大伯今天招待你们。大伯的家就是你们的家。"

彤彤和天天婉言谢绝了。彤彤说："我们还要在爸爸妈妈墓前多待一会儿，你们回去吧。"

大伯两手一摊，装出难过的样子说："人死了，节哀吧！"

彤彤看着大伯势利的样子，对天天说："不要怪怨大伯，有势必有利，要利必靠势。这是世间实实在在的规律，何必怪大伯呢？"

儿子上学，父母掏钱，这是天经地义

两个大学毕业的儿子，过春节回到家，要算父母的账。母亲说，儿子上学，父母掏钱供给，这是天经地义，不必记账。父母花儿子的钱，心里一定要有本账，儿子的钱来之不易……

党玉环共五个孩子，四个儿子，一个女儿。大儿子病死也有十年了，二儿子在农村，女儿也在农村。四年前，三儿子大学毕业在北京工作。四儿子大学毕业，在云南工作了两年。今年春节，三儿子、四儿子都回到家过年。

三儿子两年前和四儿子春节一块回家后，再没有回来过。

四儿子去年春天在云南结婚，党玉环和丈夫身体不好，农活也忙，没有去。三儿子从北京赶到云南，代表全家参加了弟弟的婚礼。

三儿子毕业后每年给家里寄一千元，四儿子毕业后每年也给家里寄一千元。巷里人羡慕地说，你们养了两个好儿子，苦没白吃，功夫没白下。党玉环和丈夫听了以后，心里也高兴，总爱在人前提起儿子的事。

三儿子和四儿子今年前半年每人给家里寄了五千元，说今年春节他们和媳妇还有三儿子的孩子一块回家。让母亲把房子粉刷一遍，顶棚也换成新的，再买上一套煤气灶，买个大电视。

可是党玉环什么都没办，只花了一千元买了彩电，这钱还是花的家里的钱。两个儿子在西安相聚，腊月二十八下午一块回到家。到家后，见院子、房子依旧如初，两个儿子的脸上露出了不高兴的样子，但什么都没说。

除夕晚上，吃完饺子看了一会儿电视，媳妇和孙子嫌电视小，又说房子没暖气，太冷，都回房睡去了。两个儿子却没走，吃着瓜子和母亲父亲说话。

三儿子说："我工作后一年给家里寄一千元，你们舍不得吃，舍不得穿。你们说家用大，还有老四上学。每年我另外还三千元的账，现在已还了四年了。老四毕业后每年也给你们寄一千元，每年也还三千元的账，你们还是舍不得吃，舍不得穿。你们看，家里这个寒酸样子，进了房子像进了黑窑洞。你的媳妇和你的孙子本来就不愿意回来，村里人知道内情还罢了，不知道内情还骂我们弟兄两个没给家里寄钱，对父母不孝顺。"

四儿子接着三哥的话说："我结婚时家里没给钱，我不怪你们，我知道家里没钱。妈捎来一卷粗布，我们都很高兴。我和我三哥商量，今年过年我们都回家来看你们。也提前给你们寄来了一万元，让把家里收拾一下。我媳妇是第一次回咱家，起码要有个好印象。可是……不知道你们把钱都干啥了？"

两个儿子你一句我一句地责问父亲和母亲。父亲不说话，坐在炕沿上使劲抽旱烟。党玉环心里盘算着怎样给两个儿子交代。停了好一会儿，三儿子见两个老人不说话，似乎有点生气，对母亲说："妈，你管家事呢，你说。"党玉环心想，看样子两个儿子今晚上要和我们算账了。是啊，给了一万元，啥事都没办。每年两千元的零用，又说不出花在什么地方，的确没办法给儿子交代。党玉环看了看丈夫，丈夫还是抽着他的旱烟，不说话。四儿子站起来说："你们不说算了，我们睡觉去。"说着就要走。

父亲猛地把旱烟锅往炕墙上一放，声音不大，但却有点威严地说："坐下！"

看到父亲严峻的脸色，两个儿子愣住了，慢慢地坐在原来的位置上。

两个儿子毕竟是大学生，而且工作了，不像原先上小学初中时那样怕父亲。三儿子放缓了声音说："爸，你不要生气，我俩随便问问，心里有个数，也是为了咱家好。"

父亲绷着的脸松了下来，随之眼睛闭上，两道粗眉又紧紧皱在一起，鼻梁上皱出个"川"字。过了一会儿，他强忍住泪水，微微颤动的嘴唇刚要张开又闭住了。

党玉环看了看丈夫，又看了看两个儿子，用埋怨的口气说丈夫："你看你那样子，老脾气又犯了。两个孩子大老远回来，大过年的，你耍什么凶？你就不能好好地给娃娃说。"

父亲看了看两个儿子，缓了一口气，拿起烟锅继续抽他的旱烟。党玉环从炕上下来，打开柜子，从柜子里取出一卷纸说："妈没你们的文化高，但能记个流水账。你们上学时，妈花的钱多，没办法记账，也没必要给谁报账。儿子上学，父母掏钱供，这是天经地义。你们上大学欠人家的债，除过你们还的一万多元外，去年和前年，家里养羊和卖玉米的钱，能收入两三千元，也给人家还了债，现在还欠人家三万八千元。你们第一次寄钱回来，我和你爸商量，孩子的钱挣得也不容易，花孩子的钱心里一定也要有个数，给孩子要能说到前去。”

党玉环把一卷纸放在桌子上说：“你们寄的钱全部记在上边。”说完靠炕墙站着。弟兄俩你看着我、我看着你，谁也没去拿桌子上的“纸卷账”。母亲刚才的一席话像一根根鞭子抽打着弟兄俩的心。老三懊悔地低下头，老四也低着头，眼圈有点红了。

党玉环望着两个儿子，自己开始给儿子报账：“你们每年寄的两千元，我和你父亲能花二十年，每年一百元足够我两个人的零用。钱全部给了你大哥和你二哥的娃上学用了。”母亲擦了擦眼泪说：“你大哥当年当兵转业到县里一家工厂，你们姊妹多，家里的费用全靠你大哥维持。你们上初中高中时，你大哥经常给你们钱。后来，你大哥的厂子倒闭了，你大哥病死的时候，老三上高中，老四上初中。你大哥把我和你爸叫到跟前说，老二在农村没啥指望了，一定要让老三和老四上大学。你大哥给你大嫂再三叮咛，要帮助老三和老四。老三上大学那一年，我为学费急得团团转，离开学只剩三天了，还不知道学费在哪呢。我哭，你爸哭，你也哭。最后你大嫂把你大哥单位上给的五千元子女生活费全拿出来，给你交了学费。我说不要，你还有孩子。你大嫂说，现在还能将就，到孩子大了再说。”

老三止不住哭起来，老四也在抽泣着。党玉环继续说：“你二哥小学毕业就不上学了，从小在生产队劳动，给家里挣工分。他脾气坏，爱打架，经常为了护你弟兄俩，和别人打得头破血流。在地里摘回来的枣、桃、杏，总要和你们弟兄一人一份。小时候他领你们到酸枣沟里摘酸枣，让你们在崖下站着，他上到崖上摘，结果一脚踏空，摔了下来，脸上全被枣刺划破了。每次做的好饭，你哥总说给你俩多留一点。你二哥结婚后，经常让你二嫂做好饭给你俩送过来。你们上大学了，你二哥每年总要给你们每人拿上三四百元，他也没钱。”

党玉环说到这儿泪如雨下，两个儿子忙走到母亲身边安慰母亲。

“你大哥和你二哥的孩子同时考上高中，同年考大学。你们给的两千元我每年一个娃给一千元，给钱时总说这是你三爸和你四爸给的钱。今年两个娃都考上了大学，没有学费，你二哥和你大嫂发愁得吃不下饭。你二哥跑了三家才借了二十五元钱，就差给别人跪下磕头了。就这你二哥和你大嫂也没求你弟兄两个。他们说，你们可能是城里住惯了，两年都没回来，现在总感觉到和你们中间隔了一道墙，不好意思去求你们。况且你们每年每人还给娃寄一千元。

“我和你爸商量后，决定把你们寄来的一万元给两个孩子。给钱时我说，这是老三和老四听说娃考上大学，每人寄来了五千元，你大嫂和你二哥感动得直哭。”党玉环说到这儿，哭出声来，两个儿子忙给母亲擦泪。

党玉环的丈夫站起来磕了一下烟锅说：“这就是你妈给你们报的账，你们弟兄俩掂量掂量，看怎么办呢？”

弟兄俩低着头，依偎在母亲身边，谁也不说话。老三想起了二哥，二哥比他大五岁。八岁那年，二哥领着他一块灌田鼠，他的脚让蝎子蜇了，疼得在地上打滚。二哥用砖把蝎子狠狠地砸死，然后哄他，再哄也哄不住。二哥看着他那红肿的脚急得眼里直掉泪，用嘴含着他的脚狠劲地吸着，直到他不哭为止。回家时，二哥背着他，天正当中午，过路的人看着二哥满脸汗道道，咬着牙、吃力的样子，都逗得笑了。想到这儿，老三的眼泪流下来。

党玉环又从柜子里取出两个袱子，给两个儿子说：“你姐听说你两个过年要回来，腊月给你们赶着织了些布。”

党玉环一边说着一边解开袱子，一个袱子是给老三的，里边有几条粗布单子，还有一双布鞋。一个袱子是给老四的，两条粗布单子，十几条小娃用的尿布，也有一双布鞋。党玉环望着两个儿子说：“你姐说，你们从小到上高中穿的鞋都是她做的，现在她做的鞋不知道你们爱不爱穿。”

弟兄俩这时的心全叫泪淹了。他们想起姐姐给他们做饭、纳鞋的情景。老三拿起姐姐给自己纳的鞋对母亲说：“妈，给你们寄的钱你们花。两个孩子上学的事我们管，到了姐姐的孩子上学时我们也管。”老四看着母亲也点了点头。

党玉环看着两个儿子破涕为笑说：“你们的工资都不高，妈和你爸不花你们的钱，还是给娃添上。”

党玉环的丈夫狠狠地吸了一口旱烟，对两个儿子慢慢却坚定地说：“大年初一早晨，你大嫂和你二哥两家人都要过来拜年。给你两个媳妇说，放亲热点。今天下午你大嫂和你二嫂过来，你看你两个媳妇的样子？在这家里不要把家分成城市和农村两大阵营。”

这存心是不想让农民的孩子进大学门

一个当了将近三十年农村支部书记的老太太，四个孩子没有一个吃公家饭，她觉得太对不起儿女了。现在三个孙子上了大学，为了孙子上学，她舍下老脸，村里借、县上借、省城借，不该跑的路都跑了，不该进的门都进了，不该说的话都说了，不该流的泪都流了。

我进了老支书的家门，老支书一边用拐杖敲打着地，一边喊：“党同志，你是咱县上有名的文化人，你说现在这到底是个什么事情？一个娃上大学得五万元，这要吃农民的肉哩。”我望着眼前这位老太婆，只是笑，没说话。

老支书的村子和我的村子过去是一个公社。我当时担任镇上毛泽东思想文艺宣传队队长，经常到老支书的村上演节目，和老支书很熟识。当年，老支书是县上有名的女支部书记。从 1958 年公社化一直干到 20 世纪 80 年代中期卸职，当了将近三十年的支部书记。她的丈夫当了二十多年饲养员，人老实，不爱说话。据说，老支书结婚那阵子，夫妇被大家誉为当地的春生和秋燕。老支书的丈夫在 2000 年去世了。老支书当干部时，作风过得硬，说是钉子便是铁。

她一心为公，一心为社。老支书开会时经常说的一句话是，“当官不为民做主，不如回家卖红薯”。

老支书一生最大的遗憾是四个孩子都没安排好。四个孩子文化最高的初中毕业，“文化大革命”中的初中生，可以说是什么也没有学下。老支书过去教育孩子说：“赵树理那样的大作家的孩子都学理发，何况咱们的孩子。咱的孩子是贫下中农的后代，一定要继承贫下中农的优良传统，立志当一辈子农民，韩梅梅是你们学习的榜样。”随着四个孩子一个一个长大，老支书给三个儿子一个一个娶了媳妇，最后又嫁了女儿。她给三个儿子盖了三间杨木厦房，一间用山棍棚的灶房。老支书高兴地对人说：“我的任务完成了。”老支书老伴在世时，她和老伴一块生活。老伴去世后，她和三儿子一块生活。儿子们经常埋怨她：“你当了一辈子支书都给家里干了啥？四个娃连一个吃公家饭的都没有。”老支书几十年引以为骄傲的是给孩子每人盖了三间房子，她认为这是自己给儿女们立的功劳。但孩子们却说：“房子现在拆下来给人都没人要，你真是白当了几十年支部书记！”

老支书说起孩子骂她的话时，既生气又懊悔。老支书说：“没给孩子置下家业我不悔，我落了两袖清风，一尘不染，心里就满足了。悔的是当时没让孩子上学，没让孩子吃公家的饭，没把自己的孩子推荐上大学。当时每年招工大队都有指标，每年公社都要推荐几个孩子上工农兵大学，为什么自己就榆木脑子不开窍，从没有想到给自己的孩子谋些前程呢？当年招了工的，上了大学的，有的当了局长，还有的当了县长，有的在大城市里工作，多红火，多气派。人常说，前三十年看父敬子，后三十年看子敬父，这是真的。前三十年我当支书的时候，村里人见了我的孩子脸上都堆着笑，现在不行了。巷东头老光棍田光荣的儿子，在我手上推荐上了工农兵大学，现在当了一个单位的头头，田光荣身价马上高了百倍。巷里的大小人见了田光荣都点头问好。”老支书说到这儿，气得拐杖在地上直戳。

老支书家的情况我略知一二。大家也经常在一块议论老支书的孩子对老支书的埋怨。老支书四个孩子日子过得都比较苦。但大家议论更多的是，现在，老支书有三个孙子上大学。老支书为了三个孙子上大学，比三个孙子的父母亲吃的苦还大，受的熬煎还多，流的泪还多。为孙子的学费，老支书经常拄着拐杖在巷里巷外骂街。

我问老支书：“现在还有几个孙子上大学？”老支书说：“一个毕业了，还有两个。”没等我再问，老支书又骂起来了：“现在党的政策真好，中央也知道爱民，体察民情。农特税免了，听说还要免征农业税。养儿当兵，种田纳粮，现在粮都不纳了，哪里有这样好的政府。但为什么大学学费却这么高？一个大学生一年的学杂费用，顶我三十年给国家交的农业税，这存心是不让农民的孩子走进大学门嘛。”我打断老支书的话说：“你家里有一个大学生足够了，谁让你考了三个大学生，一个学生五万，三个学生十五万，你的筋骨挣断上二十次都不行。”老支书叹了口气说：“有啥办法，四个孩子六个娃，按照我的老观点，干啥都一样，有坐车的必有开车的。但年轻人想法不一样，也可能我过去的想法错了，现实情况我也看得害怕了。我的思想开始随着社会在变，随着孩子的思想在变。”老支书说到这儿，语气似乎有点缓下来。我和老支书逗笑地说：“三个娃上大学有他爸他妈，你何必挣得浑身出气。”我进门后一直站着的老支书这才把拐杖放在炕墙边，顺便拉了一个圆凳子坐下来，用手理了理剪得整齐的白发，双手放在膝盖上，似乎想着什么。停了好一会儿，我发现老支书的眼泪从两个眼角慢慢流下来。我认识老支书几十年了，从没见过老支书流泪。老支书从腰间取出一个蓝格子粗布手帕，擦了擦眼泪又诉说起她的苦处：

“本来说孙子是隔辈人，我也老了。但我看到四个孩子的日子过得那么艰难，心里总感觉对不起孩子。三个儿子四个娃，有三个考上大学。女儿当初嫁到河里，生了两个娃，一个上初中，一个上高中。前年开学那阵子，四个娃开学学费要两万多。老二和老三在外打工，打电话回来说他们工钱一直要不下，我在县上的人熟，让我想办法，借也好，贷也好，都给他们记下，权当是我供他们上大学呢。你说这些孩子混账不混账，我一个老太婆到哪儿去借？原先认识的领导都老了，退休了。那多年，我老伴一直拉着架子车赶集卖菜。老伴抗美援朝的生活补助费，我俩也没有舍得花，总共攒了两万元，原计划给女儿往塬上搬迁用。谁知第一年大儿子的儿子考上大学，要去了五千元。第二年老二和老三两个女儿同时考上大学，又拿出一万元，老底子全给抖搂完了。现在以我的名义借人、贷人将近十万元。”我望着至今仍受人尊敬的老支书说：“看来，你的老面子还在呢。”老支书长长地叹了一口气，无限感慨地说：“口里虽说不管，你看不管行吗？大儿子身体不好，那年修铁路翻了车，至今腰落了个残疾。老二、老三常年在外打工，也挣不了几个钱。有时干一年，老板一跑，工钱全完了。三个媳妇每年到娃开学时，都围在我面前哭哭啼啼。孙子一大堆，你今天围在面前喊没学费，她明天打来电话说，奶奶，我生活费只剩十元钱了，你说当奶奶的心疼不心疼？我只得拄着拐杖，厚着老脸皮，东家进西家出地借钱。有时我心里想，当初咱有些私心让孩子去干公家的事，我到了老境哪有这样难？”老支书说到这儿压低声音对我说，“党同志，想想过去，我红红火火几十年，也跟着上边的瞎指挥做了好多对不起农民的事，这可能是报应吧。但你说报应也不一定，当年当公社书记的老乔，每个运动他出的‘左’点子比谁都‘左’，可人家现在一个月退休金一千多元。孩子虽没念多少书，但不是当书记，就是当镇长。老乔至今还常在人前炫耀他过去的辉煌。你说这到底是啥原因？”我说：“这个答案让我们这辈人慢慢找吧，假使当年创亩产三十万斤的‘卫星田’、全民大炼钢铁、办公共食堂、正月初一开门红、全民大会战、向荒山开战等，这些‘左’得出奇的运动是劳民伤财，是坑害农民的话，那么，过去干农村基础工作的干部，都应该好好地反省一下，这些到底是为什么？”

老支书又给我补充了一句：“我当年是一个公认的农村好干部，但不是一个好母亲。”老支书接着又给我讲她借钱的一件事：“去年开学借钱实在没地方借了，不该跑的路都跑了，不该进的门都进了，不该说的话都说了。最后想起上世纪60年代初公社的窦书记。窦书记人好官也当得大，80年代当了地委书记，退休后定居在西安。我到西安找到窦书记，进了人家家门吓得不敢动弹了。我也是见过世面的人，60年代、70年代在西安丈八沟和人民大厦都开过会，哪有窦书记现在住的房子豪华。窦书记倒是热情地和我拉家常。窦书记的两个儿子都是我看着长大的，现在一个在国外，一个当领导。听到这些话，我都不敢说我的孩子做啥。谁知道窦书记知道我四个孩子全是农民时，笑着说，好啊，全部在农业第一线，现在国家很重视‘三农’问题。我说明借钱的来意后，窦书记当即拿出一万元给我，并非留我吃饭不可。窦书记知道我这个女支

书能喝两杯酒，打开他的酒柜子，啥酒都有。外国的、中国的，叫也叫不上名字。窦书记说，这全是儿女们孝敬的。窦书记挑来挑去说，还是喝中国的茅台酒。窦书记坐在饭桌前，打开了一瓶茅台酒，这是飞天牌茅台，一瓶五百多元。我望着飞天牌茅台酒，心想，一瓶茅台顶我孙子两个月的生活费。一瓶酒顶我种五亩麦子的收入。我已戒酒多年了，那天见了茅台酒，就不客气地喝了十几杯。”

老支书说着说着气又上来了：“人们过去称学校为清水衙门，现在的大学可不一样了，钱多得很。国家给拨钱，又向学生狠劲地收钱。我村里有个孩子在省上一所大学当副校长，去年回到家里，那排场的我真没有见过，县上当官的都巴结人家。这副校长他爸和我一块当过大队干部，我好意地批评了娃几句，好娃，花学校的钱还是要省点，省着花就能少收学生一点学费。你知道不知道，一个大学生一年的学费和生活费，等于一个农民家三四年的纯收入。这三四年不知道那些在黄土地上刨食的父母要流多少汗，流多少泪。副校长说，这都是国家规定的，我们也没办法。脸上明显是不高兴的样子。”

当我问老支书大孙子的工作时，老支书站起来，拄着她的拐杖又咚咚地敲起地来，说：“现在不讲道理的事你想都想不到。大孙子毕业后，居然找不到工作。我找县上领导给娃安排到县上一个单位，工作一年了，一直没拿上工资。打工不给钱，咱们骂包工头昧良心。给公家干事，公家也不给钱，这就合情合理吗？”骂了一会儿，老支书忽然想起了什么说：“党同志，你去年写了一篇题为《九月的眼泪》的文章，我外孙子拿回来念给我听，你写得真好！现在每年8月和9月人们流的眼泪最多。为孩子上学流泪，为上学的学费流泪。”老支书往我跟前挪了挪继续说：“你们是文化人，能不能写篇文章把有些小品演员批评一下，舞台上把农民全演成歪瓜裂枣。农民再丑也丑不到那种程度，舞台上纯粹拿农民开心哩。现在城乡差别越来越大，越来越让城里人看不起乡里人。”

这时，一个十六七岁的女孩背着半袋子东西走进屋子，说：“奶奶，我妈让我给你送来了半袋子玉米棒。”老支书一看女儿送的玉米棒，又伤心地落泪了：“这是我女儿的老二，在城郊中学上初三。家在河里，离校四十里地，晚上在我这儿睡觉。今天星期天回家，现在才回来。唉，我给几个孙子说，婆婆这把老骨头活不下几年了，也不想享你们的福。你姑家的日子比你们更穷，工作后要照看好你姑，奶奶一辈子最对不起的人就是你姑。”老支书已泣不成声了。

为了给儿子借学费，人瘦了几十斤，脸皮厚了几十层

靠打苇箔为生的一对农民夫妇，为了供一双儿女上大学，寒冬腊月，他们在零下十几度的冰水里割芦苇，芦苇划破了手，划破了脸。两个孩子四年的学费花了十万元，而这对夫妇十年没有买过一件新衣服。为了参加儿子的婚礼，他们花了六十五元钱买了两件新衣服，高兴地笑了……

时值隆冬，赵家大门外两边全部堆放着割来的芦苇，院子里到处放着打好的苇箔。赵光祖和王冬琴每人一台织苇箔机，脚蹬着两个铁板，两手不停地往机子里放芦苇，机子有节奏地响着，八九个缠线的机头上下翻动着，一个个单散的芦苇被织成一卷卷的苇箔。

主人赵光祖和妻子王冬琴见我们来了，忙放下手中的活，招呼我们进屋说话。

我没有进屋，让赵光祖和王冬琴继续干自己的活路，站在苇箔机前我开始了这次采访。

光祖和冬琴一边织着苇箔，一边和我聊。动作熟练而从容，脸上显得很平静，平静中透露出收获后的喜悦。

赵光祖和王冬琴有两个孩子，儿子去年大学毕业，分配到宁波工作；女儿今年考上了研究生。

光祖说："今年，我心里轻松得多了，研究生三年的学费一万元咱一次交清了，剩下的只是娃的生活费。这也和盖房一样，房子修成了，只剩下了粉刷。"

我笑着说："在城里房子里的装修和家具有时比房子还要贵。"

光祖说："咱农民和城里人不能比。城里人图享受，咱农民有个避风遮雨的地方就行了。"

冬琴接着光祖的话说："前几年，盼着放假想见娃，快放假时又熬煎。熬煎娃的学费咋来呢，几个月吃不下睡不好，整得人身子瘦了，脸胖了。"

我不解其意，问冬琴："为什么脸胖了？"

光祖接了话头说："借钱借得脸皮厚了几十层！"

我笑了，顺口说："形容得真不错。"

冬琴又说："每逢收假，娃上学校去了，每晚睡觉前总希望电话铃响，但又怕电话铃响。电话铃没响心里老想着娃这几天学习好吗？够吃不？娃的身体怎样？衣服脏了没有？总之，操不尽的心。又怕电话铃一响娃说要钱，尤其担心娃说没生活费了。"

冬琴说到这儿难过地停了下来，抹了一把眼泪说："听到娃在电话里说没生活费了，我心里七猜八疑的，娃大概饿了几天了，这几天日子是怎么过的？我整个晚上都睡不好，做梦也梦见我娃没啥吃。有一次，梦中我到学校看娃，见娃头发脏乱脏乱的，衣服也烂了，在学校食堂桌子上拾人家娃剩的馍，我难过地抱住娃大声哭了。"

光祖说："我摇醒了她，问她为什么哭，她给我说了梦中的事，我也难过地哭了。一看表，才晚上两点。我俩穿上衣服，一直坐到早晨7点，到村口公用电话亭给娃打电话。娃接到电话说，生活费还剩二十元。我二话没说，赶快到城里给娃汇去了三百元。”

冬琴难过地擦着泪，机子仍然转动着，她忙取了一把芦苇一根一根往机子里填。

我看了看光祖，他刚才那种平静得似乎有点骄傲的神情已不存在了，脸上隐约现出一种痛苦之情，消瘦的脸上挂着泪珠。

光祖又说：“现在终于从学费这座大山下挣脱出来了，这山比什么山都高、都大。

“不想娃受的苦，心里还好受一点，想起娃受的苦我就难过得几天不想吃饭。我娃在宁波上大学，刚到宁波时，吃不惯南方的饭，给我打电话诉说，我接到电话就哭。随后，我四处打听有没有到宁波去的车和人。终于有一天在甘井发苹果的货运站上，找到了一辆去宁波送苹果的车，求人家给娃捎些吃的，求爷爷告奶奶，人家终于同意了。我到家炒了一袋子炒面，烙了几十个饦饦馍给娃捎去。到了宁波以后，炒面还好，娃吃了，可饦饦馍全都坏掉了，气得我把老天爷骂了好几天。”

今天有风，冬天有风就是个坏天气。正值“大雪”节令，人常说“小雪不流凌，大雪不饶人”。我穿着羽绒服还觉得有点冷。光祖却里边穿着一件黑不是黑红不是红的衬衣，外边只套了一件薄羊毛衫。冬琴里边穿着绿毛衣，外边套了件红色的外套，脚手不停地干着活，似乎一点都感觉不到冷。

我环顾了光祖院里的房子，心想，织苇箔的活计主要在冬天，最冷的时候他们是不是还在院子里干活呢？

我问光祖：“再过几天天气更冷了，你们在房子里织还是在院子里织？”

“在院子里织，房子里放不下两个机子，也放不下这么多的芦苇。”

我看着光祖的手，发现手指上贴着几条白胶布，胶布几乎成了黑颜色。我转身问冬琴：“你只知道你娃上大学吃不好，问没问过光祖在这寒冬腊月打苇箔苦不苦？”

冬琴看了光祖一眼，眼泪又掉下来说：“织苇箔还不算苦，最苦的活是割芦苇。”说到这儿，冬琴走下机子，到堆芦苇的地方抱了一大捆芦苇放在光祖身边，然后又抱了一捆放在自己机子旁，继续织苇箔。

光祖家在洽川栖凤村，这个村子每人只有二分土地，祖祖辈辈都靠织苇箔为生。洽川在黄河西岸，夏代曾封为莘国，秦汉设县。大禹的母亲，商汤的妃子，商代有名的宰相伊尹，周文王之妻太姒都是洽川人。天下独一无二的七眼瀵泉也在洽川，最小的一眼瀵泉名叫处女泉，相传与周太姒有关。《诗经》的开宗篇《关雎》，写周文王和太姒的爱情故事，这个故事就发生在这里。当代好多专家教授经过多次考察论证，把洽川定为中华诗歌之源。天下有名的书法瑰宝曹全碑也出土于洽川。同时这儿有很多文化遗址，帝喾陵、四圣母（即禹母、汤妃、太妊、太姒）庙、韩信城、子夏石室、木罂渡、达摩洞等。

20 世纪 70 年代初，当地政府把开发洽川旅游作为县上一件头等大事。由于这儿芦荡面积大，号称天下第一芦荡，是黄河最大的湿地。2004 年洽川被国家确立为国家风景名胜区，随着旅游业的发展，人们对芦苇的保护也有了分歧。专家认为，芦苇不能割。而群众多年形成的习惯看法，认为芦苇割了第二年长得快，长得壮。县上的职能部门如果执行上面的意见，就要断了几千名群众的生路。因此不许割芦苇的标语归标语，口号归口号，宣传归宣传，群众为了生存，到了割芦苇的季节照样下滩去割芦苇，织苇箔卖钱养家糊口，供娃上学。

我曾经采访过割芦苇的人，深秋到隆冬是割芦苇的季节。割芦苇时，割芦苇的人们穿着齐腰的雨裤站在水中，下水干活的人上身不能穿棉衣。农民们早晨出门，晚上10点多才回来，芦苇上浸裹着重重的霜或露。割一天芦苇，全身衣服都被露水湿透，寒风吹来，彻骨的寒冷。割好的芦苇捆成捆，肩扛着芦苇从水地里堤堰上走过，来回数次，最后用架子车把芦苇拉回家。

有的人自己割自己织，割一天织两天。有的人专门割芦苇卖给织苇箔的人。割芦苇有三怕，一怕脚踩进去拔不出来。为了寻找好芦苇，割芦苇的人常常跑到滩中心，有时不小心，脚踩到深泥里，拔不出来，会越陷越深。没有办法，他只得脱下雨裤，把脚抽出来，然后拔出雨裤。光着脚站在冰水里拔雨裤，水冰得人刺骨地痛，一耽误就得半晌，因此割芦苇最少要两个人一块去。二怕天气冷，尤其是下雪。天冷水面结了一层薄冰，冰块极易划破雨裤。水一旦钻进了雨裤，冻得人直打战，雨裤也就报废了，一天割的芦苇卖了也不够买条雨裤。有一次雨裤被冰块划破，光祖还坚持割了一晌芦苇，回来后腿和脚冻得几天没知觉。三怕手和脸被芦苇划破。冬天手被划破后，伤口长时间不能愈合，而且容易冻伤。有一次光祖手上被芦苇划了七道口子，回到家里满手是血，好长时间也长不好。割芦苇的人手上经常被划破，每个割芦苇的人兜里都装着胶布，手被划破了，用胶布一粘便继续割，往往是旧伤没好又添新伤。

站在一旁陪我采访的村支书赵书记说："这两口子为娃上学的确把苦受了，一年织四个月的苇箔。每天早晨6

点织，晚上12点才睡觉，一天能织二十串，一串才卖两元钱。割一天芦苇织两天，一天能挣二十元。”

“一串苇箔只卖两元钱？”我自言自语地说，“这一卷苇箔有多少根芦苇？”

赵支书心里算了算说：“有一千多根。”

我说：“光祖每天手脚要运动两万次才能织成二十串苇箔。而两个孩子一年的学费、生活费，要织一万两千串苇箔啊。”

赵支书说：“这账不敢算，要细算人就没办法活下去了。一万两千串苇箔摆在路边，简直是两座大山。”

我的心情有点沉重。我想，大学生经常搞社会调查，不知道研究过这一类的课题没有。一万元对于当今的大学学校来说，实在是微不足道。但这对于一个农民家庭来说，就是一座大山啊！老支书又说：“光祖的心现在轻松了。以前说话做事，好像总有什么压得他喘不过气来，心里老是沉甸甸的，现在走起路来显得轻松多了。”

冬琴说：“娃的学费和生活费是不能缓的，实在没办法了，缓也是几天，娃娃的事比啥事都重要。前年儿子走时学费没拿够，差四千元。一个晚上，儿子从学校打来电话，说后天下午必须把学费寄来，不然，学校不让上课。我听了这话就慌了，大人在家受累受难，不能让娃娃在外边受委屈。第二天我和光祖没打苇箔，两人分头借款。走时约定，一人借两千，一分不能少。光祖脸皮薄，一分没借下。我见了我娘家哥哥和侄儿，放声大哭，哭了好一阵，才说借款来了。我大哥和侄儿的心都让我哭软了，拿出准备给侄儿娶媳妇的钱给了我三千，还差一千。想了一会儿，为了娃，脸抹下，在村里又跑了几十家，才凑够一千元。第二早晨，赶快给娃汇去，一刻都没缓。”

光祖说："现在我家还欠人三万元的账，慢慢还。不过娃今年要结婚，家里还得准备些钱。"

"孩子结婚在家里，还是在宁波？"

冬琴说："在宁波。十年了，我和他爸没买过一件衣服，穿的全是娃娃退下来的。前几天到城里，给我俩一人买了一件好衣服，总共花了六十五元，准备参加儿子的婚礼。"

说罢，冬琴满意地笑了，光祖也笑了，在场的人都笑了。

我没笑，我轻声地说了一句："两个儿女四年花了父母十万元血汗钱，而父母十年没给自己买一件衣服，为了到宁波参加儿子的婚礼，买了两件衣服，仅仅花了六十五元，就满意地笑了。不知道这笑，对孩子是哭还是笑？"

要让孩子不吃苦，妈妈必须先吃苦

一对双胞胎，生日是二月二龙抬头的日子。母亲从此心里有一个坚定的信念，一定要供两个儿子上大学。为此，她吃尽了苦头。为了两个儿子上大学，母亲半夜去福山，寻找福山的田大姐，求她取走了中签和下签，签筒里全剩下了上签……

魏春生家在村的东头，土墙上挖了个椭圆形的洞，安了两扇旧柴门，这是20世纪六七十年代农村盖房模式的杰作。进了院子，院子很窄，四间西厦房，少说也有四五十年了。紧挨厦房后边盖了一间灶房，灶房对面是一间牛棚，一头不大的黑牛悠闲地吃着草，不时摇着尾巴。

魏春生的两个儿子大龙和小龙从灶房里走出来，可能是在灶房里被烟熏了，两人直揉眼睛。

我看着大龙和二龙，这一对长得一模一样的孪生兄弟，赤裸着上身，裤管高挽着，光脚穿着一双旧布鞋，脸和身上晒得像牛棚里的黑牛，从他们身上找不出一点大学生白净文雅的痕迹。

大龙朝灶房叫了声：“妈，来人了！”

魏春生的妻子秋兰从灶房里走出来，同样用手揉着眼睛。秋兰的个儿不高，头发上满是柴灰，走路明显跛得厉害。

秋兰用手在围裙上擦了擦，笑着领我们进了第一间房子。房子用彩条布遮着顶，墙四壁仍然是当初盖房时抹上的粗泥。土炕上摆着两床旧棉被，席已被人磨得油光。惹人注目的是炕角上放着一摞书，一看便知道这是大龙和二龙住的房子。

秋兰招呼我坐下说："不怕你笑话，真是穷得溜光席哩。"

大龙、二龙没有坐，并排站在一边。我审视着这两个农家大学生，憨厚、纯朴、可爱。又看看他们的母亲——秋兰，尽管身体很瘦小，但瘦小的身体显示出无限的宽厚、慈爱。她看上去尽管有点憔悴，但憔悴中显示出对未来抱着美好希望的乐观。

秋兰五十一岁，丈夫魏春生五十五岁，有两个孩子，大龙和二龙是双胞胎，他俩是秋兰在人前夸耀的资本和骄傲。大龙和二龙过"百日"的时候，秋兰和春生抱着两个孩子走了三十多里路，到福山神灵前给儿子求福，并抽了签，大龙和小龙都抽了上签。秋兰和春生高兴得不得了，尤其是秋兰，逢人便说她两个儿子有贵人相助，将来必定有福气。

福山门前有一个诗人写了一首诗，"吾福不为福，儿女福更福，福从何处来，福山祷神福"。秋兰虽然一字不识，两只手画不下一个"八"字，但这首诗却背得滚瓜烂熟。有时秋兰感觉到苦得实在受不了的时候，便想起了这首诗。说也怪，秋兰但凡想起这首诗，好像自己受的苦马上变成了甜，不管干啥劲头都来了。

大龙和二龙的生日是农历二月初二，二月初二是龙抬头的日子。每年的二月初二，秋兰再忙，都要腾出多半天时间到福山给两个儿子祈福。正因为秋兰满怀对神的信奉和对两个儿子美好的希望，也就坚定了她一定要供大龙、二龙上大学的信念。

大龙、二龙也争气，从小学到高中几乎每年都被班上评为三好学生。他们知道父母的艰难，经常帮助父母做农活和家务。地里一般的农活，大龙、二龙都会。村里人也经常在秋兰和春生跟前夸大龙、二龙，说他们一定比别的娃娃有出息。

大龙、二龙从上小学到高中一年级都在同一个班。高二分科时，大龙分到文科班，二龙分到理科班。随着高中的学习费用日益增加，秋兰和春生的负担也越来越重。春生每天在外打工，过度的劳累和生活的过分艰苦，五十五岁的人看起来将近七十岁的模样。黑黄的牙齿掉得只剩下几颗，头发脱落得也几乎成了秃子。

秋兰为了供大龙、二龙上学，想来想去，拉了个架子车，走街串巷去卖菜。卖菜是个要心眼的营生，以次充好、短斤少两是市场上卖菜的主要伎俩。可秋兰生性老实，不会搞鬼。开始一车菜卖完还不够本钱，同行都笑话秋兰："你笨成这样还能卖菜！"

秋兰心想，要给儿女积福，就得行善；要行善，就不能做缺德的事。所以秋兰坚持自己卖的菜质量要好，分量要够。日子一长，秋兰的菜就越来越卖得快了，下午两三点就卖完了，腾出时间到地里做农活。

菜卖得快归快，但卖菜的确是个苦活。早晨 6 点多到蔬菜批发市场发菜，然后拉着菜车沿着大街小巷叫卖。中午 11 点还得回家给大龙、二龙做饭。冬天下雪如此，夏天下雨也是如此。自己卖菜却舍不得吃菜，但每顿必给两个儿子做一热一凉两个菜。眼看着两个儿子长高了，长壮实了，而孩子的母亲秋兰却越来越瘦、越来越老了。

去年高考，大龙和二龙都考上了一本，一个考到北京，一个考到西安。秋兰和春生又是笑又是哭，秋兰有时笑着卖菜，有时哭着卖菜。不管是笑或是哭，秋兰卖菜吆喊声都比以前大了。

大龙和二龙看到父母的笑声和哭声，两个孩子私下商量起事来。一天晚上，秋兰和春生都在家，大龙说："爸、妈，我和二龙商量，你们为我们上学已累得不成样子。两个人上大学最少每年也要花两万多元，不能让你们再受苦了。我们两个人决定停一个，咱家有一个人上大学就行了。"

春生吃惊地望着大龙和二龙，没说话。秋兰听了大龙的话，像当头挨了一棒，头轰的一下，身子险些跌倒，手忙扶住炕墙。停了一会儿，秋兰故作平静地问两个儿子："谁上，谁不上？"

二龙说："妈，你说了算。"

秋兰斩钉截铁地说："要我说，你们都上。"

大龙和二龙刚要说什么，秋兰忽然大声哭起来。吓得大龙、二龙忙走到母亲跟前说："妈，你不要难过，这也是为了你和我爸好。"

秋兰一边哭着一边说："你们做孩子的咋不懂大人的心？我和你爸黑不是黑、明不是明地下苦，都是为了什么？还不是为了你弟兄两个能走到人前边，还不是为了你弟兄俩不再像你爸你妈这样当一辈子农民，过这种苦日子。你看你爸，累得人不像人、鬼不像鬼的……"秋兰再也说不下去了，趴在炕边痛哭起来。

大龙和二龙一边劝着秋兰，一边说："妈，你不知道，去年冬天下雪，我俩放学看见你在雪地里卖菜，全身冻得瑟瑟发抖，我俩的心像刀子在割。妈，我们这么大了，还让你和我爸受苦，这算什么儿子呀！”当时一家四人哭得抱成了一团。

两个儿子睡下了，春生也睡下了。秋兰翻来覆去睡不着觉，她忽然想到福山那首诗，想到了神的保佑。秋兰穿上衣服，偷偷开了门，骑着自行车，往福山去了。福山看门的田大姐，半夜听人叫山门，开门一看是秋兰，大吃一惊，忙问秋兰半夜来福山有啥事。秋兰就对田大姐说了一会儿话，求田大姐帮她一个忙。田大姐被秋兰的爱子精神感动了，答应照秋兰说的办。秋兰走到神像前磕了头，祈祷说：“望神保佑我。”秋兰回到家里，丈夫和两个儿子还睡得正香。

第二天早晨，春生进城打工去了。秋兰把两个儿子叫起来说：“我昨晚上想了想，你弟兄俩讲的话也在理。你们‘百日’时，我到福山给你们抽签，神说你俩有福气，能干大事。这些年来，妈每年在你们生日那天都要到福山给你们求福。今天你俩跟妈到福山，上学不上学，让神说了算。”

大龙和二龙虽然心里有点不愿意，但还是跟着妈去了。到了福山神像前，秋兰先上了香，再磕了三个头，往功德箱里放了两元钱。然后大龙和二龙各抽一签，结果两人抽的都是上签。秋兰高兴地对两个儿子说：“神让你们俩都上学，你们还有啥话说？！”秋兰说完又给神磕了三个头。

我问秋兰为什么半夜偷着要到福山？秋兰笑着说：“我每年都去福山为儿子求福，和田大姐熟。我求田大姐把下签和中签全部取了，抽签时签筒里装的全是上签。”

我笑了，母亲为儿女上学真是能想到的办法想尽了。我望着大龙和二龙，两个“龙”都不说话，只是对着妈憨笑。

秋兰接着说：“回到家，大龙和二龙又有点变卦。我没办法，最后以死威胁说，你们以后谁再提不上学的事，

我就喝老鼠药。大龙和二龙就再不敢提不上学的事了。”

秋兰开始给大龙和二龙筹集学费。生活费先不算，两个娃的学费共一万五千元。春生领着大龙、二龙在砖厂装窑、出窑。

秋兰心疼地说：“三伏天，砖窑里的温度有四十多度，两个娃的手都被烫烂了，肩膀也被绳磨破了，身上晒得脱了几层皮。但两个娃从来不说苦，四十多天父子三人挣了两千多元。”

秋兰继续说：“我每天菜车装的菜比过去多了，拉着菜在街上卖，到晚上才回来。唉，四个人挣死挣活地干了两个月，挣的钱还不够两个娃学费的四分之一。当时国家政策规定，农民孩子上学可以贷款。可是贷款比借私人的钱还难，我寻人好说歹说在银行贷了五千元。银行工作人员说，贷款必须家长签字。他爸在人前不会说话，我不会写字。为了贷款时签‘春生’两个字，我在家把丈夫的名字，练习着写了三天。”秋兰紧接着又补充了一句，“你看不识字难不难？”

款贷下了，学费还差六七千元，秋兰熬煎得不得了。有一天，秋兰用麦草做饭，脑子里想着娃的学费，灶膛的火引着了炉前的麦草，秋兰还不知道。等觉着的时候，麦草已把秋兰的裤子烧着了，险些酿成大祸。

距开学越来越近了，学费的压力也越来越大。再大的压力秋兰也能撑着，唯一不能忍受的，是两个儿子为了挣学费干活劳苦的样子。秋兰看着大龙和二龙越来越黑、越来越瘦的身体，背后不知流过多少泪。她心想，这谁也不怨，只怨自己是农民，挣不来钱。

有一次，大龙和二龙从砖厂回来吃饭。秋兰摸摸大龙的脸摸摸二龙的脸，心疼地说：“脸都晒得脱皮了，儿子的皮连着娘的心啊！”说着说着，两股热泪夺眶而出。大龙和二龙放下碗依偎在母亲的两边，抚摸着母亲的脸说：“妈，你近来也瘦多了，你看你脸上也起皮了。”

绳从细处断，灾祸有时也专寻可怜人，一场厄运又降在秋兰的头上。那段时间，秋兰白天卖菜，晚上跑来跑去给儿子借学费。一个漆黑的晚上，秋兰走在公路上，脑子里不停地盘算怎样才能凑齐娃的学费。一辆大卡车迎面过来，秋兰慌忙往边一闪，跌到路旁的坑里，腿摔伤了。在医院住了不到三天，秋兰一定要回家，理由是不能花娃的学费钱。离开学只剩十天了，秋兰躺在炕上急得直哭。小龙跟着父亲继续出砖，大龙在家侍奉母亲。

大龙看到母亲痛苦的样子，又主动提出让弟弟上学，他打工供养弟弟。这次秋兰没哭，也没以死相逼，想了好长时间说：“大龙，要停学，你们两个都停学不上了。你看邻家的志强和志勇，当年因为家穷，志勇停了学，供志强上大学。现在志强在广州工作，买了别墅，还娶了一个领导的女儿，回家时多气派。前年志强接母亲到广州去了，母亲跟着志强享福。你再看志勇，志勇那时学习比志强还好，可为了志强，他没上大学，现在落在农村，年年外出打工。媳妇去年拾棉花发生车祸死了，丢下两个孩子，至今志勇连媳妇也没有。志勇的父亲分给志勇管，老汉七十多岁了，在家管两个孙子，你看可怜不可怜？”

秋兰看了看大龙，放慢语气一字一板地接着说：“虽然志强有时也给志勇捎些钱，可顶不了大事，志强总不能管志勇一辈子。你是让妈跟上你到城里享福哩，还是跟上你像志勇的父亲在农村受罪呢？妈不能看着一个儿子在城里享福，一个儿子在乡里受罪。要享福都享福，要受罪都受罪。”大龙无法回答母亲提出的问题，只能不说话了。

我望着眼前站着的大龙和二龙，两个“龙”仍然对着母亲憨笑着，我问两个“龙”：“现在上大几？”

大龙说：“上了一年了。”

“这两天干啥活？”

大龙说：“出砖。”

“苦不苦？”

“比我妈我爸吃的苦要少得多了。”

“你爸呢？”

小龙说：“我爸嫌路远，怕耽误活，让我们把饭给他带去。”

大龙随后又对我说：“我是学文科的，毕业后我一定写一本《我的妈妈》，我的妈妈是世界上最好的妈妈！”

二龙也说：“妈妈为我们吃的苦太多太多了。”

秋兰接着小龙的话说：“因为我是妈妈，要让孩子不吃苦，妈妈必须先吃苦。”

我是靠墙墙倒、靠房房塌

一个大家闺秀，受尽了人间磨难。“文革”中这个家庭的状况一落千丈，在一次工伤事故中丈夫受了伤。沉重的家庭负担压在了她柔弱的肩上，但她坚定信念，要供两个儿女上大学。每当她走投无路时，八十多岁的婆婆总是说，苦日子是熬出来的。

说起王月月家，方圆几十里没人不知无人不晓。在魏家寨，王月月家是远近闻名的困难户。月月的丈夫姓魏，魏家的兴衰史，可以说是中国农村这七八十年变迁史的一个缩影。

月月的公爷魏文斋新中国成立前有五十来亩地，城里又有商号，日子过得响当当、硬邦邦。魏文斋人勤快，日子过得仔细，待人也厚道，平时和长工一块下地耕作，犁、耧、耙、耱，样样在行，所以土改时，家里定为上中农。

农村合作化，城市也要公私合营，看着自己家的地和商号都入了公，魏文斋想不通，死了。

祖父死时，公公魏继祖三十来岁，公私合营时以私方代表的身份进了县糖业烟酒公司。魏继祖平日很讲究气派，

皮鞋经常擦得铿亮。20 世纪 50 年代，在这半山区的乡村里很少有人穿皮鞋。村里的人半是赞许半是挖苦地说："魏公子的皮鞋震得县西北都动弹哩。"气派归气派，魏公子的文化程度却是只在私塾念了几天，所以魏继祖总是说，他家是个"土财东"，立志要供孩子上学。

月月的丈夫魏中才，排行老二，老大魏中兴高中毕业后在县上一个部门工作。魏中才是"老三届"，学还没上完，"文化大革命"开始了。1968 年"清理阶级队伍"，魏继祖家被补划成"漏划地主"，魏继祖被清理开除公职回了家。

魏继祖和老婆戴上了"地主分子"的帽子，在村里天天挨批斗。家里的上房、门房、东厦房全被拆了。红卫兵在他家挖地三尺，值钱东西都分给了贫下中农。魏中兴也被单位清理除名，自己一时想不通，疯了。不到两个月就死了，妻子后来带着孩子改了嫁。魏中才成了地主狗崽子，在生产队劳动改造。不几年魏继祖也死了，当时人们都说魏家的日子不是一落千丈，而是一落万丈。

月月娘家也成分高。魏中才到二十八岁才和月月结婚。好的是一连生了两个娃，一男一女。据说魏继祖临死前对儿子魏中才说："将来有了孩子，千万不要让孩子读书，你们弟兄俩都是吃了读书的亏！"

改革开放后，"成分论"慢慢淡化。魏中才脑子聪明，靠科学种田，月月又能勤俭持家，日子过得还好。村里人说魏家的日子又起来了。月月的婆婆虽说是富户人家，却织得一手好布，纺得一手好线，绣得一手好花。老人虽然六十多了，天天都在纺线、织布、绣花，每到赶集的日子，把自己织的布、绣的花拿到集上去卖，收入也不少。

20 世纪 90 年代初，魏中才帮邻家建窑，窑塌了，他被窑土埋在底下，虽说命是捡回来了，腰却被砸断了。在炕上躺了一年，腰直不起来，什么活也干不成，这个家就这样又败了。

一年后，魏中才和他大哥一样，得了精神病，整天在外乱跑，一家老小这副沉重的担子从此落在月月的肩上。但月月这个农村妇女却要违背公公的遗愿，受苦日子煎熬的她有一个坚定的信念，一定要供孩子上学，上大学，改变穷苦的命运。

可“上学”这两个字对她这个弱小的农村妇女来说，又谈何容易？还没等到孩子上大学，初中高中已经把月月苦得哭天喊地了。

我到月月家，月月去苹果园了。月月的婆婆在窑洞前缠棉线。老人家年过八十，耳不聋、眼不花，熟练的缠线技术，可以看出当年的治家本领。

老人跟我们打了一声招呼，又埋头缠着她的线。这家院子和大部分农家院一样，虽各式杂物东西很多，但摆放得井井有条，收拾得干干净净。

陪我的人说，月月地里忙得顾不上家，家里全是靠这个八十多岁的老人收拾。

月月回来了，我简直不敢相信这是昔日的大家闺秀。她瘦得皮包骨头，皱纹满布的脸犹如干红枣似的。但她走路却很快，说话也快，声音洪亮。尤其奇怪的是她的头发却黑油油的。年龄看来有六十岁，说话走路却是四十岁的壮年妇女。

月月给我们倒了水，坐在织布机上，一边织布一边和我们说话。

月月今年五十岁，丈夫五十六岁。大儿子大专毕业，分配到内蒙古，去年结了婚。小儿子今年考上了西北大学，女儿读高一。

大儿子的媳妇是内蒙古人。原指望大儿子供老二，谁知又靠不住。大儿子工作的地方不好，工资低。去年结婚的费用全是大儿子自己筹办的。月月去内蒙古参加大儿子的婚礼时只拿了一千元，背了几丈粗布，大儿子不要月月的钱，月月又给了媳妇，媳妇也不要。月月气上来了："是不是嫌我的钱少？"媳妇这才收下。

大儿子看着粗布对媳妇说："这粗布单子、粗布门帘是奶奶和妈妈纺呀、织呀，不知道熬了多少个夜晚才织成的。"当时大儿子、儿媳妇都哭了，眼泪已经流干了的月月也哭了。月月把儿子说的这段话记得非常清楚。最让月月感动的是大儿子在结婚前一天晚上，给媳妇讲了妈妈怎样供他上学的事。大儿子说："我妈妈人强命不强，但心劲比任何做妈妈的都强。我上初中时爸爸已经疯了，家中里里外外全靠妈妈和奶奶，幸亏有奶奶操劳家事，还能减轻些妈妈的负担。我家在山脚下，出门便是坡，二十亩地由母亲一个人耕种，往往是鸡叫出门，星星满天才回来。我上高中时，星期六回到家，听奶奶说妈妈在地里拔棉花秆，我们兄妹两个跑到地里找妈妈。当时是冬天，山下的北风冷得刺骨。在地头看到妈妈弯着腰，吃力地拔着棉花秆，我俩疯也似的跑到妈妈面前，看到妈妈的手被棉花秆划破了好多血口子，我和妹妹都哭了。妈妈却说，吃这点苦算什么，妈妈不吃苦你们怎么能长大成人？妈妈不吃苦谁供你们上学？村上有些好心人劝我妈妈，供一个孩子上学就行了。可是妈妈说，我不能只图眼前利益，耽误了孩子的前途。我上了大学，妈妈的负担更重了。为了我的学费，妈妈跑断了腿。一年一万多元的学费、生活费，对于一个无依无靠的农村妇女来说，比我家后面的武帝山还要重呢，但我妈妈挺过来了。我上大学的路是我妈妈用她的血和泪铺成的……”

月月回到家经常用这个故事夸儿子孝顺，夸儿媳妇的贤惠，她说：“儿子能知道我这个做母亲吃的苦我就心满意足了，何必一定要儿子的钱呢？”月月在夸奖儿子的同时，又难过起来：“儿子结婚是母亲的责任，我没给儿子多少钱是我的失职。现在，我和婆婆不分黑白地纺线织布，除给县旅游公司交货以外，还要给孙子织尿布、斗篷、单子等。”

大儿子参加工作后，一直没回过家。去年大年三十雪下得很大，月月虽然知道大儿子和媳妇回不来，但总希望大儿子突然站在面前。月月的婆婆拄着拐杖冒着风雪，站在村头的老皂角树下等孙子，嘴里不停地喊着：“孙儿呀，你怎么不回来看奶奶？奶奶想你，奶奶想见你的媳妇。奶奶恐怕明年见不上你们了，奶奶还想见重孙子哩。”寒风大雪中，老人家在皂角树下站了半个多时辰，月月叫了几次才把她叫回去。

月月说：“不能怪大儿子和媳妇，一是儿媳妇快生娃了，行动不方便；二是大儿子紧张没钱。”

月月说着落泪了，泪落在织布机的线上。她手拿着梭子，身子前后用力地摇动着，两只脚蹬着，左右手闪电般地替换，梭子来回翻飞，把一滴滴慈母的爱和泪织进了花布里。窑洞里的人都不说话，只有机杼声在有节奏地响着。

我忽然听到窑洞外有抽泣声，忙走出去看，只见月月的婆婆在抽泣，手里仍然不停地在缠线。老人家尽量抑制着泪水，不让自己哭出声来，越抑制越能看出她内心的痛苦。我望着老人家膝前一堆乱如麻的棉线，她一边缠着一边梳理着，偶尔有断线她就熟练地接上头，继续缠着。这线也不知能有多长。线的一头，牵着老人家的心，一头牵着千里之外孙孙的心。

“女儿的通知书下来了。”月月说，“催命符下来了，我已经欠人三万多元，除过天和地没借以外，其他人都借遍了。原来指望今年的苹果能卖些钱，可天不助人，苹果开花时遭了霜，前一阵子又遇上了大风。

“我丈夫一天到晚跑得不见面，回来还和我吵。骂我看不上他了，想和他离婚，嫁个好男人。但再吵再骂，见了孩子却笑嘻嘻的，还说我要嫁，不准带孩子，孩子是他的。”月月说到这儿，苦笑了一下说，“我是靠墙墙倒、靠房房塌，谁也靠不住。”

月月说到女儿信心更足：“这孩子最能体贴家里人，星期天常到果园里给我帮忙套袋、施肥、疏果。女儿去年考了三本，孩子说不去，我也不愿意让孩子去。这都是家里的农活耽误了孩子，让娃又补习了一年。”

高考前一天，月月赶到县城借宿在亲戚家。女儿考了三天，月月陪了三天。月月说：“考试前，我看着女儿进了考场，孩子在教室里答题，我在考场外等，我的心比孩子的心更焦急。铃一响，我眼睛随着出来的人群到处寻找女儿，寻见了首先看娃的脸色，还不敢问娃。弄得我这个妈手忙脚乱，不知道如何是好。一会儿给女儿吃，一会儿给女儿喝，女儿愁妈愁，女儿喜妈喜。三天试考完了，我心里一块石头刚落了地，可另一块大石头又压在心头上，恐怕女儿考不上。通知书下来了，更大的一块石头又压在我的心头上，学费咋办……”

当我问月月的头发为什么这么黑，月月笑着说：“其实头发白完了。送通知书那天，村里人要来祝贺，婆婆坚持要我染发，说咱们魏家已是两个大学生的家，你的头发不能白，你还年轻，你的负担重着呢。”

月月说：“婆婆坚强得很，每次到我走投无路时，婆婆总是说，苦日子是熬出来的，熬到了时候就好了。”

几乎都是为了孩子上学

2005年10月26日，黄河岸边发生了一起车祸，一辆农用车载着二十三名农村妇女下滩拾棉花，在下坡时车翻下深沟，死了十四人，而死难者中除了农用车司机以外，其余十三人全部是母亲。

为了孩子上学，我要拾棉花

2005年10月26日黎明，一辆农用车满载着二十三名农村妇女到黄河滩拾棉花，不幸翻进五六十米的深沟，车上十三名妇女不幸身亡，农用车司机也命丧黄泉。

一个月后，我来到了这起车祸中死人最多的西坊村。

西坊村是个不足二百户人家的普通村庄，这次车祸中死了五个人。村东一个只有七八户人家的巷里，紧挨着的三户都死了人。我走进巷里，看见这三户人家门前还留有丧事过后的痕迹，那些内容凄惨的白色挽联赫然在目。

巷头停着一辆农用车，几个人正往车上装葱。我向他们打听田荣，一个正在车上装葱的农村汉子跳下车来说：

“我就是田荣。”

田荣领着我们进了他家。田荣家院子里只有四间低矮的厦房，看来已是经历了六七十年风雨的老房子。一个七十多岁的老人站在院里用手比画着和我们打招呼，田荣说：“这是我舅，是个哑巴。”

我掀起门帘正要进屋，田荣提醒我说：“小心，屋子地面比台子低。”

田荣的话音刚落，我的脚已重重地踏在地上，身体习惯性地闪了一下。

田荣歉意地说：“巷道太高了，院子里的水出不去。”

我回过头说：“房子已经旧了，该拆了另盖新的。”

田荣苦笑着说：“这谈何容易，家里现在还顾不上这个。”

田荣有三个孩子，大女儿在县高中读高二，二女儿在镇职中读中专，儿子最小，上初二。田荣妻子的妹妹没有女儿，田荣将二女儿过继给了姨姨家。孩子的姨姨家在东河村，这次和姐姐一起拾棉花，也遇了难。田荣农忙时在家，大部分时间都出外打工，妻子遇难时田荣正在内蒙古打工。

田荣说：“今年我家二亩葱能卖一千元，二亩棉花能收入将近一千元，黑豆能卖三几百元，这就是我家今年的全部农业收入。妻子在家种地，农闲时出去打短工。一个多月来，跟着村里人在新民滩拾棉花。拾花人每天凌晨 4 点走，晚上 11 点多才回来，非常辛苦。我一直不同意她去，她说，凭你挣的那一点钱能够娃的学费？我再不设法挣点钱，娃在学校就要饿肚子了。车祸的前几天还发生了一次小事故，车到滩里后，路况不好，把我妻子从车上颠了下来，腿疼得走不成路，但她还是坚持在地里拾棉花。第二天大女儿给我打电话哭着说，不要让我妈拾棉花了。我从电话里给妻子说，你不要再拾棉花了，身体摔坏了咋办？妻子却在电话里笑着给我说，为给我娃挣学费，摔死了也是高兴的。谁知……”田荣说不下去了。

我问田荣当时回到家里的情况，田荣说：“当时，家里没敢给我说实话，只打来电话说我父亲病重了，我日夜兼程往回赶。到了县城下车后，也没有听到什么消息。到了离家只有五六里路的南海村时，偶尔听到路边有人议论说拾棉花的发生了车祸，死了十四个人。我的腿一下子软了。心想，肯定有我娃她妈。腿越软心越急，心越急腿越软，瘫在那儿挪不动了。是村上的人接我回家的，他们把我扶到妻子的灵前，我只哭了一句谁让你拾棉花……就再也哭不出声了，四下找我大女儿。这时儿子从灵前站起，大女儿也从外边进来。两个儿女抱着我一边哭，一边捶我的胸说，你不该让我妈拾棉花！我再也抑制不住了，抱着两个儿女才号出声来。”

田荣停止了说话，双手抱住头大哭。屋子里谁也不说话，大家都陪着田荣流泪。停了一会儿，田荣抬起头，痛苦地说：“她妈走了，我最担心面对大女儿。大女儿身体不好，从小一直跟着她妈，娃从学校一回来，她妈就什么活都不干了，在家给娃做饭。她妈遇事后，女儿哭了几天几夜，谁也劝不住，逢人便说她妈没有死。下葬那天，女儿哭着给我说，妈活着，还有救。下葬后第三天的晚上，大女儿从梦中哭醒，说她妈给她托梦，妈还活着，没有死。哭着闹着要我到地里救她妈。我劝说到天明，才把女儿安慰下来。”

我问田荣：“女儿现在上学没有？”

田荣说：“丧事一办完，我就逼着娃去了学校。不论咋，学不能停，她妈就是为了给儿女挣学费，才搭上了性命，我要是让娃停了学，怎能对得起她妈？女儿到学校后，开始没办法上课，坐到课堂上，听老师讲课好像是母亲说话。看书时，根本看不进去，书上全是母亲，眼泪湿透了书本都不知道。我到学校去了几次，给女儿宽心，人已经死了，你再难受你妈也不能复活了。想你母亲，爱你母亲，就要好好学习，考上大学，报答你母亲对你的养育之恩。”

“女儿现在学习怎样？”我问。

田荣说：“现在女儿情绪好多了。有时打电话问我，家里有活做没有？有没有洗的衣服？”说到这儿，大概是女儿说的话感动了田荣，田荣的泪水又流了出来。他抹了一把泪接着说：“儿女最爱吃她妈做的炒菜面。我现在也开始学做饭了，要让儿女回来总能感到这儿还是个家。”

我问起田荣对家庭以后的安排，田荣说：“我现在什么也顾不上考虑，只考虑儿女的上学问题。女儿和儿子目前的学习都不错，大女儿后年考大学，儿子今年考高中，农民唯一的出路就是供儿女上大学。现在供两个娃上学，虽然累点，还能凑合。再过两年，两个娃的学费和生活费每年要两万多元，你说这两万元从哪里来呢？她妈在世的时候，家里的事不要我管，我在外边打工还能多挣一点钱，她妈有时还能打短工拾棉花也能挣点。现在没这个人了，饭都没人做，上头还有一个七十多岁的老当家人，以后的日子咋过呀。”

田荣说这段话时，谁也不看，眼睛尽量朝上看。

是呀，中年丧妻，这是人生最不幸、最难受的事。上有老、下有小，孩子们还要上学。尤其是这种农民家庭，就是想组织个互助组家庭也没办法，你的孩子都上不起学，还能供养女方的孩子上学吗？

田荣的眼睛仍朝上看着说：“儿女的学一定要上，一定要供孩子上大学，这是她妈生前最大的愿望！她妈是为给孩子挣学费摔死的，我不能辜负她的希望。”

我望着田荣，田荣好像在发誓。

母亲哭着对儿子说：怪妈，生活费没给你留够

从田荣家出来，进了刘梦财家。两根点着的白蜡烛燃烧着黄白色的火焰，给这个不足二十平方米的屋子平添了几分凄惨。

梦财的女儿小翠站在母亲的遗像前在默默地流泪，小翠的妗母正为小翠擦泪，轻声细语地安慰小翠。

小翠的妗母对我说：“今天是我大姐‘五七’，按这儿的风俗，烧‘五七’纸的日子假使遇上‘八’，必须改到前一天。我们老家在山阳，却是避‘七’不避‘八’，人家昨天都烧了‘五七’纸，我们今天烧‘五七’纸。”

我听说她是山阳人，心里想，采访中，陕南山阳人到本县落户的人不少，但大都在北山附近，想不到塬上也有山阳人。便问：“你们是哪一年到这儿的？”我的话还没说完，走进来一个看样子有七八十岁的老人，双手揣在衣袖里，接住我的话说：“1989 年来的，已来了十六年了。”

我转过身问老人：“是不是给你过了继的？”我对农村的事非常熟悉，所以话问得也很在行。

老人说：“你说得对。我今年六十八岁，属虎，十五岁时死了母亲，二十四岁时死了父亲。家里穷，又赶上‘低标准’‘瓜菜代’，娶不起媳妇，以后再也没结婚。人老了总要有个人照应，后来经人介绍，这一家四口进了我的门。”

我问刘梦财在家不？小翠的妗母对我说：“我大姐死后第十天，姐夫就去西安打工了。他的儿子在职中上中专，

再过一个月要分配到天津，到天津后还要上半年学，学校费用得要七八千元。”

刘老汉又说话了：“没这个人了，家庭像散了一样。媳妇真是个好媳妇，平时对我也好。”老人开始给我叙述事故发生前前后后的经过。

“梦财和媳妇一起在西安打工，种麦时媳妇回来，本想卖完苹果就去西安。可这一阵苹果一斤只能卖两毛钱，媳妇嫌价低，说等几天再卖，便和大伙一起到黄河滩里拾棉花，想给娃挣上两个月生活费。谁想到只拾了十几天，就出事了。出事的那天，媳妇凌晨2点多起来把饭做好，自己简单地吃了一点，把给我做的饭放在锅里热着，4点半坐上隔壁刘绪才的农用车走了。谁知6点多就发生了车祸，好好的一个人再也不回来了。”老汉停了一会儿，又回忆说：“有些事好像有前兆。媳妇不在的前四五天，给我买了一条棉裤和一顶帽子，给她娘家父亲也买了一条棉裤和一顶帽子，死时还给人留个念想！”老人说到这儿已经老泪纵横了。

我没说话，望着梦财妻子的遗像，心里想，为什么往往总是好人多遭难？停了一会儿，我问小翠：“你现在干啥？”

“在广州打工。”

“你妈死时你没在家？”

“‘头七’出来才回到家。”小翠看了看母亲的遗像，流着泪，一边哭着一边断断续续对我说，“我2002年初中毕业，没考上高中。自费上高中学费又太高，我家穷，上不起。第二年春天随几个同学一块去了广州，在一家玩具厂打工。因路远，为了省钱，三年也没回来一次。前两个月妈妈给我打来电话，让我春节前一个月回家，说今年过年在家过。

可谁知现在我回来却永远见不上妈妈了。”

小翠已泣不成声。停了一会儿又断断续续地说：“记得我打工走的那一年，妈妈送我到县城车站，给我拿着正月十五蒸的眼眼馍，还煮了十八个鸡蛋（当时我十八岁）。母亲流着泪对我说，妈对不起你，没钱供你上学，这么小的年龄到几千里以外打工，妈怎能放心呢？我哭着对妈妈说，咱家穷，供弟弟上学就够难的了，女儿不怪妈妈。

“我坐到车上，妈妈跟着车，一再给我招手，直到赶不上车了，还在给我招手。”小翠大哭起来，口里不断喊着，“我悔得很，我悔得很，我为什么不早些回家看妈妈，如果我早回来几天的话，或许妈妈还会避过这场灾难。”

小翠的妗母劝着小翠说：“不要哭了，再哭也没用。”劝着劝着自己也哭了。

小翠止住了哭声，仍在抽泣着对我说：“我接到家里电话，说我妈有病，当时我身上没有钱，等两天后发了工资，马上往回赶。谁知到了家里，母亲已在前两天入土了。我没见上妈妈……那晚上我哭了一夜，父亲、爷爷、弟弟陪着我哭。第二天早晨，父亲用自行车带着我到母亲出事的地点去引魂。”

按当地的风俗，如果有人在外边生病或发生事故死亡，家属要到出事地点或病死的地方招引死者的灵魂，让死者的灵魂得以安息。引魂的人不能哭，小翠说：“走时，爸爸说，到了那儿不准哭，如果哭，你妈妈就会在阴曹地府受罪。我抱着母亲的遗像，在出事地点磕了三个头，然后一边走一边喊着，妈妈，你跟着翠儿回家吧。一路上，我强忍眼泪，把妈妈的灵魂送到妈妈的坟地里。到了坟前，我再也忍不住了，趴在妈妈的坟上大声痛哭。我一边哭诉着一边用手刨着坟土，两个手都刨出了血。”

小翠停止了哭声，擦了擦眼泪，停了一会儿继续说：“三年时间我给家里寄了三千元。每寄一次钱，妈妈在电话里都哭着对我说，我娃再不要给家里寄钱了，你能管过自己，妈妈就放心了。你寄的钱妈给你存下，家里不用你的钱。不知道什么原因，我回来的前几天，天天梦着我妈妈。回到家里，眼睛一闭，我妈就站在我的面前，有时哭，有时笑，说她在外边和父亲一块打工，让我照顾好弟弟和爷爷。昨天晚上，我梦见给妈妈梳头，我妈说，她现在住的地方没梳子。早晨我买了一把新梳子，一会儿到坟上烧纸时给妈妈烧了。”

小翠的弟弟刘文也从学校赶回来给妈妈烧“五七”纸。刘文留着小平头，带着稚气的脸上，很明显能看出这个还没有成熟的心灵，在忍受着失去母亲的巨大悲痛。我望着这个十七八岁的孩子，又回过头看了看死者的遗像，心想，为了要给孩子挣两个月的生活费，送上了自己的生命，这种母爱未免太沉重了。

小翠说：“母亲去世后，弟弟的话少多了，一个多月来没见弟弟笑过一次。过去弟弟一个月回来一次，妈妈去世后弟弟回来过两次。晚上趴在妈妈遗像前做作业，一直做到12时才休息。

“弟弟说，他不能接受妈妈死去的现实。他常常梦见妈妈给他洗衣服，收拾书包，送他上学，一直送到学校门口。他希望妈妈的死是个长梦，妈妈总有一天会重新站起来送他上学，给他送饭。弟弟说，妈妈这次去西安回来的第二天中午做了饺子给他送到学校。这天刚巧他的生活费用完了，睡在宿舍还没吃饭。妈妈听说儿子还没有吃饭时哭了，忙给儿子认错说，怪妈，生活费没给你留够。妈妈一边哭，一边用筷子夹着饺子往弟弟嘴里喂。弟弟说，那一碗饺子是妈妈一个一个夹着给他喂完的。如今，再要吃妈妈做的饺子只能在梦里了。”

刘文在母亲的遗像前站了一会儿，脱下脚上穿的运动鞋，取出一双布鞋换在脚上。

小翠说：“弟弟爱穿妈妈做的布鞋。妈妈死了，弟弟只有脚上穿的这双布鞋了，他舍不得穿。上星期我到街上给弟弟买了双运动鞋，到地里烧纸时弟弟才穿这双布鞋。”说着小翠取出一个旧书包，从书包里取出一双没有做成的布鞋说：“这是妈妈死前给弟弟做的鞋，还没做成，妈就走了。”

小翠望着爷爷，痛苦地说：“妈妈是为了弟弟的学费走了。爸爸在妈妈去世后没过十天，为了弟弟的学费也出门打工去了。再等一个多月，弟弟也要拿着爸爸妈妈给他挣的学费上学去了，我只能留在家里服侍爷爷。”

我看着这双没有做成的布鞋，一只已经纳成了，另一只还只纳了一半。我心里想，这千针万线，不知浸透着母亲对儿女多少心血和希望啊！

天啊，孩子上学咋办呢

和刘梦财隔一家，便是农用车司机刘绪才家，刘绪才是这次事故的直接责任人。按有关规定，农用车不准载人行驶。但农用车载人现象在全县的农村普遍存在，原因多种，难以管理。

刘绪才一辆三轮农用车，载二十三个人下滩去，不但违规而且严重超载。加之他每天凌晨 3 点起床，晚上 11 点回家，连续一个多月的辛苦劳累，人早已精疲力竭。驾车如驾虎，行路如临渊。可以肯定地说，是刘绪才的不负责任、安全意识淡薄等，才酿成了这次特大事故，使十四条人命被深渊吞噬。

假使刘绪才幸存的话，法律肯定会追究他的刑事责任，但他也死了。他的行为，不但给十三个农家造成灭顶之灾，让将近三十个子女失去了母亲，而且也把自己家拖到了绝境。正在上学的两个孩子，失去了父亲；八十一岁的老父亲，失去了儿子；身体多病的妻子失去了丈夫。一家四口沉浸在极度的悲痛之中。

刘绪才的父亲坐在院子西墙下晒太阳，两手迟缓地在整理着大葱，听到声音，他睁大眼睛辨认着来人，却不说一句话。

刘绪才的妻子领我们进了她父亲的屋子。我刚坐下，还没说话，刘绪才的妻子便抹起了眼泪。她这一哭，我倒无话可问了，只能坐在一边看着这位失去了丈夫的中年妇女在痛哭。

刘绪才妻子个儿较高，短短的头发脏乱地贴着头皮，也许有好多天都没梳头了，穿的衣服很宽松，鞋上沾满了泥土。

她停止了哭泣，抬起头，用一双哭得已失去光彩的眼睛望着我，张口说了一句："天哪，我两个娃的学咋上哩？"

我没说话，呆呆地望着她。她一边哭着一边跟我说："我叫田巧娥，今年四十五岁，绪才比我大一岁。他走了，给我丢下两个娃咋办哩？女儿在湖南电子学校读书，刚上一年多。每年生活费、学费得一万五千元；儿子在镇中上学，一年学费、生活费也要四千元。今年女儿的学费还差八千元，我真不知道这钱从哪儿来。"

说着说着她又呜呜地哭了。我看着在死里走了一回的巧娥，不知道用什么话安慰她。我只说了句："你要注意身体，这个家还得靠你。”

刘绪才的父亲好像听到了什么，身子一摇一晃，走到了屋子门口，一只手扶着门框说：“老天不睁眼，我死了有多好，为什么死了那么多的年轻人？能换的话让我把我娃换回来。好媳妇哩，再不敢哭了，娃娃还靠你呢。侠侠走时说学费还差八千元，万一不行，把我的棺材卖了，给娃寄去。我死了卷张席也能行。”老人说完转身回到他原来坐的地方，口里不停地喃喃着：“绪才呀绪才，你爸我有今日没明天。你丢下你娃可咋办呢？娃的学费咋办呢？”

我看着老人的背影，心想，八十多岁的老人，刚失去儿子一个月，心里却想着孙子的学费，从来没想到自己。为了孙子的学费，竟打算卖掉自己的棺材，一张芦席作为自己的归宿，这就是一个饱受磨难、饱受贫穷农民的情怀。

田巧娥说：“侠侠是我的女儿，去年考高中没考上，自费上湖南电子学校。去年一年学费、生活费花了一万五。为了供娃上学，她爸贷款买了一辆农用车，一是倒贩些农副产品，二是抽空跑些运输。这一段时间滩里拾棉花的人多，他就来回拉人，已经累得不成样了了。

“我劝他休息几天，他说这几天能挣双份工资。侠侠今年的学费还欠八千元，不能休息。再过几天棉花拾完了，想挣都挣不成了。这下可好，真的挣不成了。”

田巧娥又说：“女儿侠侠回学校的前一天和我到她爸坟前烧纸。侠侠哭着说，爸，你是为女儿死的，你为什么要死呀，你抛下我妈可咋办哩？

“晚上，我的儿子也从学校回来，我怕两个娃伤心，将她父亲的遗像从桌子上挪走。谁知侠侠又给挪了回来，侠侠到底在外边上了一年多学，也懂事了。侠侠和我一起做了她父亲生前爱吃的白萝卜馅饺子，献在她父亲遗像前。

侠侠哭着说爸爸，你为我们累死了，我再不能让我妈为我累坏身体。我不上学了，我出外打工，供弟弟上学。

“侠侠几句话，说得我目瞪口呆。还没等我反应过来，我儿子跪在他父亲遗像前哭着说，姐姐再两年就毕业了，让我停学打工吧，男孩子打工比女孩子挣的钱多，千万别叫我姐姐停学。

“姐弟两人哭着你一句我一句地要停学，我实在忍不住了，坐在他爸遗像前哭着埋怨绪才，你只管走了，扔下这个家咋办？你对得起谁呀！

“两个娃见我埋怨他爸，才停止了争执。娃娃站到我的身边，侠侠说，妈，你的身体不好，前年才动了手术，我不能再累你了。儿子一边哭一边断断续续地说，我连续几天梦着我爸，我爸都说，你身体不好，叫我不要惹你生气，让我好好照管你。我抱着两个孩子说，天塌下来有妈扛着，你们姐弟两个要听妈的话，好好上学。

“第二天我送侠侠来到村头，上车时，我哭、娃哭，路边和车上的人都哭了。”

刘绪才的父亲不知什么时候又站在门口了，老人一边用手擦着鼻涕一边说：“我刚到门外，人家都装葱哩。你也赶紧装吧，等会儿再说话。”

田巧娥说：“人家没装完，轮到咱家，收葱的就来叫咱们装呢。”

田巧娥转过头又对我说：“别人家的葱粗，每斤卖两角，我的葱细，每斤卖一角八分。总共不到一千斤葱，卖完也不够儿子一个月生活费。”

我想跟田巧娥告辞，但想不出一句安慰的话，最后还是说了一句老话：“你要当心身体，这个家还靠你哩！”

巧娥接着我的话说：“我几次到他爸的坟地里都想死。

有一次我拿了一包老鼠药，在坟地里哭，但想到绪才的死本身已经对不起娃娃了，我再寻死就更对不起娃娃。我娘家村里，前年一次车祸夫妻俩都死了，丢下两个娃没人管，停了学，现在整天在社会上晃荡。我不能让我娃走到那种地步。想到这些，我打消了自尽的念头。”

我劝田巧娥说：“为了孩子，以后还是想开点，平时少到你丈夫坟地去。”

田巧娥说：“天天都要下地干活，到地里要路过坟地。拔棉花秆、挖玉米秆，活多着呢。我不干现在谁干？难过归难过，活的人还要吃饭，娃还要上学哩。”

我出了门，转过身再一次安慰田巧娥：“注意身体，娃娃上学还靠你呢。”

田巧娥叹了一口气说：“天哪，娃上学咋办呢？”

父母永远是败者，儿女永远是胜者

红娟看着这个破碎的家，心情沉重地说，我和丈夫两边都是农民家庭，一个担子挑着两个大包袱，能挑得动吗？为报效父母，承担家庭责任的问题，大学毕业生红娟和采访者展开了一场谁是谁非让人心酸而又找不到答案的辩论。

张红娟大学毕业已两年，在省城一家文化单位工作，丈夫是红娟大学同学，也在省城工作。

因父亲病逝，红娟和丈夫一块回来给父亲送葬。按当地农村习惯，儿女没出“头七”不能出门离家。因此丈夫在送葬的第二天下午一个人先走了，红娟准备在后天烧完“头七”纸后回省城。

我到红娟家，已经是下午3时。红娟父亲生前爱写诗，和我是诗友，他比我小四岁。我到过红娟家两三次，和红娟母亲也熟识。红娟在大学是学中文的，一到假期常到我书房看书。红娟父亲生前和红娟母亲住在院门口厦房的里间，红娟父亲死后，灵堂设在外间。死人已入土几天了，灵堂前仍然摆着供果、挂着挽幛。

我们的谈话在灵堂前展开。

红娟对我的采访好像有点不欢迎。我避开红娟的目光，开门见山问红娟母亲："儿子回来没有？"

"没回来，娃在哈尔滨呢。"红娟母亲说。

"再远，父亲不在了，也应该回来送葬。"我有点责怪红娟弟弟。

红娟母亲给儿子辩护说："不能怪娃，他爸死得突然，手机打不通。听娃的同学说，到长春打工去了。"

"老张走时连儿子都没见。"我转过身又问红娟，"你爸咽气时你在床前没有？"

红娟有点伤感地说："我到陕北下乡，接到电话连单位都没回，就赶回县城，到医院爸爸咽气已经有一个时辰了。"

"听说你爸去世后眼睛闭不上，你回来后才闭上？"这话是我在老张葬礼那天听朋友说的。

红娟妈说："不见娃他心不甘，这人是为了娃累死的。现在丢下我娘儿们几个咋办哩。还有一个老父亲瘫在炕上……"说着又掩面哭泣起来。

我望了红娟一眼，声音故意拉长问："红娟，你现在准备怎样安排这个家？"

一句话，红娟被我问住了，半天没说话。

大概红娟妈看红娟作难，收了泪接过我的话说："家事咋能往红娟身上推。红娟还是娃娃，毕业没几天，工资又不高，再重的担子有我这当妈的担！"

红娟望了妈妈一眼说："我爸我妈为了我姐弟两个上学，吃尽了苦头。爸爸身体一直不好，一生爱写诗弄文，农活不大顺手，日子过得很清苦。他当了一辈子农民，他写的诗里有这样两句诗：'农民何其累，农民何其苦。'

“我上高二时，爸爸领我们姐弟俩到黄河‘禹门口’，给我们讲‘鱼跃龙门’的故事。在黄河大桥上，我爸读了党伯伯写的诗：‘龙门儿女龙门志，鱼跃龙门不为耕。’鼓励我们好好读书，一定要考上大学离开黄土地。”

“你爸爸一辈子爱写诗，由于生活贫困，时运不济，总是哀叹不止，牢骚满腹，过早离开了人世。不过他的目的也达到了，你姐弟两个终于都跳出了农门。”

“我爸一生最想不通的是‘天下笃厚是农家，为何国人不爱农’，我们平时看到的、接触到的也是这样。同班同学，干部子弟和农民娃娃吃喝穿戴就是不一样。干部家庭出身的学生，根本看不起农民出身的学生。我爸我妈常说，和他们一块上学的‘老三届’，吃商品粮的是插队青年，吃农村粮的是回乡青年。上学招工的都是插队青年，根本没有回乡青年的份儿！所以我父母死活都要供我姐弟俩上大学，跳出农门！”

红娟说的话，老张在世时也多次对我说过。老张在农村吃了一辈子苦，经常和我回忆20世纪六七十年代农村的苦难生活。“低标准”吃过糠，在生产队拉车驾辕，背过石头，修铁路，修水利，农业学大寨时日夜奋战，敢教日月换新天，正月初一开门红……他的身上足以勾画出20世纪六七十年代一部农民的苦难史。老张这一辈子有一个坚定信念，农民孩子的唯一出路就是上大学。

老张非常感激邓小平，说邓小平不但解决了全国人民的吃饭问题，而且恢复了高考，农民的孩子和商品粮户口的孩子平等地走入考场。我的一句诗“今日贫富大较量，来日方显将相种”就是为老张写的。

“两个孩子考上了大学，老张却走了。”我不无伤感地看着老张的遗像，自言自语地说。

红娟转过头注视着她爸的遗像说："爸爸的愿望实现了，他却累死了！"

红娟妈望着丈夫的遗像说了一句："死也死不瞑目，外债欠四万！儿子上大学才两年，将来还要娶媳妇……"说到这儿，红娟妈又呜呜咽咽哭起来。

红娟在旁陪着妈妈流泪。我想了一会儿问红娟："今后弟弟的学费你应该管呀。"

红娟沉思良久，抬起头对我说："爸爸不在了，管弟弟应该是我的责任。但我也难呀！你们这一代人对大学生有点不了解。我毕业时间不长，又刚结婚，工资不高，结婚后要买房，还要生孩子，这得多少钱呀！农民家庭出身的大学生在学校本身就清贫，现在到城市工作，要努力适应城市生活，尽量缩小和城市家庭出身大学生的差别？不然人家看不起我们。加之要处理好周围的关系，还要上进。丈夫的家也在农村，一个担子担着两个大包袱你说我担得动吗？"

红娟一席话说得我目瞪口呆，我心里甚至有点愤愤不平，但又无言以对。

红娟母亲同情地看了女儿一眼说："这死老汉欠了一屁股的债走了，让我作难！我给娃帮不上忙就够受了，家里的苦日子怎能拖累娃呢？"

听着红娟妈说话，给了我思考的机会，我又对红娟说："你刚才的话，听起来有道理，但我认为你的想法不对。做父母想的是儿女，而你们做儿女的首先想到的是自己。你知道不知道，一个大学生的父亲送孩子上学，一个手捂着儿子的学费六千元，一个手拿着冷馍啃；一个大学生的母亲得了肝癌，为给儿子省学费，忍着疼痛十五元的药费舍不得花，箱子里却给儿子攒了五千元；你知道不知道，一个母亲半年家庭零花费用只用了两元钱，她却为自己每月只能给儿子三百元生活费在哭泣。他们这是为了什么，想着什么？”

我的情绪激动起来，红娟母亲看我激动的样子，忙递过来一杯水说：

“天下人都一样，可怜天下父母心！父母都是为了孩子。娃娃在城市，出门进门都要花钱。我在农村，油是用粮食换的，醋是自己柿子树上结的柿子做的，菜是自己种的，粮是自己地里产的……”

我没等红娟母亲说完，劈头问了一句：“孩子的学费也是你树上结的吗？”

红娟妈不慌不忙地回了我一句：“这几年苹果不好，要是苹果像前几年能卖上价，碰上几年好收成，我也不会欠那么多的外债了。”

我不和红娟妈争辩，我的辩论对象是大学生红娟。

我继续对红娟说：“你现在工作了，有工资了，首先想到的是如何改善你们的生活条件，提高你们的生活水准。你父母当年为什么没想到缩小他们和城里人的差别？为了供孩子上学，省吃俭用到难以想象、难以忍受的地步。有的父母不知道干吃面是什么滋味，有的父母不知道怎样坐火车，有的穷山沟的父母至今没看过电视，甚至还在油灯下给儿女缝衣纳鞋！他们不是吃不起一包干吃面，他们不是坐不起一次火车，他们不是买不起一双皮鞋，因为他们把孩子的学费看作摆在自己门前的座座大山，一个大学生的学费是一座大山。父母亲从生活上勒自己，从精神上鼓足干劲，以愚公移山的精神，搬掉门前的座座大山。”

红娟看也没看我一眼，冷冷地说：“因为他们是父母，天下的父母对儿女只有希望和贡献。哪有父母向儿女索取回报和谋求依靠的呢？”

红娟仅仅一句话，已经戗得我彻底败下阵来。但我还不甘心地说：“难道你一点也不记你父母亲对你的好处吗？”

红娟有点委屈起来，擦了擦眼睛说：“你不要误解我，我永远忘记不了生我养我的父母供我上学所付出的心血。我永远记得我在小学上学时，每天早晨我母亲叫我起床的情景；晚上放学时，我母亲拿着衣服在教室门口等我，怕我着凉的事。我上初中、高中时，母亲每周星期三，骑着自行车给我送馍。我永远也忘不了假期晚上做作业，母亲天天都陪到午夜12点。我父亲鼓励我们上学，经常用古今有成就的人物教育我们。我更忘不了父母亲为了我姐弟俩的学费像乞丐一样沿门向人借债。有一次，父亲借的三百元学费，回家的路上丢了，五十多岁的大男人仰天大哭。我还记得上大学到现在每年的端午节，母亲包的黄米粽子，八月十五蒸的月饼，托巷西头跑车的王叔给我捎来。六年了，年年如此，当我看到母亲捎来的粽子和月饼时，我泪如雨下。父母的所有之恩，点点滴滴，我都牢牢记在心里……”

红娟越说越激动，眼泪也在唰唰地往下流。红娟母亲泣不成声。稍停一会儿，红娟继续说：

“回到现实中来，我茫然不知如何是好。我爷爷有病，我妈还要服侍爷爷，我总不能把爷爷和妈妈都搬到西安。丈夫家也有年老多病的农民父母，还有一个妹妹上大学，一个妹妹上高中，我们不可能把所有的收入都资助了弟弟妹妹，自己只喝西北风吧。两家欠债八九万，债怎么还？你给我说，这日子怎么过？你给我说！我一个女孩子实在找不出答案！”

红娟也有红娟的难处。但我又不甘心失败，我问红娟：

“你有了儿女怎么办？”红娟不假思索，毫不退让地说：“肯定会竭尽全力教育抚养。这是我做母亲的责任，这是观念，也是传统，几千年来人们都是这样……”

红娟母亲拿着毛巾，递给了红娟。红娟母亲虽然在哭，但眼神似乎在赞许女儿。我看了看老张的遗像，老张好像也在笑着说：

“老党，你平时善辩，人称‘党铁嘴’，这回败在我女儿手下了！我的儿女成才了，我死而无憾。”

是的，我败了，这是一代人的失败，父母永远是败者，儿女永远是胜者！

后　记

断断续续八个月，七易其稿，终于完成了这部纪实性文学作品。

2003 年 7、8、9 三个月采访，理应趁热打铁，怎奈我的职业是从商。自古商机如战火，总是腾不出心，抽不出手，几次提笔，又因生意繁忙而搁笔。时间越拖心里越不安，两年来我的心好像被虫儿不停地咬着，一种负债感、愧疚感压迫得我几乎喘不过气来。直到去年 11 月才下定决心，推开生意，离开酒店，在洽川镇一个农家的小屋里苦栖三个月，写成了这本书的一、二稿。决心归决心，现实是现实，回到酒店，一会儿是生意，一会儿是书稿，两者交织，弄得我往往无所适从，顾此失彼。不过书还是写成了，因为我从商二十一年的宗旨是“忧于天下，乐于天下”。

采访创作过程中，县领导和县教育局、洽川镇领导给予了关心和支持，提供了很多方便，我的众多朋友也帮了很大的忙，因人数较多，无法一一提名，在这儿一并感谢。

采访时我一直在哭，写书时我也是一直在哭，不知怎的，直到现在我一看到书稿还是在哭。

2006年9月